ESCRÍBEME
SI EN TUS
SUEÑOS
ME ENCUENTRAS

EVANGELINE CRUZ

Editado por Harlequin Ibérica.
Una división de HarperCollins Ibérica, S. A.
Avenida de Burgos, 8B - Planta 18
28036 Madrid
www.harlequiniberica.com

© 2025 María de Montemayor Aquino Macías
© 2025 Harlequin Ibérica, una división de HarperCollins Ibérica, S. A.
Escríbeme si en tus sueños me encuentras, n.º 318 - 4.6.25

ISBN: 978-84-1074-502-5
Depósito legal: M-7562-2025
Impreso en España por: BLACK PRINT
Fecha impresión Argentina: 1.12.2025
Distribuidor exclusivo para España: LOGISTA
Distribuidores para Argentina: Interior, DGP, S.A. Alvarado 2118.
Cap. Fed./Buenos Aires y Gran Buenos Aires, VACCARO HNOS.

MIXTO
Papel
FSC FSC® C159065

ÍNDICE

SEGUNDA PARTE

TERCERA PARTE

A todos aquellos cuyas vidas fueron arrebatadas de forma injusta durante las guerras
y que dejaron sin escribir la mayor parte de su destino.
A mis tíos abuelos Rafael y Diego.

Prólogo

Nadie recordaba qué día exacto comenzó la guerra, pero todos eran capaces de evocar lo que habían sentido al confirmarse lo que hacía mucho tiempo presentían. Una sensación de euforia, primero: «Van a ver esos malditos...»; seguida, semanas después, por un asomo de duda, para acabar instalándose a lo largo de los meses en algo parecido al pánico.

«Todo va a ir bien», decían. «Será coser y cantar. Nuestros muchachos los aplastarán». Hombres con relucientes uniformes, orgullosos, altivos, deseosos de demostrar su valentía, eran despedidos por animosas mujeres, por temerosas y sollozantes madres. «Pronto regresaremos. Dios está de nuestra parte», se decía en cada uno de los bandos.

Vidas interrumpidas, segadas por las balas, las bayonetas... Amores detenidos, otros no llegaron a ser.

No más charlas al amor de la lumbre, no más niños cabalgando sobre las rodillas de los padres, no más caricias al anochecer bajo la luz de la luna, ni más besos fugaces, furtivos, prohibidos, engendradores de hijos... Solo quedaría la helada caricia de la muerte.

Guerra civil americana, 1861-1865

PRIMERA PARTE

Todas las guerras son civiles,
porque todos los hombres son hermanos.
Françoise Fenelon

Los que niegan la libertad a otros
no se la merecen para ellos mismos.
Abraham Lincoln

I

Melton Mowbray, Inglaterra
Junio de 1860

Durante toda su vida Elisabeth Miller había creído firmemente que John estaba destinado a ser su esposo. Se conocían desde que tenían uso de razón, habían jugado juntos desde niños y su familia parecía verlo con muy buenos ojos.

Ella nunca se planteó mirar a ningún otro más que a su vecino John Lytton Cooper, el hijo de lord Mowbray, el chico con los ojos más azules y el rostro más hermoso que jamás hubiera visto.

No es que le hubieran faltado oportunidades para relacionarse con otros jovencitos. Simplemente su naturaleza práctica había tomado una decisión al conocerlo, y a partir de ahí, su meta, su principio y su fin fue enamorarse de él y que él lo hiciera de ella. Otros muchachos la rondaron, pero ya había elegido y John no pudo más que prendarse de ella. Su vitalidad, su amor por la vida, la pasión que ponía en todo, su carácter resuelto y una belleza armoniosa de la que no parecía consciente lo impresionaron tras volver del internado a la edad de dieciocho años. ¿Cómo no había reparado en esa jovencita de quince años que había florecido de manera espectacular desde la última vez que la viera?

Y Elisabeth, que había esperado que aquello ocurriera, recogió los frutos de su paciencia. Ella lo supo desde niña. Él solo tardó un poco más en darse cuenta. Su corazón siempre había latido por John. Ahora el de él lo hacía por ella.

La noche estaba siendo divertida y diferente. Elisabeth cumplía diecisiete años y celebraba su presentación en sociedad. Su madre había preparado la fiesta con cuidado y la había alentado a relacionarse con otras familias y, de forma indirecta, con los hijos varones, puesto que ya estaba en edad de ser cortejada y convenientemente prometida.

Elisabeth se extrañó ante las insinuaciones de su madre. ¿Acaso sus padres no se daban cuenta de la relación tan especial entre John y ella? Habían esperado a que cumpliera los diecisiete para hacer público su deseo de estar juntos y formar una familia, así que aquella era una noche señalada para la joven. No porque sus padres le hubieran organizado una fiesta, sino porque, por fin, al día siguiente los informarían de su decisión y harían público el compromiso que habían mantenido en secreto hasta entonces.

Elisabeth y John iban a encontrarse en el jardín a la hora acordada. Dentro seguía el baile, las charlas y la diversión. Habían convenido disimular delante de todos y no comentar nada sobre su próximo enlace, tal y como le pidió John. «Será divertido», le prometió. Y ella había aceptado, aunque le dolió verlo bailar con otras damas antes que con ella.

No importaba. John era suyo, sus besos y caricias se lo habían demostrado, y al día siguiente todos lo sabrían. «¿Cuánto tendremos que esperar para casarnos? Ojalá no sea mucho», pensaba. «No podré soportar estar más tiempo separada del amor de mi vida». Cada vez que recordaba sus encuentros furtivos en la cabaña abandonada, a varias millas de su casa, se ruborizaba. Habían hecho su nido de amor allí.

Al principio fue como un juego; inocentes carreras a caballo, a ver quién llegaba primero, pero después sucedió lo inevitable. Aquello se convirtió en algo secreto y... muy peligroso. Su padre la repudiaría si se enterara.

En la cabaña, John y Elisabeth se convirtieron en amantes, con besos cada vez más experimentados y caricias más profundas y exigentes que ella se veía obligada a parar para no verse demasiado comprometida. «Más comprometida aún, si eso fuera posible».

Sin embargo, todo tendría su culminación ahora que ella era lo suficientemente adulta. Por fin, John, quien tenía algunos años más y una edad más que conveniente, pediría su mano y se acabarían los disimulos y los encuentros furtivos.

Elisabeth lo esperó en el templete del jardín durante un tiempo. Una suave brisa veraniega la envolvía y ella distraía el tiempo contemplando un cielo cuajado de estrellas. Allá en el infinito resplandeció una luz en movimiento, una estrella fugaz. Cerró los ojos y pidió un deseo.

Aún tuvo que esperar un rato más hasta que, por fin, lo vio llegar, cabizbajo. Ni siquiera esperó a que subiera a su encuentro o advirtió si había alguien cerca que pudiera verlos. Corrió hasta él y lo cubrió de besos.

Le sorprendió la frialdad con la que el joven la recibió. Como respuesta a sus ojos interrogantes, él musitó: «Pueden vernos». «¿Y qué más da?», pensó ella. «Mañana estaremos comprometidos». De hecho, fue ella la que le propuso a John que hicieran público su compromiso esa misma la noche, durante la fiesta, pero él consideró que era su baile oficial de presentación y que debía ser la única protagonista. John era un encanto y no iba a discutir con él por una tontería, así que se plegó a su decisión de posponer la petición de mano hasta el día siguiente.

Elisabeth se dejó guiar tras unas columnas que los ocultaban de posibles miradas curiosas.

—John, ¿qué te ocurre? ¿No te diviertes?

—No pasa nada, Lizzy. Solo estoy cansado. Demasiados bailes. —Sonrió y le acarició la mejilla.

—¿En serio? —cuestionó, pícara, alzando una ceja—. No parecías cansando cuando bailabas con todas esas damas tan bonitas.

—Elisabeth Miller..., tú siempre serás la única —le confesó mirándola a los ojos.

Lo abrazó sin pensarlo. El extraño tono y la tristeza con la que había musitado tan hermosa declaración hizo que su corazón se encogiera, inquieto. Le pasaba algo, ella podía detectarlo. No sabía qué era, pero no era el John feliz y despreocupado que conocía. «¿Qué le ocurre?».

—John... —musitó junto a su boca.

—Mi adorada Lizzy..., debemos marcharnos. Pueden vernos...

—Pero, querido, ¡qué importa! Mañana...

—Dejémoslo para mañana —la cortó y, empujándola con suavidad hacia el camino, la instó con un gesto a que avanzara delante para que no los vieran juntos. Ella, algo turbada, le hizo caso, caminando aprisa, sintiendo un frío interior que salía de sus huesos y se extendía por todo su cuerpo. ¿Qué era? ¿Una especie de presentimiento? Él ni siquiera le había dado un beso de despedida. No, definitivamente algo le ocurría a John. Al día siguiente le preguntaría y lo averiguaría.

El resto de la noche lo pasó conversando y bailando con distintos caballeros. John y ella no coincidieron más que unos instantes en corrillos.

Bailó y bailó hasta agotarse para intentar evitar pensar en las palabras de su amado y en su melancólico tono. Intentó ser amable con todos, incluyendo al exótico tío de John, hermanastro de su padre, del que apenas se sabía nada, ya que era una presencia *non grata* en la familia de lord Mowbray.

El difunto padre de lord Mowbray, abuelo de John, dueño de casi todas las tierras de la comarca de Mowbray, a excepción de las del padre de Elisabeth y pocas más, tenía negocios en las antiguas colonias británicas, que tras la Guerra de la Independencia constituyeron los Estados Unidos, y había vivido allí durante las últimas décadas de su vida. Se había casado con una mestiza india tras enviudar de su esposa inglesa, y el fruto de esa unión había sido un hijo varón, con quien lord Mowbray apenas tenía relación alguna, ni quería. En opinión del actual señor de Mowbray, su padre había sido un necio al casarse con una indígena y dar su apellido e incluso alguno de sus títulos al pequeño mestizo, quien, varios años después del fallecimiento del viejo lord, había decidido venir desde Norteamérica a reclamar parte de su herencia.

Elisabeth había sabido de estas complicaciones familiares por John. Era conocedora de que lo soportaban e incluso, durante el escaso tiempo que llevaba en Inglaterra, lo habían invitado a las reuniones y fiestas en las que ellos habían participado porque William Cooper, el mestizo, estaba siendo magnánimo en el asunto de la herencia. No quería ninguno de los bienes que su padre le dejó en Inglaterra, pero había un punto sobre el que no llegaban a un acuerdo. A los Mowbray les pareció que agasajarlo e invitarlo como a uno más de la familia haría que el mestizo estuviera más predispuesto a aceptar sus condiciones.

Y ahora estaba bailando con él, un hombre alto, de anchos hombros y figura atlética, de pelo escandalosamente largo y oscuro, y tez bronceada, cuya presencia intimidante la obligaba a bajar la mirada, incapaz de resistir sus profundos ojos verdes posados en ella.

Por fortuna, el baile acabó y apenas tuvo que conversar con el norteamericano, que hablaba con extraño acento y voz profunda.

Se despidieron con brevedad, y de inmediato lo olvidó, pues su hermano Phillip reclamó su atención.

—¿Lo estás pasando bien, hermanita?

—De maravilla, Phil, ¿y tú?

—Está siendo un interesante y lucrativo encuentro para los negocios.

—¿En serio? —le recriminó—. Es mi fiesta, ¡por el amor de Dios, diviértete!

—Lo estoy haciendo, de veras. He podido hablar con el padre de Anne y me ha confirmado que se encuentra bastante receptivo a un acercamiento entre su hija y yo. —Sonrió—. Negocios, no lo entenderías...

—¡Phillip! ¡No puedo creerlo! ¿Esa es tu idea de un romance? —Le pellizcó de manera disimulada en el brazo.

—¡Vamos, Lizzy! Es una joven aceptable y la única heredera de las minas de su padre.

—¿Te piensas casar con unas minas, entonces? —le preguntó sarcástica.

—Eso espero, querida.

Su hermano le guiñó un ojo y se despidió para reunirse con su padre, quien se encontraba hablando con lord Mowbray y su exótico hermanastro. Elisabeth se sentía perpleja por la conversación con Phillip, aunque no era nada nuevo que él antepusiera cualquier sentimiento romántico a los negocios y, sin duda, eso se debía a que aún no había conocido el amor.

Phillip Miller, su único hermano, unos años mayor que ella, no había tenido la suerte de encontrar aún a su alma gemela. Ella sí lo había hecho y se sentía profundamente agradecida a la vida, emocionada y feliz por su futuro junto a John. Estaba ansiosa por compartir sus abrazos y besos como su esposa y pasar el resto de la vida juntos en Mowbray. En el fondo le daba lástima su hermano y deseaba que la persona correcta se cruzara en su camino; una persona que le diera estabilidad y a la que amar como ella amaba a John. Ojalá la desconocida Anne se convirtiera en el gran amor de Phillip.

La celebración acabó de madrugada y Elisabeth se fue a la cama tan emocionada por el compromiso que la esperaba al día siguiente que dudó poder dormir, pero el agotamiento la venció y pronto cerró los ojos y se rindió al olvido mientras se diluía en su mente la imagen omnipresente de su amado John.

II

Durmió hasta bien entrada la mañana y se regañó por levantarse tan tarde. Días atrás, John le prometió que iría a su casa para hablar con su padre y pedirle su mano. ¿Estaría sucediendo todo aquello en el salón, mientras ella seguía indolentemente acostada sin vestirse ni peinarse? De un salto, se puso en pie y comenzó a rebuscar en su armario un lindo vestido que ponerse. No lo pensó mucho. Decidió que se pondría su favorito, uno precioso de seda verde que resaltaba su cabello castaño y sus enormes ojos de color miel.

No era fácil apañárselas sola con tantos corchetes y lazos, pero ya que su madre y ella compartían doncella, y la muchacha estaría ocupada ayudándola, se arregló lo mejor que pudo. El pelo era otra cosa. Su larga cascada de cabello castaño con mechones rojizos se mostraba enredada y poco dócil, por lo que tuvo que salir de la habitación y encaminarse hasta la alcoba de su madre en busca de la sirvienta.

Encontró a su madre impecablemente vestida, aplicándose unas gotas de perfume. La doncella recogía unos vestidos y los depositaba con cuidado sobre la cama.

—Cariño, ¿ya estás levantada? —le preguntó su madre al verla aparecer—. ¡Dios mío! Tienes que peinarte ese pelo rebelde. Mary, ¿podrías acompañar a mi hija hasta su cuarto y encargarte? No te preocupes por esa ropa, ya lo harás más tarde. Voy a bajar por si tu padre me necesita —añadió mientras se colocaba los pendientes frente al espejo—. Lord Mowbray está hablando con él en este momento.

Un grito de alegría salió de la garganta de Elisabeth, que, sin pensar demasiado en su cabello alborotado, salió corriendo de la habitación, sobrevoló el pasillo y bajó los escalones rápidamente hasta el despacho, donde supuso que se encontraban reunidos lord Mowbray y su padre. Abrió de par en par las puertas de la habitación.

—¡Lizzy! —exclamó su padre al verla llegar—. ¿Qué significa esto?

La joven se percató entonces de la apariencia con la que su futuro suegro la estaba viendo y se arrepintió de ser tan impulsiva. No importaba, lord Mowbray lucía una amplia sonrisa en su cara y su expresión era la de alguien satisfecho.

—Querida Elisabeth, precisamente era a ti a quien quería ver en este momento. —El padre de John se dirigió a ella con cariño, pues la había visto crecer desde niña y sabía de la buena relación que la unía a su hijo—. Supongo que John ya te habrá informado de la buena noticia. Mi querida niña, nuestro John va a casarse con *lady* Amelia, la hija del conde de Pembroke, este verano.

«No, no, esto está mal. No lo ha entendido», pensó justo antes de desmayarse.

Cuando Elisabeth volvió en sí, se hallaba recostada sobre uno de los sofás del salón. Su madre le aplicaba unas sales hediondas y Mary la miraba con aprensión.

«Siempre ha sido una chica fuerte, apenas ha enfermado de niña y nunca, jamás, se había desmayado. ¿El desvanecimiento tendrá algo que ver con la noticia que lord Mowbray le ha dado? Con toda probabilidad, se deberá a que no ha desayunado y, anoche, con la emoción de la fiesta, no se acordaría de comer», caviló su madre, inquieta. No había rastro de su padre ni del lord, quienes, tras auxiliarla recostándola en el sofá, habían salido discretamente, dejando a las mujeres ocupadas «en sus asuntos».

En cuanto centró la vista, la joven se incorporó y sintió como si un martillo le golpeara la cabeza. No se acordaba de nada de lo ocurrido, pero su cabeza sonó fuerte contra el suelo cuando se desvaneció. Lo único que podía recordar era que el padre de John le había contado algo increíble. Poco a poco la niebla de su cabeza se fue despejando. Su madre le acercó una taza de té, la tomó y sorbió un poco. Lord Mowbray había dicho que John pensaba casarse... con *lady* Amelia Pembroke.

La taza resbaló de entre sus dedos y cayó sobre la alfombra. Elisabeth se puso en pie y, aunque mareada, se deshizo de la mano de su madre, que intentaba detenerla, y echó a correr hacia el establo.

La cabeza le palpitaba de dolor, pero no pensó en descansar ni un segundo. Tenía que hablar con John y contarle el tremendo error en el que se hallaba sumido su padre.

Arregló rápido la montura de su yegua y cabalgó como si la persiguieran los demonios hasta la mansión Mowbray. Al llegar, tuvo en cuenta un instante su aspecto desaliñado y consideró que sería mejor dirigirse hacia la biblioteca, que era el lugar de la casa donde John solía encontrarse a esa hora, en vez de entrar por la puerta principal. Rodeó la finca y dejó el caballo ramoneando junto a unos matorrales.

Por los amplios ventanales, atisbó al joven en la biblioteca, de pie junto a su padre, enfrascados ambos en una acalorada discusión. Elisabeth no tuvo paciencia para esperar, cogió uno de los guijarros del camino y lo tiró a la ventana más próxima. Llamaría su atención como otras tantas veces había hecho. Él formularía cualquier excusa y escaparía un rato para estar con ella.

El impacto ni siquiera se oyó. «Demasiado pequeño», pensó. Estaba tan nerviosa que no atinaba con el tamaño adecuado. El segundo guijarro sonó con claridad. John miró a través de la ventana y la vio, posó la vista sobre ella unos segundos y una expresión terrible cruzó su rostro, pero se volvió para escuchar a su padre, mientras se echaba hacia atrás repetidamente el cabello dorado, nervioso.

Elisabeth permaneció inerme unos segundos, preguntándose qué era lo que estaba pasando, por qué John la ignoraba. Sin pensarlo, tomó otra piedra y la estrelló con fuerza contra la ventana, que se hizo añicos con un escandaloso ruido de cristales rotos.

—Ya está todo dicho. Es inútil que prolonguemos por más tiempo esta discusión, John.

—Padre, solo quiero saber cómo se lo ha tomado Elisabeth...

—La jovencita ha sido debidamente informada, al igual que sus padres. Eso es todo lo que necesitas saber. Tu obligación ahora es cuidar de que tus futuros parientes conozcan lo mejor de ti y que no tengan ningún *asunto* que reprocharte.

John se tapó por un momento el rostro con las manos. Con voz suplicante, casi un sollozo, interpeló a su padre:

—Le di mi palabra, padre.

—Eso fue una mala idea, sin duda. Como mi único heredero debiste ser consciente de la necesidad de consultar una decisión tan importante, pero... si no existe un tercero que actuara como testigo del compromiso y la jovencita es aún pura, no tienes obligación alguna para con ella.

—¿Y su familia? ¿Qué dirán?

—Que debieron educarla mejor. No debió echarse a perder con el primero que pasara...

—¡Padre! ¡Ella no es así!

Un sonido, un pequeño repicar en la ventana, lo distrajo un segundo. Más allá le pareció ver una figura pálida, aguardando.

—Sabes que no tienes otra opción, John. Nuestro legado está en tus manos.

John se devanaba los sesos buscando una salida. De repente, un estrepitoso ruido de cristales rotos cortó la discusión. Tras la sorpresa inicial, se asomó a la ventana, seguido de su padre, y vieron a Elisabeth allí parada, inmóvil, expectante. El jardinero y una sirvienta habían acudido también al oír el estruendo. Lord Mowbray musitó unas palabras a su hijo, quien la miraba con una expresión de absoluta tristeza: «Soluciona esto». Abrió el ventanal que llegaba hasta el suelo y, empujando los fragmentos de cristal, salió al exterior.

Al llegar junto a ella la agarró del brazo, sin delicadeza, y la arrastró deprisa, casi corriendo, hasta el invernadero. Solo cuando hubieron entrado y pudo cerrar la puerta, la soltó.

Elisabeth se frotó el brazo dolorido. Se preguntó qué significaba todo eso, ¿por qué él, su dulce John, la trataba así?

El joven caminaba de un lado a otro, mascullando palabras ininteligibles. Ella esperaba desconcertada a que le dijera cualquier cosa que la ayudara a recuperar su tranquilidad y ahuyentara su dolor.

—John, ¿qué ocurre? ¿Qué es eso que me dijo tu padre esta mañana? —Lo tomó con suavidad del brazo, obligándolo a parar.

—Elisabeth, amor mío... —Acunó su rostro entre las manos un segundo, para después soltarla y dejarla abandonada, sin su calor—. Hablé con mi padre. Yo le conté, le expliqué que tú y yo..., pero... ¡Dios mío! Estamos arruinados. El patrimonio de los Mowbray no existe. Los negocios de mi padre, las tierras que los avalaron..., todo se ha perdido. Hicimos una mala inversión. Lo hemos perdido todo...

La joven lo escuchaba sorprendida, ¿qué tenía que ver...? A ella no le importaba que él no tuviera dinero.

—Arruinados... Mi herencia es un título vacío y deudas.

—John, eso no importa. Yo te amo a ti, no a un título o unas tierras. —Lo tomó de las manos—. Si estamos juntos, lo superaremos todo.

John la abrazó con fuerza y ella se sumergió en el pecho del joven, aspirando su aroma conocido, la sensación de indescriptible felicidad y seguridad de estar junto a él, entre sus brazos.

De repente, él la soltó con brusquedad y, más para sí mismo que para ella, musitó:

—Necesito un préstamo importante e invertir adecuadamente para poder salir de esto. Necesito buenos contactos.

—Mi padre nos ayudará.

La miró fijamente durante unos segundos y le mostró una sonrisa triste y amarga.

—La situación de tu padre no es mucho más boyante, Lizzy. —Su nombre sonaba hermoso cuando salía de sus labios, pensó ella—. Apenas puede mantener su casa, aunque eso no es una novedad, siempre habéis vivido al límite. Sin embargo, tu hermano es ambicioso, tiene buenas ideas y ningún escrúpulo para llevarlas a cabo.

—¿De qué me hablas?

—Tu hermano va a invertir en bonitas minas de plata y carbón, querida. Y yo debo hacerlo en... —Se le quebró la voz y se tapó la cara con las manos. Elisabeth las apartó con suavidad y vio cómo el rostro de su amado era una mueca desfigurada por el dolor y el llanto—. Lizzy, tengo que casarme con Amelia Pembroke. Compréndelo, mi amor. Su padre es dueño de uno de los bancos más importante de Inglaterra y tiene negocios por todo el mundo. Ellos saben de la situación de mi familia y nos ayudarán. Amelia... se ha encaprichado de mí. ¿Qué puedo hacer?

Elisabeth dio varios pasos hacia atrás, tropezó y estuvo a punto de caer. Él acudió a ayudarla, pero ella se zafó de su contacto. No podía creer lo que John le estaba diciendo. Ese no era él. Seguramente la impresión de estar arruinados había sido demasiado fuerte, pero cuando se hiciera a la idea, recapacitaría y volvería en sí. No podía ser tan mezquino, tan desalmado, no podía hacerle *eso* a ella. No, le daría tiempo y volvería a sus brazos. Cumpliría su promesa de amor.

Lo miró horrorizada, mientras un sinfín de pensamientos dolorosos cruzaban su mente, y después se encaminó hacia la salida. Él la tomó del brazo y la obligó a volverse.

—Lizzy, dime que lo entiendes, por favor. Dime que me perdonas...

—Sé que este es un momento duro para ti. Sé que cuando estés más tranquilo lo pensarás mejor y recapacitarás. No puedes elegir una vida sin amor cuando yo te podría dar tanto. Te pudrirías por dentro, pero yo te esperaré, volverás a mí, lo sé. Recapacitarás, sí... Nada puede ser tan importante como nosotros.

Él permaneció callado y la dejó ir. Ella salió caminando altiva, luchando contra la pena que la ahogaba, la duda que la corroía, la angustia de que él desistiera y se rindiera a la obligación de su título, a lo que su padre esperaba de él, a las responsabilidades de un linaje, y que todo aquello fuera más fuerte que sus sentimientos por ella y la abandonara para siempre.

III

Anochecía cuando Elisabeth regresó a casa. Había estado aguardando a John durante todo el día en la cabaña, pero no había aparecido. Su madre la vio venir a caballo desde la ventana del salón.

Elisabeth no sabía que su padre había salido en su busca, al ser informado durante la comida por su esposa de que la joven se marchó por la mañana sin desayunar y sin decir adónde se dirigía y no había aparecido. La señora Miller había estado esperando el regreso de Elisabeth sin contar nada al esposo, temerosa del enfado de su marido. Al final, tuvo que hacerlo recelando de que, tal vez, hubiera vuelto a desmayarse o cualquier otra cosa terrible le hubiera ocurrido.

Como madre, nunca había sido estricta con Elisabeth, algo de lo que en esos momentos se arrepentía. Su excusa siempre había sido que se fiaba del buen juicio de su hija, pero la verdad era que jamás se había tomado la molestia de aproximarse un poco a ella, conocer sus pensamientos. La tremenda energía de Elisabeth le daba dolor de cabeza. Prefería dedicarse al jardín y a sus rosales, que le parecían mucho menos complicados y exigentes que sus hijos, en especial su hija.

«No tengo idea de qué pudo pasarle por la cabeza a Lizzy esta mañana», se dijo.

Mentía, reconoció. En el fondo temía que su hija se sintiera atraída por John Mowbray y le hubiera disgustado su compromiso. No quería ni imaginar que hubiera alguna otra implicación más profunda en el asunto.

—¿Qué ha ocurrido? ¿Qué te ha ocurrido? —La voz susurrante, nerviosa, de su madre la asaltó en cuanto puso un pie en la casa. La condujo escaleras arriba hacia su habitación. Mary salió a su encuentro en el pasillo, pero la señora Miller la despidió con un gesto.

Cerró la puerta al entrar. Y apoyó la espalda contra ella.

—¿Dónde has estado? ¡Dios mío! Los criados han empezado a murmurar. ¿Es cierto que estuviste esta mañana en la mansión de los Mowbray? ¿A qué fuiste?

Elisabeth se sentó a los pies de la cama, cansada e infinitamente triste. Quería contarle a su madre todo y que la abrazara y consolara. Sin embargo, ahora se daba cuenta de su terrible error. Solo había pensado en John y en ella durante ese día. Su estómago encogido en un puño no la había avisado de las comidas. Cuando empezó a oscurecer se percató de la larga sucesión de horas que había estado fuera, aguardándole, sin que apareciera. Fue entonces cuando tuvo en cuenta la preocupación de sus padres. ¿Qué podría decirles ahora?

No fue necesario que contestase. Reconoció los pasos apresurados de su padre subiendo la escalera. Su madre apenas tuvo tiempo de apartarse de la puerta cuando August Miller entró como un huracán en la alcoba, posando unos ojos que chispeaban con las llamas del infierno sobre ella.

—¡Desgraciada! —le espetó mientras la zarandeaba, arrojándola al suelo.

—¡Padre! —Elisabeth hubiese querido explicarse, pero la aterrorizaba la expresión de August. Sentía la garganta adolorida de contener el llanto que pugnaba por salir.

La señora Miller volvió a cerrar la puerta con delicadeza y se encogió contra ella.

—August, van a oírnos —susurró.

—¿Y qué importa eso ahora? Pronto todos sabrán las libertades que el hijo de lord Mowbray se tomaba con esta... desdichada. ¿Cómo has podido ser tan cretina? No tendrías que haber ido a casa de los Mowbray. Te vieron allí, sin arreglar y suplicando como una loca al maldito John. ¡Ojalá se lo lleven los demonios! Ahora todos murmuran lo peor...

Elisabeth intentó levantarse, pero su padre la agarró del brazo, acercó su cara a la suya y le inquirió:

—¿Qué hay de cierto en lo que me ha contado lord Mowbray?

Elisabeth miró suplicante a su madre, ¿qué debía decir?, pero la mujer se ocultaba entre las sombras de la habitación, resguardándose de todo, solo sus ojos brillantes denotaban su presencia.

—John y yo íbamos a prometernos hoy.

—¿Por qué? ¿Él te hizo algo sin tu consentimiento?

—¡No! Nos queremos, padre.

El bofetón fue inesperado, doloroso, pero no tanto como la mirada de desprecio de su padre.

—Entonces, lord Mowbray estaba en lo cierto. Le has permitido a su hijo libertades que no deberías y él no se siente en la obligación de resarcirte por ello.

—Padre, los dos nos queremos. Vamos a prometernos.

—Él *ya* está comprometido... con la hija del conde

de Pembroke, y tú no has sido más que una maldita diversión.

—Pero... no puede casarse con ella. No la ama. Me quiere a mí.

August volvió a levantar la mano, cerró el puño y..., conteniéndose en el último segundo, se golpeó la frente, alejándose de Elisabeth, que se había hecho un ovillo en el suelo y lloraba desconsolada.

—¡Tú! —Señaló a su esposa—. Debiste ser más estricta. La dejaste siempre hacer su voluntad... ¿Acaso sabías dónde estaba cuando salía de casa?

—August... Yo confiaba en ella. Además, tú también veías con buenos ojos su relación con John Mowbray —se defendió.

—Existía la posibilidad de que acabaran juntos en el mejor de los casos..., pero no a toda costa. De todas formas, ya no es posible. Mowbray no puede romper el compromiso de su hijo..., está tan arruinado o más que nosotros, y esa es su única salida. ¿Cómo va a casarse con alguien sin título, sin una dote siquiera?

—Oh, August, entonces..., ¿no asumirán ninguna responsabilidad? —Eleanor Miller no podía creer lo que oía—. Su hijo ha comprometido a nuestra Lizzy.

—Te aseguro que vamos a encontrar una solución, Eleanor. Si este asunto se hace público, y me temo que se hará, el matrimonio de nuestro hijo también estará en el aire. Y no voy a consentirlo bajo ningún concepto, Phillip tiene que casarse con la heredera. Y Elisabeth no va a ser un obstáculo. —Se volvió para encarar a su hija—. Levántate y vete a la cama. No quiero oír una sola palabra sobre todo esto. —Se dirigió a su esposa—: No saldrá de la habitación hasta que yo lo diga. Haz que le suban las comidas y, para para quien pregunte, di que está enferma.

Salió de la habitación, airado. Eleanor Miller pareció acercarse a su hija, pero lo pensó mejor y solo musitó: «Oh, Lizzy...», antes de salir de la habitación, cerrando la puerta tras ella.

Llovía.
Llovía fuera desde hacía varios días.
Llovía en el corazón de Elisabeth todo el tiempo desde que John le confirmara en el invernadero que iba a casarse con Amelia.

Desde entonces había pasado más de una semana y apenas había visto a nadie. No le importaba. La única presencia que quería era la de su dulce y extrañado John.

Su única distracción, encerrada en su cuarto, era mirar por la ventana, intentando avistar la figura de su amado dirigiéndose hacia su casa, hacia ella, desde sus tierras...

Los libros que tanto le gustaban yacían olvidados sobre la mesita, incapaz de concentrarse en ellos ahora. ¿Cuánto tiempo más tendría que esperarlo, sin saber qué estaba ocurriendo?

Su madre no le servía de consuelo. Nada le contaba, no se lo permitía August y consideraba que bastante le había complicado ya la vida. Tampoco quiso escuchar sus argumentos, sus razones, no quiso saber cuánto le importaba John y cuánto la amaba él y lo convencida que estaba de que todo terminaría arreglándose.

Sin embargo, en su interior, Elisabeth estaba muerta de miedo. A veces, la asaltaban dudas. ¿Y si... él no rectificaba? ¿Qué sería de ella? «No. Él no me haría eso». Ella conocía muy bien a su querido John y no la abandonaría, se repetía una y otra vez. Recapacitaría...

Distraída en una maraña de pensamientos, se sobresaltó cuando oyó la puerta abrirse. Entró su padre y le dirigió una mirada dura y cargada de reproches. Ella fijó la vista en aquella puerta abierta que preludiaba a alguien más y su corazón perdió un latido. «John...».

Su madre se asomó indecisa y después, con cierto temor y tristeza en la mirada, entró. Y cerró tras ella.

Elisabeth los miró alternativamente. ¿Por qué esas caras? ¿Por qué seguían enfadados? Presintió que no habría buenas noticias.

—Elisabeth, nos sentimos tan defraudados por tu comportamiento... —le aseguró su padre—. No debiste poner tus ojos en alguien por encima de tus posibilidades. Los Mowbray siempre fueron excelentes vecinos, pero no teníamos en común más que los límites entre nuestras tierras. Lord Mowbray desciende de nobles ingleses de antigua alcurnia, sus tierras son inabarcables, así como su fortuna..., o lo fueron. Tu ascendencia, la mía, procede de comerciantes, nuestra fortuna es el resultado de un duro trabajo, de la labor de nuestras manos, del sudor de nuestra frente. No nos consideran iguales, pero no podíamos quejarnos de nuestra posición, que nos permitía relacionarnos con ellos.

»Tu presentación en sociedad fue un éxito y se ideó para que escogieras con cuidado en tu escala social entre aquellos que podían elevarte, a ti y a tu familia. Obviamente, John Cooper no era una opción. Se supone que tu madre se encargó de aleccionarte... Siempre te consideré inteligente, Elisabeth, y, sin embargo, no hiciste uso de esa inteligencia para mejorar tu posición. Has ensuciado el nombre de tu familia y has estado a punto de desbaratar el compromiso de tu hermano que tan necesario nos es en estos momentos. Nuestros negocios en los estados norteamericanos están hundiéndose por momentos. La inestabilidad entre el norte y el sur ha provocado múltiples incidentes y el comercio exterior ha sufrido las consecuencias. A causa de ello nos encontramos al borde de la bancarrota..., al igual que los ambiciosos Mowbray, que no dudaron en utilizar como aval su inmenso patrimonio para procurarse una mayor riqueza. Las consecuencias son espantosas.

August Miller paseaba por la alcoba mientras iba desgranando sus pensamientos.

—Por fortuna, tu hermano mantiene el compromiso con Anne, en cuya magnífica dote ponemos nuestras esperanzas, hasta poder manejar su herencia, que le corresponderá como legítimo esposo. Pero tu relación con John Cooper es de dominio público y es una mancha insoportable para la familia. Por eso no es conveniente que sigas en esta casa, soltera, cuando tu hermano se case. Tú debes estar respetablemente casada también. —August hizo un gesto de desagrado y se pasó las manos por los cabellos. Parecía buscar las palabras que diría a continuación. Al fondo, Eleanor Miller continuaba callada, pendiente de las palabras de su esposo, con una mirada abatida que alimentaba el recelo de Elisabeth.

—¿Con John? —se atrevió a preguntar la joven.

—¡John Lytton Cooper va a casarse en pocas semanas con Amelia Pembroke! ¡Maldita sea! Eso está decidido, no hay vuelta atrás. Su padre ha sido magnánimo con tu situación, Elisabeth. Podría haberla ignorado y hubieras caído en la ignominia, todos lo hubiéramos hecho, pero hemos acordado las condiciones de un matrimonio que te permitirá salvar la situación con un mínimo de decencia.

Elisabeth estaba anonadada. No sabía si lo que escuchaba era cierto o había perdido la razón. ¿Habían concertado un matrimonio y no era con John? ¿Qué significaba todo eso?

—¿No voy a casarme con él?

—¡Te casarás con quien yo diga! —le espetó su padre con una mueca de hastío, acercándose iracundo a ella—. Ya nos has dado suficientes quebraderos de cabeza y esta es la solución a nuestro problema. No quiero oír ni una sola palabra más. Esta noche te traeré un documento que firmarás y aceptarás un casamiento por poderes.

«¿Quién? ¿Cómo?». La cabeza le daba vueltas. Su padre la casaba con un desconocido. Aquello no podía estar sucediéndole, pensó.

Sintió cómo se le aflojaban las piernas y se dejó caer en el sillón junto a la ventana. Cuando levantó la vista, su padre acababa de salir de la habitación y su madre se disponía a hacer lo mismo.

—¡Madre! —la llamó.

Esta miró temerosa hacia el pasillo.

—Volveré más tarde —le prometió y se marchó.

IV

Elisabeth sentía que vivía dentro de una pesadilla. Las semanas habían volado, aunque en ocasiones le había parecido que el tiempo se ralentizaba infinitamente. Lo había esperado, pero él nunca llegó. Y pese a la insistencia de su padre, se había negado una y otra vez a firmar documento alguno.

Su padre pretendía casarla con un extraño por el simple hecho de aparentar honorabilidad en caso de que hubiera dudas malintencionadas sobre su relación con John Cooper. Los padres de Anne, la prometida de su hermano, no iban a consentir ninguna desconfianza acerca de la honestidad de los miembros de su futura familia. Por ello, y ante cualquier posible atisbo de suspicacia, habían tomado la decisión de desposarla. Cuando su hermano matrimoniase, ella sería una respetable mujer casada.

Sin embargo, se había negado con todas sus fuerzas a acceder a la petición. Si firmaba el documento que su padre le ofrecía, según el cual ella aceptaba por marido a un desconocido que no se encontraba en Inglaterra en ese momento, pero con el que formalizaría su unión, *en todos los aspectos*, renunciaría a toda esperanza.

Su padre la había castigado y presionado de múltiples formas, pero esta era sin duda la más cruel: la había obligado a asistir a la boda de John. Con Amelia.

Sus manos temblaban de frío, de miedo o quizás de puro dolor cuando, sentada en el banco de la iglesia, junto a su madre, John le prometía a Amelia fidelidad y amor eterno.

Sus manos nerviosas eran, quizá, el único signo de vida en su cuerpo. No podía permitirse llorar, pero, extrañamente, no sentía la necesidad. Era como si su cuerpo no le perteneciera, como si, en realidad, ella no estuviera allí. Quizás ni siquiera le latiera el corazón.

Con la misma ausencia de espíritu, sus padres la instaron a que, acabada la ceremonia, los acompañara a felicitar a los contrayentes. Ella se dejó guiar. Mientras todos daban la mano a la flamante esposa y palmaditas en la espalda al esposo, ella, rezagada, contemplaba la escena. No quería pensar. Si se permitiese un solo pensamiento, acerca de una escena parecida soñada por ella desde hacía mucho, rompería a llorar y a gritar hasta que expulsara toda la rabia y la pena que la inundaban.

Cuando los invitados fueron marchándose, se vio obligada a acercarse. Alguien que tomó prestada su voz felicitó a la novia. Alguien con manos inoportunamente temblorosas. Esa misma persona se acercó para felicitar al novio. Y cometió el error de mirarlo a los ojos.

Unos ojos tristes y brillantes la acogieron y sus manos la retuvieron un momento más de lo esperado. Mientras la novia charlaba distraída con unas amigas, John se acercó a ella.

—Elisabeth, te he echado tanto de menos... —le susurró—. No dejes que esto acabe así.

La joven pareció despertar de una pesadilla.

—¿Y qué puedo hacer? Tú has elegido y ya no hay vuelta atrás. Te estuve esperando, John...

—No podía hacer otra cosa. —Bajó aún más la voz—. Pero no quiero vivir sin ti. Ven conmigo a Bristol, Lizzy. Prepararé una casa para nosotros dos. Nos veremos siempre que pueda, estaremos juntos...

El dolor y el asco más violento se reflejó en su expresión. Ella no podía creer lo que su adorado John acababa de proponerle.

—¿Quieres que sea tu amante? ¿Eso es lo que quieres? No soy lo suficientemente buena para ser tu esposa, pero sí para degradarme a...

—Lizzy...

De pronto no era la tristeza lo que la embargaba, sino la ira y el dolor más terribles. ¿Quién era aquel hombre? ¿Qué había sido del John al que tanto amó?

Una mirada de tristeza y desprecio fue su única despedida. Buscó a sus padres y evitó mirarlos a los ojos. Todo un mundo se ocultaba tras ellos.

Subieron al carruaje.

—Padre, por favor, lléveme a casa —suplicó.

—Nos esperan en el banquete, Lizzy.

—No me encuentro bien.

—Estaremos poco tiempo. Es conveniente que nos vean en la celebración.

—Por favor... —imploró, casi sollozando.

—Así verán que no tenemos nada que ocultar o por lo que sentirnos avergonzados —le respondió, casi escupiendo las palabras.

—Si nos marchamos a casa, le prometo que firmaré los documentos —soltó de improviso. No lo pensó demasiado, haría lo que fuera por no tener que encontrarse de nuevo frente a John, aunque el pago fuera un casamiento por poderes. Quizás fuera una manera de librarse de su encuentro o una forma de venganza. Ya lo pensaría. Ahora lo que quería, lo que necesitaba, era encerrarse entre las cuatro paredes de su habitación para poder desmoronarse a solas.

August la miró con suspicacia, pero aceptó. Al llegar a casa, la llevó a su despacho y depositó ante ella unos documentos. Con dedos temblorosos, tomó una pluma y firmó cuantas veces fue necesario. Al terminar, pidió permiso para retirarse a su habitación y, sintiendo el peso de la derrota sobre sus hombros, subió lentamente la escalera.

Algunos días pasaron. Phillip se encargó de traer noticias de Londres sobre la luna de miel de los Cooper-Pembroke y sobre su propia boda, que no tardaría en tener lugar puesto que Anne había completado su ajuar y ya habían cumplido con las amonestaciones.

Elisabeth asistía apática a la conversación. Una terrible desilusión y tristeza seguían velando su rostro. Se alegraba por su hermano, que parecía feliz ante la inminente boda. Quizás, después de todo, lo mejor fuera un matrimonio de conveniencia donde los sentimientos no formaran parte. Al menos así se garantizaba que no habría corazones rotos que recomponer. Como si arreglar un corazón lastimado fuera posible...

—¿... no crees, Elisabeth? —llamó Phillip su atención.

—¿Qué? Lo siento, estaba distraída.

—Te preguntaba si te sientes diferente al estar casada. La situación cambia mucho una vez te echan el lazo —dijo riendo.

—No lo sé, yo...

—Tu hermana no se ha molestado en conocer los pormenores de su matrimonio. Ni siquiera sabe quién es su esposo —explicó August Miller a su hijo.

—¡Elisabeth! ¡No puedo creerlo! —Una risa forzada salió de la garganta de su hermano—. ¿Tan poco te importan tus propias circunstancias?

—Yo..., padre me dijo que... mi... esposo me reclamaría a su debido tiempo y que podría preparar el ajuar con tranquilidad... —En realidad se sentía tan confundida y trastornada desde las palabras de John en la boda que ni siquiera había prestado atención a los detalles que su padre le comentó y no había sentido la más mínima curiosidad por conocer nada del asunto.

—¿Así que no sabes con quién te has casado? ¿No leíste su nombre en el contrato matrimonial? —insistió Phillip.

—¿Y qué más da? Nadie de mi elección. Tanto me da... —No se veía capaz de soportar un minuto más la conversación—. No me encuentro bien. Disculpadme.

Elisabeth hizo oídos sordos a la llamada de su hermano. Curiosamente, sus padres no la habían apremiado después de la firma, pero entendía que su hermano lo hiciera, que sintiera curiosidad ante la inminencia de su propia boda. ¿Qué podría decirle ella? Su matrimonio era un garabato en un papel. Su esposo, un desconocido que no tenía prisa por encontrarse con ella. Y ella no sentía el más mínimo interés ni deseo alguno de que ese momento llegara.

Pensó cuánto había cambiado su carácter en unas semanas. Su alegría y vitalidad habían quedado sepultadas bajo una enorme losa de tristeza y desilusión. ¿Llegaría alguna vez a superarlo? ¿Podría olvidar a John y todo el daño que le había hecho? Reconocía que, a veces, era odio lo que sentía al pensar en él, pero en el fondo seguía amándolo. Pese a todo el daño.

—Lizzy —la llamó su hermano cuando subía a su

habitación—, ¿podríamos hablar si no te encuentras demasiado mal?

—Phillip, ¿es necesario?

—Yo diría que sí —le aseguró—. Vamos, ¿cuánto tiempo hace que no sales a dar un paseo a caballo?

Montaron juntos, uno al lado del otro, cada uno en su caballo favorito. Hacía mucho tiempo que los hermanos no compartían ninguna actividad y la cabalgada le sentó bien. El viento en la cara, jugando con su pelo, despeinándolo, y la charla intrascendente y divertida de su hermano la hicieron reír, algo que hacía mucho tiempo que no sucedía.

Tras un buen rato cabalgando detuvieron sus monturas junto a un inmenso roble al que solían acudir de niños. Ataron los caballos a unos matorrales y Phillip acudió para ayudar a desmontar a su hermana, pero, como siempre, no hizo falta, ella ya lo había hecho de un salto.

—Estás en buena forma, Lizzy.

—Hace un par de meses que no montaba, pero no es tan fácil de olvidar —le aseguró con una sonrisa.

—Me alegra verte así..., sonriendo. Yo... no puedo imaginar por lo que estás pasando. A veces, pienso que has sido una tonta sin remedio, y otras me dan ganas de encararme con ese estúpido de John Lytton y darle un buen puñetazo por no haber sabido escoger.

—Phillip...

—Pero... —la interrumpió— no puedo dejar de comprenderlo, mal que me pese. Lo vuestro era una bonita atracción de niños que os entretuvo demasiado tiempo y tú lo idealizaste. —Ella se preguntó cuánto sabría su hermano sobre su relación con John. Apenas nada, seguramente—. Quizás, si las circunstancias hubieran sido otras, habría salido bien y habrías entrado a formar parte de la familia de un lord.

—Escuchar a su hermano le estaba haciendo daño—. Sin embargo, su decisión ha sido la única posible en estas circunstancias. Se avecinan tiempos difíciles para nuestros negocios en Norteamérica. Los problemas entre los estados del norte y del sur son cada vez más notables. Los estados sureños no aceptan ni respetan los tratados que se validaron en cuanto a aranceles porque piensan que les perjudican y, tanto unos como otros, se obstaculizan mutuamente mientras la economía y el comercio exterior se desploman. Nuestras inversiones allá no valen nada y, ante la ruina, poco podemos hacer...

—Solo queda invertir en una esposa con dinero.

—Eso suena terrible, Lizzy.

—Pero ¿acaso no es cierto? Dices que lo comprendes porque tú has hecho lo mismo. Al menos espero que no hayas dejado en tu camino a ninguna muchacha con el corazón destrozado.

—Querida Lizzy, es en estos momentos cuando golpearía a ese maldito sin dudar. No quiero que sufras más por él. Lo superarás. —Ella le dedicó una mirada ambigua—. Crearás tu propia familia.

Una punzada de inquietud la asaltó de improviso. No había dedicado apenas un pensamiento a quien ya se había convertido en su esposo, y ahora la mención de su hermano le revelaba las implicaciones que eso tendría de la manera más cruda. Se suponía que ella debería intimar con ese desconocido y formar una familia. «Tener hijos de él».

Era cierto que sus padres no la habían empujado a hacer las maletas rápidamente, pero tarde o temprano tendría que enfrentarse al hecho de que la reclamaría y deberían vivir juntos. Todos los días. «Y todas las noches». Sintió como si de repente le faltara el aire. No quería admitir que ya estaba casada; había pensado, cobardemente, que si no lo mencionaba, no existiría, pero no era así como las cosas funcionaban. Quizás fuera mejor conocer e ir haciéndose a la idea, mal que le pesara.

—¿Y con quién me veré obligada a formar esa familia? —se atrevió a preguntar, al fin.

Phillip suspiró fastidiado. No debía ser él quien se lo contara, pero ya no había vuelta atrás.

—Tu esposo es William Cooper, el hermanastro de lord Mowbray.

V

Phillip respetó el silencio de su hermana tras la revelación. Sabía que en cuanto asimilara lo que le había desvelado lo cuestionaría. Él también había protestado cuando su padre le comunicó quién era el elegido. Tras su explicación no pudo más que callar y asentir.

—¿William Cooper, el tío de John? —Elisabeth se sintió en un *déjà vu*, un recuerdo volvió a su memoria y se vio engalanada con un precioso vestido de seda blanco, moviéndose al compás de la música, guiada por unas manos morenas que contrastaban con su pálida piel—. ¿El mestizo?

Fue más una afirmación que una pregunta. Lord Mowbray tenía una larga parentela de familiares, pero solo uno lo irritaba especialmente. Uno que, según le contó John, su padre pensaba que había sido el error de un hombre solitario en su edad madura. Un hijo fruto del casamiento de su padre con una mestiza india era, a los ojos de un noble de rancia alcurnia como el padre de John, algo detestable, que los degradaba.

En su última visita, los Mowbray habían intentado congeniar con él, aunque solo con el interés de que los trámites de la herencia, que llevaban posponiéndose desde hacía mucho, se solventaran a gusto de los herederos ingleses. Habían descubierto que el joven había recibido una exquisita educación, gracias al dinero del viejo Mowbray, y que sus modales le permitían lucirlo en su compañía como un ave exótica, pero era bien sabido que en su círculo sería considerado siempre como alguien ajeno, el fruto de un lord extravagante. Cuanto antes lo devolvieran a los Estados Unidos, mejor. Y ese iba a ser su marido. Era, en realidad. ¿O acaso había algún otro William Cooper que ella no conocía? Buscó en los ojos de su hermano una respuesta.

—Es un hombre con educación, no es un salvaje, quiero decir... —Phillip se explicaba con torpeza—. El hecho de que sea hijo de una india americana..., bueno, ya sé que no es comparable con...

—Phillip, no me importa quién sea su madre. Eso me es indiferente en estos momentos. Me da igual lo que piense gente como los Mowbray. Ellos..., John, su padre..., son escoria —argumentaba Elisabeth, cada vez más enfurecida—. Su palabra no vale nada, ni sus promesas... —Le dio la espalda a su hermano para que no viera unas lágrimas que pugnaban por salir—. Me da igual lo que el resto del mundo piense. Es lo que mi padre ha querido para mí lo que me duele. Me ha comprometido con un extraño que me alejará de mi familia, de Mowbray, de todo lo que yo pensaba que iba a ser mi futuro, mi vida. Tendré un océano de por medio... ¿Y qué clase de existencia me espera allá?

Elisabeth se recostó contra el árbol, incapaz de expresar con palabras sus pensamientos. Su vida, perfecta y ordenada hasta hacía unas semanas, se había vuelto del revés. Nada salía como ella lo soñó. No habría un John Cooper en su vida nunca más. «John, mi amor...».

—Sé que todo es muy difícil ahora, pero acabarás...

—Phillip no supo terminar. «¿Amándolo? ¿Acostumbrándote?».

Elisabeth se volvió de repente y encarándose lo cuestionó:

—¿Por qué? ¿Por qué él?

Phillip maldijo su suerte. No le correspondía a él eso, pensó molesto, otra vez.

—Padre obligó a Mowbray a solucionar... el *asunto*, ya que John no iba a casarse contigo. John siempre negó que hubiera habido un compromiso por vuestra parte y que nada podía reprocharse de su conducta. Dijo que tú sola te habías desmerecido cuando fuiste a buscarlo a su casa y rompiste el ventanal. Eso hizo que todos comentaran tu comportamiento y se crearan especulaciones. —Ella escuchaba en silencio, atormentada por las mentiras de su amado y arrepentida de su vehemencia aquel día—. Mowbray le propuso un acuerdo, con el que todos saldrían ganando, según él. Le cedería a su hermanastro unas tierras en los Estados Unidos, de las que no había querido desprenderse antes, a cambio de unos terrenos que eran propiedad de William Cooper y que lindaban con sus tierras y con las de padre. Padre y él se repartirían esas tierras y Cooper se quedaría con una plantación norteamericana.

—¿Y yo dónde encajo en todo eso?

—Tú eres parte del trato, Lizzy. Mowbray conseguía quedarse con todas las tierras inglesas de su padre y Cooper con las americanas, y se procuraba, además, una esposa inglesa.

—Y padre obtiene una ampliación de sus tierras y consigue deshacerse de su díscola hija. Espero que todo esto haya valido la pena... —De su garganta brotó lo que pareció un amago de carcajada que no era más que un sollozo ahogado. «Debería estar contenta», pensó. Todos le reprochaban su insensatez y, en realidad, había conseguido que ellos hicieran un negocio redondo. ¿Cómo pudo John hacerle eso? ¿Y su propio padre? ¿Y qué clase de marido la esperaba en aquellas tierras lejanas?

Regresaron a casa en silencio. Se excusó por no asistir a la cena y se encerró en su habitación. Tenía mucho en lo que pensar, aunque, en el fondo, creía firmemente que no tenía mucho sentido darle vueltas a nada, ya que no podía tomar decisión alguna sobre su destino. Ellos se habían encargado de organizar su vida. John con su desprecio, y su padre casándola sin su consentimiento. ¿Y qué podría esperar de William Cooper, para quien no había sido más que un objeto en una subasta? Tierras y esposa... ¿Qué clase de vida le esperaría junto a él, si ella era una esposa igualmente impuesta, que él no había podido elegir, y su matrimonio no era fruto de una decisión propia?

Los días pasaban con cadenciosa monotonía. Había pensado mucho sobre lo que Phillip le había contado. Elisabeth se sabía cobarde. No quería hablar con su padre sobre su casamiento. Temía saber y, sobre todo, temía que la urgiera a encontrarse con el hombre que ahora se había convertido en su esposo. Pero no podía evitar pensar en él. Intentaba rescatar de su memoria cualquier información que John le hubiera procurado. El recuerdo de su baile el día de su presentación en sociedad, por ejemplo, la perturbaba.

Recordaba a un hombre alto, delgado, de piel ligeramente tostada por el sol y el aire libre, nada que ver con la tez pálida de los jóvenes que conocía. Unos brazos fuertes que la acompañaron con firmeza, las manos grandes, callosas, morenas. El cabello largo, negro, lustroso, y unos intensos ojos verdes, que la habían ruborizado al mirarla con sorprendente intensidad. La nariz recta, una mandíbula firme y el atisbo de una sonrisa de dientes blancos. Era todo lo que conseguía traer a la memoria sobre su desconocido esposo. ¿Habían hablado? Rememoró unas palabras pronunciadas con voz grave y extraño acento. ¿La recordaría él acaso? ¿Sabría quién era ella o se habría limitado a redondear el negocio aceptando cualquier esposa inglesa?

Por John sabía que no pensaba vivir en Inglaterra en absoluto. No le gustaba y, con toda probabilidad, sus gentes tampoco. Si así fuera, ¿la dejaría seguir con su vida o la reclamaría a su lado?

Él solo había visitado la isla en dos ocasiones. La primera siendo un niño, acompañado por su padre, el fallecido lord Mowbray, abuelo de John, para ser presentado a sus hermanastros, ante el estupor de toda la familia. John le había contado que Mowbray se sentía especialmente orgulloso del pequeño mestizo y no dudó en protagonizar un escandaloso altercado con otro miembro de la nobleza cuando fue recriminado por su «desvergüenza» al hacerse acompañar por el chico con total desfachatez.

Era probable que ese rechazo constituyese el germen de la aversión de William Cooper hacia Inglaterra. No fue hasta varios años después de morir el lord que tuvo que viajar forzosamente hasta Mowbray y volver al hogar que antaño fue de su padre y ahora pertenecía al nuevo lord, su hijo primogénito, fruto de su primer matrimonio con una aristócrata inglesa, para arreglar unos asuntos de la herencia.

Sobre esos asuntos y cómo se resolvieron, John ya no la informó. El desenlace de todo la implicaba a ella, y John ya había decidido desaparecer de su vida.

Exasperada, se levantó de la silla donde llevaba un

buen rato intentando concentrarse en la lectura, sin éxito. Sus pensamientos la llevaban de forma ineludible a William Cooper para terminar centrándose en su sobrino John Lytton, el hombre que aún amaba y que le había cambiado la vida, destrozándosela. ¿Cuándo dejaría de recordarlo, de amarlo?

VI

William regresaba cabalgando a casa, tras un día extenuante en el que se había reunido con los representantes del estado en Richmond, la capital de Virginia, para intentar encontrar una solución pacífica a los problemas que los nuevos decretos aprobados en el Congreso planteaban a muchos terratenientes de la zona.

La subida de impuestos, la limitación de negocios en el mercado de esclavos y, sobre todo, la posible supresión de la esclavitud enfurecía a los grandes propietarios. Hacía mucho tiempo que no se sentían representados por el Congreso de los Estados Unidos. La elección de un reconocido abolicionista como nuevo presidente de los estados americanos había prendido una llama de puro descontento que estaba siendo imposible de apagar. Abraham Lincoln, el flamante presidente, amenazaba las bases fundacionales del estilo de vida sureño. Los esclavos eran su mano de obra y defendían la esclavitud como una forma de vida que Dios les había permitido desde hacía casi dos siglos para la labranza y cultivo de sus tierras. Dios, creían convencidos, les había concedido el derecho de dirigir y guiar sus pobres e insignificantes vidas, y ahora unos malditos yanquis del norte querían arrebatarles todo lo que tradicionalmente habían conocido. ¿Quiénes recogerían, entonces, la cosecha? ¿Qué manos dóciles les servirían?

William, desde su montura, inclinó respetuoso la cabeza al pasar junto a una carreta cargada de negros. Estos lo miraron con ojos asustados, alguno levantó la mano en señal de amistoso saludo. Eran aquellos que lo conocían y sabían que era el hijo de Taylor Cooper, el lord inglés que se había casado con una mestiza india y que contrataba mano de obra para sus campos. Su hijo había seguido sus pasos.

Taylor, primero, y su hijo, después, se habían convertido en apestados para la mayoría de la comunidad, al no comerciar con esclavos. Si permitían que formaran parte del Concejo del Condado era en virtud de la cantidad de tierras e influencias en las altas esferas que poseían, y de la valentía por parte de ellos de no someterse ni dejarse amilanar por otros dueños de plantaciones, aunque todos los años durante la cosecha se produjesen sospechosos incendios, revueltas y robos en sus tierras.

Al asistir al Concejo en la capital de Virginia, William había intentado, una vez más, hacerse oír entre hombres vociferantes, exaltados, que solo veían una salida a, según sus palabras, los desmanes del gobierno. Abogaban por la rebelión, por la separación del norte que ahogaba su estilo de vida, querían independizarse de los Estados Unidos.

William propuso solicitar la aplicación de unas cláusulas temporales que permitieran una progresiva adaptación a las nuevas medidas; sin embargo, para la mayoría de los asistentes aquello era impensable, no estaban dispuestos a claudicar y liberar a sus esclavos. Consideró volver a hablarles de su propia experiencia, en la que el trabajo en la plantación por parte de hombres libres no estaba reñido con el logro de beneficios, pero eso no convencería a sus vecinos.

Era cierto que la plantación de los Cooper nunca había destacado por ser la más boyante. ¿Cómo serlo si sufrían de constantes ataques por parte de otros propietarios, quienes luego lo negaban, y gran parte de los beneficios de la cosecha servían para ayudar al ferrocarril subterráneo que se encargaba de hacer llegar al norte a esclavos huidos?

Nadie, nunca, podía saberlo. Nadie podía enterarse de que los Cooper ayudaban a los esclavos sureños fugitivos, o los ahorcarían y después quemarían su hacienda con ellos dentro. Incluso entre su propia gente, solo un exclusivo puñado de almas estaban enteradas y colaboraban.

William Cooper se movía en un estrecho filo de navaja que podía llegar a ser mortal si se producía alguna filtración. Ya era bastante difícil convivir con vecinos esclavistas y que lo dejaran en paz.

Sin embargo, los ánimos estaban cada vez más exaltados por la dura oposición que el gobierno hacía de la esclavitud y su situación era cada día más delicada. ¿Qué sucedería si, finalmente, los estados del sur se declaraban en rebeldía? ¿Qué posición podría tomar él, cuya vida y tierras pertenecían al sur, pero cuyos ideales encajaban con los del norte?

Will siempre había creído en la igualdad entre los hombres. No solo porque su padre así se lo había inculcado, ¿acaso no era el hijo de una mestiza india, una de las razas más perseguidas y exterminadas de la Tierra? Él tenía muy claro que debajo del color de la piel todos los hombres eran iguales, con idénticas grandezas y miserias. Los hombres blancos basaban su supremacía en absurdas creencias sobre la inferioridad de los pueblos con distinto color de piel. Los esclavos se embrutecían por su modo de vida, en el que la educación y la libertad les estaban prohibidas, no por el tono de su piel.

William se sentía asqueado de compartir el mismo aire de la sala con aquellos seres que se creían con derecho a someter, castigar o violar a otros basándose en una superioridad otorgada por derecho divino.

Un suspiro de satisfacción se escapó de su garganta al llegar a su hacienda. Su padre la había comprado hacía décadas y poco a poco la había ido ampliando, añadiendo acres de terreno. Del antiguo nombre de la hacienda no quedaba ni rastro, ya que Taylor Cooper la había bautizado Kinomw, el nombre indio de su esposa: Anhelo.

El portón de entrada con el nombre de su madre sobre la fachada superior había sido sustituido varias veces al sufrir desperfectos por actos vandálicos. William lo había arreglado una y otra vez.

Al llegar a la entrada, Cicero se hizo cargo del caballo y el ama Felicity lo recibió con una espléndida sonrisa y un baño de agua caliente.

En la alcoba, Will se desprendió de sus ropas polvorientas y se sumergió en la tina. Volutas de vapor subían mientras el muchacho se enjabonaba el cuerpo y se lavaba el cabello a conciencia, como si así pudiera desprenderse de las malas impresiones del día.

Si su padre estuviera las cosas serían mucho más fáciles, pensaba. Al menos tendría con quien hablar o consultar sus decisiones. Sin embargo, hacía ya seis años que una enfermedad fulminante se lo había llevado y lo había dejado con diecinueve años al frente de su hacienda. Recordó los años pasados junto a su padre y el tiempo que tuvo que huir con su madre y estuvo alejado de él. Ya no lo recuperaría. Pero aquellos años lejos de él le permitieron conocer a su familia materna: una tribu de algonquinos que vivían en Canadá, nómadas, moviéndose siempre al amparo de los bosques, limitando su contacto con los rostros pálidos. Aquello para un niño de ocho años supuso una impresión que lo marcaría de por vida. Tuvo que adaptarse a costumbres que le resultaron extrañas, aprender un nuevo idioma, a cazar, a pescar, a luchar...

Y a los catorce años pudo regresar a Virginia y reencontrarse con su padre, para poco después perder a su madre.

Sumergió su cuerpo por entero en la tina y aguantó la respiración todo lo que pudo, tal y como hacía cuando buceaba en el río. Al salir, respiró profundo y se sintió reconfortado, listo para dedicar unas cuantas horas de trabajo de despacho tras la cena. Tenía bastantes cartas que escribir.

Cenó ligero, tomó un café cargado y advirtió a su vieja y querida niñera Felicity que no lo esperara despierto y se fuera a la cama. Con una nueva taza de café en las manos, entró en el despacho y comenzó a escribir algunas misivas a antiguos amigos de la academia militar de West Point, intentando recabar información sobre las nuevas leyes y compartir opiniones e ideas. Sabía que en estados como Carolina del Sur, Alabama o Florida se producían altercados diarios reclamando la independencia.

Un par de horas después, y con los músculos entumecidos por permanecer largo tiempo en la misma postura, se levantó, y estaba a punto de irse a la cama, cuando recordó un documento que había llegado hacía varios días y al que apenas había echado un vistazo.

Abrió el primer cajón del escritorio y sacó un pliego enrollado. Lo desenvolvió con cuidado y, suspirando, volvió a sentarse. Leyó atentamente el documento que contenía las cláusulas y condiciones de su contrato matrimonial, que había negociado antes de partir de Inglaterra hacia los Estados Unidos.

El contrato se atenía punto por punto a las condiciones pactadas con su hermanastro, el hijo mayor y heredero del título y el condado de Mowbray. William se desprendía de todas las propiedades inglesas que su padre le dejara en herencia y lord Mowbray, a cambio, le cedía todas las tierras americanas que heredó de su progenitor. Mowbray había sido reacio a desprenderse de una fructífera plantación cercana a Kinomw, aunque al final lo había hecho con la condición de que aceptara desposarse con una joven inglesa. A William el trato le había parecido rocambolesco.

Mowbray le había explicado que su hijo se había encaprichado de ella y corría el riesgo de echar a perder una espléndida boda si la joven no contraía matrimonio antes. A William le había parecido un trato deshonesto y lo había rechazado, pero entonces Mowbray se había negado a traspasar la plantación y le había asegurado que se la cedería a quien se mostrara dispuesto a casarse con ella, cualquier terrateniente, viudo o con hijos en edad de matrimoniar.

William preguntó sobre la joven y Mowbray le contó que se trataba de la hija de August Miller, su vecino. Él recordó a una jovencita vivaz, de preciosa sonrisa y chispeantes ojos del color de la miel, quien, sin embargo, se había mostrado extremadamente tímida entre sus brazos mientras bailaban.

Algo parecido a la indignación se instaló en su cuerpo al pensar que aquella muchachita pudiera acabar en una plantación sureña, casada con un colono esclavista. No lo pensó demasiado, accedió.

Y casi cinco meses después recibía el contrato aceptado con la firma de... ¿Cómo se llamaba? Elisabeth, decía su rúbrica. Elisabeth Miller. Su esposa.

El recuerdo de su único encuentro en el baile de presentación de la joven lo había desvelado, así que decidió escribirle una breve nota. Tarde o temprano tendría que ponerse en contacto con ella. No se hacía ilusiones con respecto a una acogida agradable por su parte. La joven había sido apartada de su sobrino y casada con un desconocido que vivía a miles de millas. Y para colmo, la sombra de una guerra se cernía sobre su futuro país.

Decidió ser sincero sobre la situación que podía encontrar y la razón de sus noches de insomnio. No iban a poder reunirse durante un tiempo, aunque estaba seguro de que a ella eso no le importaría. Lo más importante, en cualquier caso, era que no estaba dispuesto a ponerla en peligro. Le escribiría y confiaba en que ella le respondiera y pudiera conocer sus impresiones. Al fin y al cabo, estaban abocados a entenderse, ya que los obligaban lazos indisolubles.

VII

Aquella mañana recibieron más correo del habitual, pero apenas hubo tiempo de echarle una ojeada. El señor Miller había comenzado a encontrarse mal de nuevo, como le ocurriera por primera vez durante la boda de su hijo, y esto se había convertido en algo que se repetía cada poco tiempo. Llamaron al doctor, quien lo examinó, le administró láudano y le recomendó descanso. Poco más se podía hacer por él. Los médicos a los que había visitado en Londres coincidieron en el diagnóstico: el señor Miller sufría de un tumor en el estómago que presentaba ramificaciones en otras partes del cuerpo y no existía tratamiento ni operación posible. Habría que administrarle dosis cada vez mayores de opio para combatir los dolores.

Elisabeth y su madre estaban devastadas. Durante toda su vida, August había sido un ejemplo de fortaleza. De un día para otro, la enfermedad lo había señalado con su terrible dedo descarnado y no le permitía recuperación alguna. Elisabeth se sintió morir. En su fuero interno se culpaba por los sufrimientos infligidos a su padre, el haber dejado a su familia en evidencia, su impertinencia y rebeldía.

Una agonía desesperada la consumía. Conforme

su padre empeoraba, ella fue asumiendo el rol de cuidadora. Pasaba los días junto a él, intentando distraerlo, atender sus mínimos deseos. Fue desplazando a su madre incluso en el cuidado durante las noches, algo que la señora Miller aceptó sin pensarlo demasiado. Todo aquello la sobrepasaba; el olor a enfermedad, la visión de la decadencia que le había sobrevenido a alguien tan fuerte como a August, la hacía pensar en su propia colección de pequeñas dolencias, aumentándolas, y, como buena hipocondríaca que era, se sumía en la depresión y la agitación nerviosa.

Cuando su padre despertó, se sintió lo suficientemente recuperado como para que Elisabeth lo distrajera leyéndole el correo. Una carta de Phillip fue lo primero que quiso oír. El joven continuaba su luna de miel por Europa sin saber de la enfermedad de su padre, quien no quiso contarle nada. En ella, Phil los ponía al día de las ciudades que visitaban, los distinguidos hoteles en los que se alojaban y las fabulosas compras de Anne, quien había hecho enviar a su mansión varios cargamentos con muebles, enseres y telas desde Francia e Italia. En ese momento se encontraban a punto de dejar Mónaco para hacer escala en París antes de instalarse definitivamente en una preciosa mansión en Bristol, que había sido el regalo de bodas del padre de la novia.

Mientras repasaba alguna de las misivas restantes, August volvió a quedarse dormido. Elisabeth dejó el resto del correo sobre la mesita, pero uno de los sobres cayó al suelo. Al recogerlo, leyó con sorpresa que estaba dirigido a ella y que había sido remitido desde Norteamérica.

Con cuidado de no hacer ruido, se levantó y se acercó hasta el balcón del fondo donde tendría más luz. Lo revisó atentamente. Era su nombre y dirección la que constaba. Detrás, escrito con tinta oscura, un nombre que le hizo perder un latido: *William T. Cooper*. Y una dirección de Virginia.

No podía ser. Ahora no. No era posible que la reclamara justo ahora. No acudiría, por supuesto. ¿Y qué debía hacer? ¿Enseñársela a su padre? Eso lo agitaría, sin duda, y no estaba dispuesta a darle ni un solo disgusto más. En muchas ocasiones las preguntas sobre su casamiento por poderes se le atravesaban en la garganta, se le enredaban en la lengua, pero las tragaba para no infringir pesar alguno a su padre. Si él no tenía nada que decir, ella no le preguntaría.

Decidió abrirla; al fin y al cabo, iba dirigida a ella, y sopesaría si era necesario que su padre supiera de la misiva. Extrajo un papel fino, de un blanco amarillento, doblado en dos que contenía varias líneas de escritura uniforme y cuidada.

Louisa, Virginia, 17 de noviembre de 1860

Estimada Elisabeth:

Siento mucho no haber podido comunicarme con usted antes. Hubiera sido lo correcto tras recibir el documento rubricado por su parte que nos une como marido y mujer.

Le pido disculpas; asuntos de grave índole en mi condado han requerido de mi tiempo. Me temo, y siento un enorme pesar al expresarlo por escrito, que nos encontramos abocados sin remedio a una guerra civil.

Como verá, esta situación me impide reclamarla, como era mi propósito, para traerla hasta su hogar en el condado de Louisa, en Virginia. Desearía tenerla conmigo, familiarizarla con este país y estas tierras, y que, poco a poco, aprendiera a amarlo como yo lo hago, pese a sus múltiples defectos. Sin embargo, no puedo arrancarla de su casa para sumergirla en una situación incierta.

¿Es creyente, señorita Miller? (¿Podría llamarla seño-
ra Cooper?). Si es así, rece por nosotros todo lo que pueda.
Atentamente suyo,
William T. Cooper

La releyó de nuevo. Le supo breve y sorprendente. Sintió la tranquilidad de una carta que, pese a que estaba escrita con el terrible trasfondo de una guerra en ciernes, le transmitía cierta paz. No iba a ir a buscarla, podría permanecer aún por mucho tiempo entre los suyos y, probablemente, antes de hacerlo se lo comunicaría. Además, el respeto y el tacto con el que se dirigía a ella le daba a entender que era un hombre correcto y educado. Aunque no podía saberlo con seguridad. Lo escrito era una cosa y la realidad otra. Pudiera ser que alguien se la hubiera redactado. De inmediato desechó ese pensamiento por mezquino. John le había dicho que el viejo Mowbray se había empeñado en dar una educación exquisita a su hijo. Esa carta era en cierta manera esperanzadora acerca de qué clase de persona era William Cooper.

Por otra parte, nubes de tormenta se cernían sobre los flamantes estados americanos, cuya independencia como colonia británica aún no cumplía un siglo. La situación parecía grave. ¿Cómo afectaría eso al señor Cooper? ¿Tendría que luchar si, finalmente, se declaraba la guerra?

Elisabeth decidió guardar la misiva. No era necesario que su padre la viera, pensó. ¿Le escribiría, tal y como le había pedido? Tenía que hacerlo, no podía ser tan insensible como para ignorarlo. ¿Qué podría contarle?

Su padre se removió. Murmuraba en sueños. Se acercó hasta su lecho para tomarlo de la mano y decidió que ya lo pensaría.

* * *

Aquella noche soñó con John. Paseaban los dos por el camino de la granja Millstone y vieron una cabaña medio escondida entre unos árboles. Se acercaron. Él le explicó que aquella cabaña era la que usaba su abuelo de joven cuando salía de caza para encontrarse con otros cazadores. La puerta estaba cerrada, pero logró abrirla, ya que solo estaba atrancada.

Allí fue donde la besó por primera vez. Tenía solo quince años. Avergonzada, salió corriendo. Eso ocurrió en realidad.

En el sueño, él la siguió besando, lentamente al principio, para después convertirse en besos urgentes, anhelantes, hambrientos, que bajaban por su cuello, sus hombros y se introducían debajo de su vestido. Ella le acariciaba su suave cabello y lloraba en silencio.

Elisabeth se despertó sudorosa y desconsolada. Cuando consiguió despejarse de las neblinas del sueño, sintió que la pena y la ira la embargaban. No quería pensar en él, pero no podía evitarlo. No solo ocupaba sus pensamientos diarios, también invadía sus sueños. Todas y cada una de las noches de esa semana había soñado con él. Habían pasado meses desde su boda, desde que dejó de pertenecerle. Su amor ahora era para otra, ¿por qué no podía olvidarlo? John era una espina clavada en su alma, era el amor de su vida. Cuanto antes reconociera que debía vivir con ello, antes hallaría la paz. Tendría un marido impuesto, una vida lejos de él, pero nadie podría nunca apoderarse de sus pensamientos, de sus sueños, y en ellos estaría siempre John.

VIII

Melton Mowbray, Inglaterra
28 de marzo de 1861

Estimado señor Cooper:

No sé siquiera cómo empezar esta carta. Le ruego disculpe mi tardanza en responder, pero la vida nos lleva y trae a su antojo por caminos duros, difíciles, en los que el tiempo parece detenerse y con él las energías y la vitalidad. En estos últimos meses mi padre ha sufrido una dolorosa enfermedad y hace algunas semanas nos dejó definitivamente y descansa ya, libre de sufrimientos y penalidades, en la gloria eterna.

No concibo cómo reponerme de esto, señor Cooper; para mí ha sido tan penoso verlo apagarse día a día... Siento mucho el tono de mi carta, créame que he intentado escribir otras más alegres y han acabado siendo un texto impostado, falso, ajeno a mí, a mis sentimientos. Creo que deberíamos mostrar siempre la verdad. Y esta es mi verdad ahora.

Prometo intentar recuperarme y escribirle alegres cartas como usted, sin duda, espera y apreciará, porque he confirmado, por mi hermano, que los Estados Unidos se encuentran divididos y que lamentablemente son muchos los que abogan por una guerra civil, tal y como usted pronosticó.

¿Se encuentra a salvo, señor Cooper, allá en Virginia? Rezo por usted y sus compatriotas. Nada bueno puede

esperarse de una guerra de ninguna clase, y menos de una
entre pueblos hermanos.

A la pregunta de si puede llamarme señora Cooper, le
diré que prefiero que me llame Elisabeth, podemos per-
mitírnoslo; al fin y al cabo, estamos casados.

Espero que al recibo de esta carta se encuentre bien.
Afectuosamente,
Elisabeth

Varios meses habían pasado desde que Elisabeth
enviara la carta a su distante y desconocido esposo.
Durante ese tiempo, había puesto toda su atención a
disposición de la finca y de las tareas que su padre rea-
lizaba a diario para su mantenimiento. Si era necesario,
consultaba por carta a su hermano, quien la asesoraba
desde Bristol.

Contaba, además, con el señor Howard Geoffrey,
que era el abogado de confianza de la familia desde
siempre y al que recurría ante cualquier duda sobre
las cuentas, ingresos y gastos. Hablaba con los arrendatarios de las tierras e intentaba dar solución a sus
problemas intentando reducir al máximo las consul-
tas a Phillip, quien estaba muy ocupado con sus propios negocios y su esposa.

Su madre fue una fuente de preocupación al principio, al poco de fallecer su padre, pero luego consta-
tó que ella encontraba consuelo en el cuidado de su
invernadero, entre sus rosas, y que era feliz cada vez
que Phillip aparecía trayéndole una nueva variedad
de flor exótica, importada de las Américas o de la India. Ella la había acompañado los primeros días,
pero se aburría, y para su madre suponía un estorbo
más que una ayuda.

Sus actividades sociales disminuyeron drástica-
mente, era el obligatorio periodo de luto, pero ella no

echaba de menos tardes de té, visitas, fiestas o bailes. Su sombrío estado de ánimo no la animaba más que a dar largos paseos en los ratos libres o leer algún libro en las tardes de lluvia.

Era una vida tranquila. Por un momento había temido que Phillip las obligara a marcharse a Bristol con él y su esposa. No estaba segura de que ese cambio le gustase. Pero él las había dejado desenvolverse solas, y lo habían conseguido. Su madre seguía con sus aficiones y ella había dejado de ser una jovencita inmadura y fantasiosa para aceptar la realidad: ya no dependía de su padre, sino de su propio trabajo al frente de la finca, no habría bailes de compromiso, puesto que ya estaba casada, y no era la única que lo pasaba mal en el mundo. Al otro lado del océano había gente con problemas mucho mayores.

Phillip le traía de tanto en tanto noticias sobre Norteamérica, y no eran muy halagüeñas. Los estados del sur habían roto definitivamente sus lazos con los del norte, se habían declarado independientes y habían atacado Fort Sumter, un símbolo del gobierno federal, el 12 de abril. Desde la bahía de Charleston, en Carolina del Norte, barcos de la flamante Confederación del sur, que aglutinaba a todos los estados sublevados, bombardearon y destrozaron el fuerte, ocasionando cuantiosas pérdidas materiales, sin que, por suerte, se hubiera perdido ninguna vida. Lo más terrible era, sin duda, que esa acción había encendido la mecha de una guerra civil para la que ya se estaban preparando ejércitos a uno y otro lado de la nación.

William tenía sus tierras al sur de Washington, en Virginia, ¿cómo le afectaría? Sintió una punzada de disgusto al pensar que tendría esclavos y que sus intereses se decantarían por mantener la lacra de la esclavitud, algo que afortunadamente había desaparecido de Inglaterra hacía varias décadas.

Al regresar de Melton, donde había hecho unas compras y hablado con el anciano Geoffrey, recogió el correo y encontró una carta de su hermano. No había carta de William Cooper. Aquello le suponía un alivio y una extraña desazón. No tener noticias de él la inquietaba.

Después de comer, madre e hija se sentaron a tomar café en la salita. Elisabeth abrió la carta y leyó con alegría que Anne estaba embarazada; Phillip iba a ser padre. Era una magnífica noticia. Por fin, un rayo de felicidad alcanzaba a la familia. En líneas posteriores, Phillip explicaba que Anna se encontraba muy cansada, que el embarazo le consumía mucha energía y el médico había aconsejado que se marchara una larga temporada al campo, hasta el parto. Así que en pocos días iba a mudarse a Melton para que cuidaran e hicieran compañía a su esposa.

La noticia era preocupante, pero estaban seguras de que, junto a ellas, Anne se repondría y lograría recuperar sus fuerzas. Sería ilusionante conocerla mejor, cuidarla y ayudarla a preparar el ajuar del bebé.

Elisabeth no tenía hermanas y sus más íntimas amistades habían quedado atrás cuando dejó el internado donde estudió durante varios años, de pequeña. Solo sabía de ellas por carta, así que poder acoger, conversar y cuidar a su cuñada le pareció un regalo. Y la esperó con la expectación con la que se espera a una querida amiga, una hermana.

Anne y Phillip llegaron ese fin de semana. El lunes, él tuvo que regresar a Bristol para continuar con los negocios de su suegro.

Anne estaba enojada y lo hizo patente. Todo el mundo la escuchó gritar a Phillip, poco antes de marcharse, que no quería quedarse sin él en esa casa. Sin embargo, la señora Miller nada comentó. Tampoco Elisabeth.

Comprendían que llevaba pocos meses casada, que prefería quedarse con su esposo y que a ellas apenas las conocía. Se volcaron por ser amables. La madre de Elisabeth ponía un esmero y un cuidado especial en la elección de comidas que fueran de su gusto, sobre todo los postres, tartas y pastelillos, que eran su comida favorita.

Elisabeth se sentaba junto a ella e intentaba distraerla con juegos de cartas y conversaciones que acababan arrancándole un bostezo. Anne no estaba acostumbrada a una vida sencilla y tranquila. Echaba terriblemente de menos las visitas de las tardes, las compras, los estrenos de teatro, los paseos por parques bulliciosos, donde uno se encontraba con conocidos y amistades que la mantenían al día de las últimas novedades y cotilleos. El campo era para ella muy aburrido y, aunque el aire puro, los paseos y la vida tranquila habían contribuido a fortalecerla físicamente, el embarazo le estaba resultando una auténtica tortura.

Solía expresar su deseo de dar a luz cuanto antes y que la criatura fuera un varón que la dispensara de futuros embarazos. Alumbrando un heredero se acabaría la posibilidad de volver a recluirse entre «rústicos», según sus propias palabras. En cuanto terminara con el trámite del parto, pensaba marcharse a Bristol.

A Elisabeth le apenaba escucharla. Muchas veces había intentado hacerle ver a Anne que era una etapa fatigosa, pero hermosa, que debía intentar disfrutar en la medida de lo posible. Sin embargo, pronto se dio cuenta de que, aunque todos estuvieran pendientes de sus necesidades y molestias, eso no la hacía más feliz, más bien al contrario, se acrecentaba su carácter caprichoso y despótico, fruto de una crianza entre algodones, en la que no se pusieron límites a los antojos de la única heredera de un gran imperio.

Muy a su pesar, la señora Miller tuvo que rebajar en mucho el tiempo de luto por su marido. Se volvió a abrir la casa a tardes de té, a cenas con vecinos, a pequeños conciertos informales para que Anne se distrajera. Phillip procuraba ir cada fin de semana, pero acababa tan agotado de discutir, del perpetuo malhumor y reproches de su esposa, que esas visitas se fueron espaciando y cuando volvía lo hacía en compañía de amigos que contribuían al entretenimiento de Anne y a su propia tranquilidad.

Fue durante un fin de semana en el que varios amigos y compañeros de negocios visitaron la finca con sus esposas, cuando Elisabeth se enteró de las últimas y preocupantes novedades en Norteamérica. Las batallas entre los rebeldes sureños y los unionistas del norte se sucedían, con la trágica consecuencia de miles de pérdidas humanas. El sur parecía imponerse a los unionistas, que, en las primeras batallas, retrocedieron hasta las puertas de la mismísima ciudad de Washington.

Los hombres discutían acerca de las repercusiones que tendría para Inglaterra y para sus propios negocios el conflicto norteamericano. Comentaban que el primer ministro inglés, Temple, había manifestado su deseo de mantenerse al margen de la guerra y defender una postura neutral. Además, las simpatías de los periódicos ingleses *The Times* o *The Economist*, entre otros, estaban a favor de los unionistas y sus ideas antiesclavistas.

Sin embargo, Elisabeth tuvo que escuchar con horror cómo la mayoría, incluyendo su propio hermano, se posicionaba del lado de los confederados sureños. Las principales materias primas que se necesitaban en Inglaterra para sus florecientes industrias eran exportadas desde los estados del sur. Tabaco, algodón, caña de azúcar, arroz, añil... provenían de allí y, a raíz del asalto a Fort Sumter, el gobierno federal había bloqueado todas las exportaciones desde los puertos sureños, llegando a bombardear los barcos que se atrevían a desafiar la prohibición.

Phillip y sus compañeros de negocios estaban indignados y no le daban importancia a los ideales ni al trasfondo de la guerra. Para ellos se trataba solo de pérdidas económicas. Intentaban organizarse y explorar nuevos mercados al sur del continente americano o en territorios asiáticos que pudieran sustituir las materias primas norteamericanas, aunque no era una tarea fácil ni rápida, por lo que no tenía nada de extraño que los dueños de las grandes empresas textiles, tabacaleras y alimenticias quisieran ayudar a la Confederación rebelde, suministrando barcos o armamento, en contra de la opinión del propio gobierno.

De momento no eran más que protestas, pero Elisabeth vio en el brillo de los ojos de muchos de ellos el propósito de influir, de hacer que la balanza se decantara hacia sus propios intereses.

IX

Virginia
Julio de 1861

El humo y el olor a pólvora quemada invadían el campo. Los soldados de uno y otro bando disparaban sus fusiles, intentando hacer caso omiso a los compañeros que caían a su alrededor y al miedo que les corroía las entrañas.

Avanzaban, disparaban, aguantaban la posición, recibían una andanada de disparos del enemigo, volvían a avanzar, cargaban las pistolas, disparaban.

Después de cada disparo, y mientras rezaban por no convertirse en el objetivo de un proyectil del adversario, extraían el cartucho de papel de la mochila, lo desgarraban con los dientes y, con manos temblorosas, introducían la pólvora en el cañón y la bala a continuación, intentando ser más rápidos que sus enemigos al frente. Con la baqueta apretaban pólvora y bala, y se colocaban, con presteza, la culata del rifle en el hombro para disparar en cuanto el coronel diera la orden.

Este, de unos cincuenta años, con espesos bigotes, largas patillas pelirrojas y vientre prominente, se había ganado el aprecio de los soldados por mantenerse y resistir junto a ellos. No se escondía tras las líneas dando las instrucciones a cubierto mientras ellos le servían de escudo. Al contrario, montado a caballo, el militar ofrecía, más bien, un blanco casi perfecto, desde aquella altura y con su corpulento cuerpo.

«¡Soldados! ¡Aguanten! ¡Apunten, disparen...!».

William Cooper apenas pudo oír la última instrucción ante la andanada de disparos que se produjeron a continuación. Casi a la vez, el ejército enemigo respondió con otra descarga. Al soldado que se encontraba a su izquierda, al que no le había dado tiempo de cargar su arma, lo alcanzó la muerte realizando el último de los preparativos. Un golpe sordo, una lluvia de sangre y sesos, y aquel muchacho, más joven que el propio Will, cayó hacia atrás con los ojos desmesuradamente abiertos, como sorprendido por las circunstancias. Unos ojos líquidos, inmensos, desencajados, que, apenas unos segundos antes, habían estado llenos de vida y miedo, se clavaron en la retina de William, quien desde el principio supo que aquello sería una carnicería de hombres con nula instrucción militar, sin ninguna preparación para la batalla. Los altos mandos corrían el rumor de que el ejército contrario estaba peor preparado que ellos, como si eso pudiera animarlos o les sirviera para mantenerlos vivos.

Después del descalabro del ejército unionista en la primera batalla de Bull Run, los políticos y la opinión pública del norte exigieron resultados satisfactorios. No era comprensible que un ejército mejor dotado y más numeroso perdiera contra los rebeldes sureños. Así que la presión por conseguir una victoria para la Unión los embocaba de nuevo a batallas de desgaste, en los que los hombres de uno y otro bando caían como moscas, sin que aquello supusiera ningún avance en la resolución del conflicto.

No había tiempo para preparar más descargas. El enemigo se había echado encima. El coronel los conminó a calar las bayonetas y prepararse para la lucha cuerpo a cuerpo.

No era el momento de ocuparse de los caídos. Will musitó una breve oración por el alma del muchacho asesinado a su lado, «que la tierra te sea leve», y se preparó ante lo que estaba por venir.

Antes de lo esperado, oyeron los gritos de los rebeldes al cargar contra ellos. La niebla provocada por el humo de la pólvora impedía apreciar la distancia; sin embargo, podían oír sus gritos y maldiciones a la perfección.

Una primera línea de combatientes surgió de improviso. Los uniformes grises de los confederados les facilitaban el camuflaje entre la niebla, pero Will estaba dispuesto a vender cara su piel. No miraba a los ojos del enemigo, no pensaba. Había que elegir entre matar o morir. No cabían las dudas.

Usó la bayoneta para defender su vida. La clavó en el vientre de un Johnny Reb[1] que lo atacó y, al caer hacia delante, quedó bajo su cuerpo.

No tuvo tiempo de recuperarla. Más rebeldes se acercaban. Sacó su machete y se preparó para la lucha cuerpo a cuerpo. La bayoneta le permitía cierta distancia con el contrario. Eso no sucedía con el machete, pero Will sabía cómo usarlo y le proporcionaba una agilidad y libertad de movimientos como ninguna otra arma. Si esquivaba el primer asalto de la bayoneta, el enemigo era hombre muerto. Y luchó por sobrevivir, una y otra y otra vez.

A pesar de los gritos de los heridos, las andanadas de los cañones y los estallidos de los morteros alrededor, oyó, no muy lejos, el piafar de un caballo, un relincho agónico y un golpe sordo.

---

[1] Johnny Reb: Así llamaban los militares de la Unión a los soldados de la Confederación. Los confederados llamaban a los del norte *yanquis*. Eran términos despectivos.

Unas yardas más allá, el coronel intentaba defender su vida bajo el caballo, que le había atrapado una pierna. William acudió en su ayuda, y el atacante, un tipo de tez colorada, vaciló al verlo, dio algunos pasos hacia atrás y decidió huir. El coronel hubiera sido una presa fácil en su situación, pero aquel soldado de pelo largo, recogido en una trenza a la costumbre india, con la cara tiznada, de imponente estatura y un machete en la mano, era una opción a descartar.

William ayudó al coronel a salir de debajo del caballo. La pierna derecha, desde la rodilla hacia abajo, estaba machacada y presentaba un aspecto espantoso. Pasó su brazo por encima del hombro y cargó con él en dirección al carromato de primeros auxilios, pero antes echó un vistazo al animal herido y supo que habría que sacrificarlo. Tenía la boca abierta y espumeante, y sus ojos enormes y acuosos le recordaron a los del muchacho que murió junto a él, y a los de tantos otros caídos. Eran ojos que destilaban pavor, tristeza, pena. Ojos que suplicaban. William sintió una punzada de dolor en el pecho, una angustia infinita por tantas vidas desperdiciadas. Cogió el revolver del coronel y disparó.

El camino hasta la enfermería provisional, un carro donde depositaban a los heridos y se hacían las curas más urgentes, estuvo lleno de peligros. El coronel, dolorido, rechinaba los dientes e intentaba corregir la dirección, seguro de que Will se habría equivocado y deberían haber llegado ya. A lo lejos vieron la bandera de la Unión, con sus barras y estrellas, que yacía abandonada entre un revoltijo de cuerpos. Las balas silbaban a su alrededor.

Finalmente, llegaron hasta el carromato, que se encontraba amparado tras unos árboles, y otros soldados se hicieron cargo del coronel. Will se disponía a volver de nuevo al frente cuando escuchó el inconfundible toque de retirada y soldados exhaustos y heridos comenzaron a llegar. Mientras ayudaba a unos y otros, le llamaron la atención sobre una herida en el hombro de la que manaba abundante sangre y que necesitaría puntos. Le propusieron acompañar a la ambulancia hasta el hospital de campaña para que allí le practicaran una cura en mejores condiciones.

Durante el tiempo que vivió con su familia india en los bosques de Canadá, Will aprendió que en una herida no debían mezclarse cuchillos, agujas o hilos que contuvieran la sangre de otra persona o no estuvieran limpios. Si una pequeña herida se infectaba, la infección pasaría a la sangre y esta contaminaría todo el cuerpo, envenenándolo, así que prefirió, al ver con la facilidad con la que los improvisados enfermeros empleaban la misma aguja con unos y otros pacientes, que lo curaran en el hospital.

El hospital de campaña, varias tiendas donde se amontonaban los heridos, los miembros amputados y enjambres de moscas, demostró no ser un ejemplo de limpieza e higiene. Las tiendas de los enfermos se encontraban desbordadas de hombres convalecientes, moribundos, con aparatosos vendajes, e inmundicia por doquier.

Un soldado le examinó el corte y sacó del bolsillo una caja con agujas e hilo. Al aproximarse, William lo agarró por la muñeca, le quitó la aguja y le pidió hilo. Él mismo se cosería la herida. El soldado se encogió de hombros y le dio lo que pedía.

Se alejó unas yardas entre los árboles, se quitó la casaca azul y la camisa con cuidado. Del interior de la chaqueta sacó una petaca metálica que contenía *whisky* y lavó la herida y la aguja. Apuró el último sorbo. Ensartó el hilo de algodón y fue cosiendo poco a poco el corte en su hombro izquierdo.

Mientras lo hacía, Will recordaba las veces que había visto a su abuelo y a la gente de su tribu poner en práctica la costura de heridas o la dolorosa colocación de huesos rotos. Se alegró de que solo fuera una herida, pero no pudo evitar pensar cómo acabaría todo aquel derramamiento de sangre, cuántos muertos, cuántos mutilados, cuántas viudas y huérfanos dejaría la guerra.

Cuando hubo terminado, llenó su cantimplora en un riachuelo cercano. El sonido alegre del agua le trajo el recuerdo de una risa cantarina. Elisabeth Miller...

Bebió directamente de las límpidas aguas y sonrió al comprobar que había peces que serían una buena opción para comer. Otro día. Si seguía vivo.

Se colocó la camisa y recogió la chaqueta azul del uniforme. El sol se ponía a su espalda cuando regresó al campamento. Al llegar, se reencontró con los supervivientes de la matanza. Al día siguiente, continuaría continuaría la lucha.

Durante la noche estalló una tormenta y cayó un aguacero. No había amanecido aún, cuando un alférez entró en la tienda que compartía con varios hombres.

—¿William Cooper?

—Sí, señor —contestó Will. Apenas había pegado ojo en toda la noche. Se levantó del camastro y se cuadró, desnudo de cintura para arriba.

—Preséntese en la tienda del coronel inmediatamente.

Poco después entraba en la tienda del coronel, que intentaba componer una figura digna pese a que una pernera de su pantalón caía vacía al suelo y su frente sudorosa delataba el rastro de una incipiente fiebre.

—Soldado William T. Cooper, es usted hijo de Taylor Cooper —afirmó.

—Así es, señor.

—Un lord inglés que vino a afincarse en Virginia. Resulta extraño que un noble cambie los privilegios y comodidades de la Gran Bretaña por un lugar apenas civilizado.

A Will le dolió la visión que los del norte tenían de los llamados estados sureños. La leyenda negra de que eran unos salvajes. Will estaba en contra de la esclavitud, pero había otras muchas cosas que merecían la pena. A pesar de ello, ocultó su malestar. No debía hablar sin permiso ante un superior y mucho menos hacerle alguna objeción. Eran las reglas de la vida militar que West Point le había inculcado.

—¿Qué encontró su padre en estas tierras que no le ofreciera Inglaterra?

—Supongo que era un desafío para él, señor. Mi padre nunca fue un hombre convencional. —Will recordó que su padre se había sentido defraudado por el rígido estilo de vida inglés, por la desigualdad, por la escasez de oportunidades, por la estricta etiqueta que le decía a un hombre lo que tenía que comer, cómo vestir, cómo pensar, con quién casarse. Se había sentido decepcionado con su primogénito, que se había convertido en un estereotipo de noble inglés al que solo preocupaban las apariencias.

Al conocer la tierra de Virginia, sintió que allí su vida podría tener un sentido. Dejó en manos de su hijo primogénito la representación del título y los negocios en Inglaterra, se despidió de su severa esposa inglesa, quien cumplida con la correspondiente prole no quiso volver a recibirlo en su alcoba, y se marchó a Virginia para regresar en contadas ocasiones.

—Se inscribió usted en el ejército del norte, como algunos de sus convecinos —continuó el coronel—. Es una lástima que Virginia haya derivado hacia la sublevación. —El coronel aludía a los muchos virginianos que se oponían a la esclavitud y se habían alistado, como él, en el ejército de la Unión. El estado de Virginia no había sido de los que se sublevaron inicialmente, pero el 17 de abril de 1861 decidió romper con la Unión y convertirse en un estado confederado. «Los vociferantes miembros del Concejo lo consiguieron finalmente», pensó Will, con amargura—. Sin embargo, no ha dicho nada de sus conocimientos militares... ni de sus otros conocimientos. Ayer tuve ocasión de verle en acción, señor Cooper. Su estilo de lucha es admirable y su sentido de la orientación, prodigioso. Me salvó usted la vida.

William carraspeó. Se sentía incómodo recibiendo los elogios de un superior. Le hubiera salvado la vida a cualquiera de sus compañeros. ¿Qué otra cosa hubiera podido hacer?

—Señor Braxton. —El coronel se dirigió ahora a alguien situado tras William. Este había notado la entrada de otra persona en la tienda, pero había mantenido el debido respeto ante el coronel y no se había vuelto—. ¿Este es el William Cooper del que usted me habló?

El aludido dio unos cuantos pasos al frente y se situó a un lado del coronel. William pudo constatar entonces quién era. Con sorpresa comprobó que se trataba de Nathaniel Braxton, uno de sus mejores amigos en la academia militar de West Point.

—Mi estimado William Cooper, es un placer volver a verte, aunque sea en estas extraordinarias circunstancias. —La sonrisa franca y alegre de su amigo se iluminó y William pudo comprobar que su querido Nathaniel Braxton seguía luciendo prácticamente igual, seis años después. De pelo cobrizo, ojos marrones, fornido y ancho de hombros, Braxton lucía un impecable uniforme azul con una insignia de barras doradas sobre los hombros.

—Capitán Braxton. —Will se cuadró.

Braxton inclinó condescendiente la cabeza y su sonrisa se ensanchó.

—Este es, en efecto, el Cooper del que le hablé, coronel. Es una suerte poder contar con él. Hubiera sido un alumno con honores de haber terminado su etapa en la academia. Lamentablemente, su padre falleció y el señor Cooper tuvo que marcharse para atender sus tierras.

—Era usted conocido también por sus habilidades como jinete y rastreador —intervino el coronel.

—William, me he permitido hablarle al coronel de los años que pasaste en Canadá... y de esas habilidades de supervivencia de las que los hombres de West Point carecen.

William no se sentía cómodo con la conversación. Sus años en Canadá, a donde tuvo que huir después de que se produjera una revuelta en Louisa que puso en peligro su vida y la de su madre, eran un recuerdo demasiado íntimo. Solo había contado algunas anécdotas a los compañeros más cercanos. Siempre intentó pasar desapercibido, aunque su físico y sus rasgos delataban su origen.

—Soldado Cooper, creo que sus habilidades le son muy beneficiosas y necesarias en este momento a nuestro ejército —continuó, de nuevo, el coronel—. La lluvia nos impide un ataque en estos momentos, la pólvora mojada no sirve. Podríamos intentar atacar con nuestros sables y bayonetas, pero no me gustaría ver a mis hombres atrapados en un lodazal. Sin embargo, es un misterio lo que hace el ejército confederado. No me gustaría que nos asaltaran por sorpresa. Necesitamos hombres que se acerquen a las filas enemigas y diluciden cuál es su plan de acción para adelantarnos a ellos. Es usted un buen rastreador, soldado Cooper, y tiene una gran capacidad de orientación. Pude comprobarlo ayer. No crea que el salvar a un superior quedará en el olvido, como tampoco el peligro al que le expongo ahora. Sabremos recompensarle. El capitán Braxton le informará más detenidamente.

El coronel concluyó, exhausto. Gotas de sudor le perlaban la frente. Ambos hombres se cuadraron y salieron de la tienda. Fuera, bajo un reducido toldo, esperaba el médico con un bote de quinina para la fiebre.

Los hombres se abrazaron olvidando por un momento rangos militares. Cuando William intentó guardar las distancias, Nathaniel le expresó su deseo de que no hubiera diferencias entre ellos en privado. Apretando el paso bajo la lluvia, fueron a refugiarse a otra tienda, donde el resto de los mandos militares los esperaban para poner en marcha la misión de la que el coronel les había hablado.

X

Anne fue bendecida con un parto rápido y sin complicaciones. Pese a todo, juró una y otra vez que aquel sería el último y, en cuanto estuvo lo suficientemente repuesta, mandó preparar un carruaje y se marchó a la ciudad.

Atrás dejó baúles repletos con la ropa usada durante el embarazo, abanicos, zapatos, reproches, despedidas a medias y un bebé de pocas semanas.

El pequeño Laurence August fue dejado al cuidado de una nodriza con magníficas referencias y la supervisión de su abuela y tía paternas. Phillip dio el visto bueno, ya que Anne le recordó que necesitaba descansar sus nervios de llantos de bebé y de la «horrible» vida en el campo.

La criatura crecía feliz, fuerte y sana. Anne les había dejado el mejor presente que pudiera hacerles, y era aquello que precisamente su dinero no podía comprar. Algo que no tenía precio, que era invaluable, y por ello su propia madre no lo apreciaba. Para Elisabeth el bebé se convirtió en un consuelo. En su tibieza y dependencia, ella encontraba un remanso de paz, una cura para su alma.

Algunas semanas pasaron. Phillip Miller iba y venía de Bristol para ver a su hijo. Anne se quedaba en la ciudad recuperando el tiempo perdido; al fin y al cabo, el bebé no podía estar en mejores manos.

Los padres del pequeño regresaron por Navidad y volvieron a marcharse tras pasar unos días. A Elisabeth no le hubiera importado que esa situación se prolongara indefinidamente. Sin embargo, tal como había temido, Phillip reclamó al pequeño y a sus cuidadoras. Quería que se mudaran a Bristol. Su argumento era que el niño tenía que estar con los padres; conservarían a la niñera, por supuesto, pero también necesitaría de los cuidados y del cariño de abuela y tía. La familia viviría unida y la casa de Melton Mowbray se cerraría, con lo que reducirían gastos.

Elisabeth se opuso con vehemencia a marcharse de Mowbray. La finca cubría los gastos de la casa. Ella se había hecho con las riendas de la situación y no era necesario que Phillip se ocupara en absoluto de su casa o de ellas. Phil apeló entonces a su madre, a la tristeza que le supondría verse separada de su único nieto, que tanto la necesitaba. No hicieron falta más argumentos. La señora Miller se marcharía a Bristol con mucho gusto y ni ella ni su hijo consentirían que Elisabeth viviera sola. Así pues, una vez más, tuvo que acatar una decisión impuesta. Ellos se marcharían tan pronto estuvieran los baúles preparados y Elisabeth se quedaría algunos días más para despedir a los criados, hablar con el señor Geoffrey y los arrendatarios y cerrar la casa.

Los días sola en Mowbray se convirtieron en semanas, mientras su hermano se impacientaba en la ciudad. Ella le escribía periódicamente para contarle sus progresos. Aunque echaba de menos al pequeño Laurence, intentaba alargar su estancia en el entorno en el que había vivido durante toda su vida y al que, sospechaba, no volvería.

Al final, no pudiendo alargar más su estancia en

Mowbray a riesgo de que su hermano mandase a buscarla, hizo una última visita al viejo abogado que se iba a encargar de todo aquello que ya no podría hacer ella y que le escribiría puntualmente. Elisabeth sabía que podía contar con su dedicación y honestidad. Sus cartas le supondrían el único vínculo que le quedaría con Mowbray. Su familia se había instalado en Bristol, y John, al que nada la unía ya, se había marchado también. Le pidió al anciano que no se limitara a hablarle de números, que le contara sobre los arrendatarios y sus familias, sobre los sirvientes y si habían encajado en las nuevas casas en las que los recomendó. Le suplicó que le hablara de la llegada de la primavera a los campos, aunque no pudo pedirle que le hablara de sus caballos, que había vendido con gran tristeza; de los vencejos que hacían sus nidos en el alero de su ventana; de la cabaña de cazador abandonada en la que tanta felicidad encontrara hacía un millón de años con John... ¿Regresaría él a Mowbray alguna vez?

Howard Geoffrey, como abogado y amigo del señor Miller desde hacía años, conocía el contrato matrimonial de Elisabeth. August Miller le había pedido su supervisión y el anciano se había horrorizado ante lo que consideraba una venta encubierta de su hija. Era cierto que algunos padres lo seguían haciendo, pese al avance de los tiempos, pero no era lo habitual. Howard Geoffrey sospechaba que alguna circunstancia especial había obligado al señor Miller a tomar esa decisión y se apenó por la muchacha que poco después se vio en la obligación de enterrar a su padre, hacerse cargo de su madre y de la casa, para finalmente verse forzada a marcharse a la ciudad, en contra de sus deseos. Y no sería solo eso. Tarde o temprano el contrato matrimonial la obligaría a encontrarse con un marido por poderes en las tierras del Nuevo Mundo.

Durante sus visitas, más continuas desde la muerte de su padre, el trato entre Elisabeth y el señor Geoffrey se había vuelto más cálido y entrañable; no en vano, él la conocía desde su más tierna infancia. Tomaron el té después de revisar los últimos asuntos pendientes y Geoffrey le ofreció su ayuda para cualquier problema que le surgiera, con independencia de si estaba vinculado o no a la finca.

—Mi querida Elisabeth, voy a echar de menos estas tardes de té. No imaginas cuánto aprecia tu compañía este anciano.

—Escríbame cuánto imprescindible es mi presencia para resolver algunos asuntos y volveré —bromeó la joven—. Aunque supongo que mi hermano se asustaría y preferiría ocuparse él mismo.

—Sabes que puedes contar con mi ayuda para lo que necesites. Cualquier consejo, cualquier consulta...

—Lo sé, Howard. Es usted muy amable...

—Yo... —carraspeó— no sé cómo podría tratar un tema sin que resulte violento o inapropiado por mi parte.

—¿De qué se trata? —preguntó extrañada.

—Ayudé a tu padre con las cláusulas del contrato matrimonial entre el norteamericano y tú. —Elisabeth se sonrojó y bajó la cabeza, aturdida. Ni por un momento hubiera imaginado que el correcto señor Geoffrey fuera a hablarle de ello. Hacía más de un año que no recibía ninguna carta de Norteamérica y no conocía más que historias terribles sobre batallas y destrucción. William Cooper aparecía y desaparecía de sus pensamientos como si no fuera más que un ensueño, algo imposible de materializar—. ¿Has tenido noticias últimamente?

—No sé nada de él. Sé que los sureños se declararon en rebeldía y atacaron Fort Sumter en abril.

Virginia estuvo de parte de la Unión al principio, pero luego acabó aliándose con los confederados del sur. William Cooper vive en Louisa, en el estado de Virginia, bien pudiera ser unionista o confederado. Quizás luche por las ideas esclavistas, sé que tiene grandes plantaciones. Si es así, estará feliz; los confederados han salido victoriosos en la mayoría de las batallas.

Howard Geoffrey no disimuló una mueca de disgusto.

—La esclavitud es una lacra que atenta contra las leyes de Dios. Por fortuna, Inglaterra la abolió hace años, pero sus consecuencias aún perduran y lo harán durante mucho tiempo. Te darás cuenta cuando llegues a Bristol. La mayor parte de la población más pobre y abandonada pertenece a los descendientes de aquellos esclavos que se quedaron como criados en las grandes casas de la ciudad. Una ciudad construida y enriquecida gracias al comercio y la sangre de los esclavos africanos.

Elisabeth asintió. Su hermano le había hablado de enormes barrios prohibidos a las afueras de la ciudad en los que vivían los descendientes de aquellos esclavos. Conforme la ciudad iba ampliándose, se les empujaba cada vez más lejos o se les dejaba que vivieran hacinados entre fábricas siderúrgicas, respirando humo tóxico, envenenando sus pulmones. Algunos privilegiados aún trabajaban como sirvientes exóticos en casas pudientes, pero aquellos que no tenían el aspecto deseado o los modales y la formación conveniente eran rechazados.

—Elisabeth —prosiguió el señor Geoffrey—, ¿sabes que tendrás que encontrarte con tu esposo cuando él te reclame?

—Eso me temo, aunque espero que tarde en hacerlo.

—Si los sureños ganan la guerra, tal vez seas la esposa de un esclavista...

—Howard, no me imagino en esa situación. No quiero pensarlo siquiera. Creo que es mi deber conocerle y darle una oportunidad, pero no a costa de que disponga de mi vida o de otras vidas a su antojo —confesó.

—No te conformarás entonces... —El anciano sonrió—. Mi querida niña, escucha atentamente. Bajo la ley común inglesa, si un matrimonio por poderes no es presentado en tiempo y forma a las autoridades competentes del país del otro contrayente, se podrá declarar nulo o extinto si no ha habido consumación. Es posible que, dadas las circunstancias del estado de Virginia al recibirse el contrato matrimonial, este requisito no se haya efectuado.

—Sé que el documento fue recibido a finales del verano de 1860. William Cooper me escribió en noviembre confirmándolo. La guerra se declaró en abril de 1861, así que tuvo tiempo suficiente para legalizarlo.

—Está bien, Elisabeth, podemos intentar otra cosa si quisieras anularlo, pero es un procedimiento más costoso y exige mayores trámites burocráticos.

—No me asusta tanto como para preferir pasar toda la vida con alguien que no me quiera y al que yo tampoco ame —le aseguró.

—Un matrimonio por poderes puede anularse si uno de los contrayentes es menor y se demuestra que ha habido coacción en la aceptación del mismo. Tu minoría de edad es un hecho. Tendrías que declarar que tu padre te coaccionó. Como lamentablemente él ha fallecido, no podría oponerse. Necesitarías, además, a alguien que, como testigo, avalara tu palabra. Yo lo haría gustoso.

—Tendría que hablar mal de mi propio padre, Howard. ¿Cómo podría hacer eso?

—A tu padre no le importaría, estoy seguro, si llegado el caso tu vida pudiera sufrir peligro. No sé qué extrañas circunstancias provocaron que estuviera dispuesto a arreglar este matrimonio, pero te aseguro que no lo hizo alegremente. Creo que, en cierta forma, él también se sintió forzado, aunque, por raro que parezca, me dijo que en el fondo era lo mejor para ti.

Elisabeth sabía muy bien las circunstancias que habían empujado a su padre a casarla por poderes, pero las palabras del señor Geoffrey supusieron, en cierta forma, un alivio. Tampoco había sido fácil para su padre, aunque la había obligado a hacerlo. Elisabeth comprendía que detrás de su casamiento estaba el ansiado matrimonio de su hermano. Phillip estaba a punto de conseguir lo que tanto había anhelado desde hacía mucho tiempo, y su padre lo había protegido. Los deseos de su hermano habían estado por delante de los suyos, pero los deseos de Phillip le darían lustre a la familia y los de ella la hundirían en la deshonra. No podía competir con eso. Su padre, aunque forzado, hizo lo que se esperaba de él.

—¿Usted hablaría en mi favor? —le preguntó Elisabeth.

—Sin ninguna duda, querida. Tienes que tener en cuenta además lo siguiente: todo lo dispuesto en el contrato tendría que revertirse. Las tierras volverían a sus legítimos dueños y es posible que una de las partes o las dos soliciten compensaciones. Eso se puede pleitear, pero es necesario tenerlo en cuenta. Sería una especie de compensación económica que tendrías que afrontar.

—Yo no tengo dinero, Howard, usted lo sabe.

—¿Acaso tu hermano no te ha hablado de tu dote? —preguntó extrañado—. Tu padre dispuso para ti varios miles de libras para cuando te marcharas a los Estados Unidos, con idea de facilitar tu vida allí. Tu hermano es garante de ese dinero, pero es solo tuyo.

Lo recibirás cuando decidas irte y podrás hacer con él lo que quieras.

Aquella tarde Elisabeth regresó a casa con la cabeza llena de información e ideas. Sentía un cierto alivio al conocer que su situación podría tener una salida más allá de la de huir sin rumbo. Podría romper el compromiso legalmente. Lo que no le gustaba era la idea de involucrar a su padre fallecido. No tenía tan claro como el señor Geoffrey que le hubiera agradado la idea, ni por qué su padre pensó que aquel matrimonio por poderes, en el fondo, era lo mejor para ella.

XI

Bristol, Inglaterra
Junio de 1862

Algunas semanas antes de su decimonoveno cumpleaños, que no pensaba celebrar, Elisabeth llegó a Bristol. No pudo alargar más su estancia en Mowbray sin que su hermano la reclamara.

Desde el primer momento se sintió una extraña en casa de Phillip, o más bien en la mansión que el padre de Anne les había comprado como regalo de boda. Las estancias lucían como museos de la ostentación y el lujo, que era justo lo que Anne quería mostrar a sus constantes invitados.

A instancias de su cuñada, Elisabeth tuvo que hacerse con un nuevo vestuario a la altura de los anfitriones, aunque apenas lo usaba, ya que permanecía más tiempo en las habitaciones de su sobrino que entre las amistades de su hermano y Anne. No fue una decisión premeditada. Lo intentó de buen grado al principio. Procuró ser una correcta y animada compañía para Anne, pero el constante trasiego de visitas, conversaciones vacías, intrascendentes y el vanidoso y egoísta modo de ver la vida de la mayoría pronto la cansó y le amargó el carácter, por lo que decidió que dedicaría el tiempo a su sobrino y a sus intereses personales, y limitaría el número de encuentros sociales a los estrictamente necesarios.

Anne ni siquiera lo notó, o al menos no lo hizo ver.
El hecho de que su cuñada ya estuviera casada le qui-
taba mucho interés a su presencia. Anne pensaba
que, si Elisabeth estuviera aún soltera, ella le podría
haber proporcionado un buen puñado de interesan-
tes pretendientes y muchas semanas de diversión,
pero ya que no era así, su presencia constituía más un
estorbo y una intromisión en sus rutinas que una
fuente de interés.

Elisabeth decidió ampliar sus paseos y, del jardín
privado, pasó a recorrer la ciudad. Le costó acostumbrarse a una urbe en constante movimiento, bulliciosa. Continuamente se construían nuevas mansiones;
se ampliaban calles, barrios y avenidas; se creaban
nuevas fábricas con sus correspondientes chimeneas
por las que no paraba de salir humo tanto de día
como de noche.

Bristol era una ciudad próspera. Al menos para
algunos. Todas las amistades de su hermano y su cuñada hablaban de comprar nuevas casas, caballos,
carruajes, de alfombras y muebles importados desde
el extranjero, del número de criados que necesitaban
para sus mansiones.

Sin embargo, cuando Elisabeth salía a pasear o iba
a misa, tropezaba con personas desharrapadas que
pedían limosna en las esquinas de las calles o bajo los
soportales de entrada de las iglesias.

No terminaba de sentirse cómoda en una ciudad
tan alejada del estilo de vida de Mowbray y en una
casa en la que se sentía como una invitada. Se le ocurrió que quizás pudiera ser útil a Phillip en su negocio. Ella había estudiado matemáticas y otras materias
en el internado, hablaba francés con soltura y había
aprendido a llevar la finca tras la muerte de su padre.
Seguramente habría algo en lo que pudiera ayudar y
así no sentirse tan inútil durante todo el día, pero su

hermano no quiso ni oír hablar de ello. Su lugar estaba junto a su madre, su cuñada y sobrino; hacerles compañía era su deber, le indicó.

Y, no obstante, Elisabeth era capaz, pese a su nula experiencia en las fábricas, de entender las dificultades de las que hablaban Phillip y sus amigos, y de proponer soluciones cuando ambos hermanos se encontraban a solas. Muchos de los problemas en las factorías se producían por fallos y errores humanos, que en opinión de Elisabeth se solventarían si los trabajadores tuvieran más tiempo de descanso y estuvieran mejor alimentados. Phillip se burlaba de lo que llamaba «las ideas socialistas de Lizzy».

Al principio le hizo gracia, luego empezó a escucharla con fastidio. En el fondo sabía que Lizzy tenía razón, pero no daría su brazo a torcer ante esos peligrosos pensamientos que estaban extendiéndose como la pólvora, propagados por los obreros, y que amenazaban a los propietarios con grandes pérdidas.

Lizzy comenzó a visitar la biblioteca para leer acerca de esa nueva doctrina que su hermano había llamado socialismo. No pudo encontrar información apenas, pero en una de sus visitas se le acercó una joven que le entregó un librito y le propuso comentarlo cuando terminara de leerlo. La joven se llamaba Margaret y, después de varias tardes de conversación sentadas en un banco del parque más cercano, la invitó a su casa, donde se reunían otros jóvenes con los mismos ideales solidarios.

La casa de Margaret se encontraba en un barrio de clase media y Elisabeth pronto se encontró a gusto entre jóvenes de distinta procedencia y condición, pero con una idea en común: la de mejorar la vida de los trabajadores de las fábricas y de sus familias. Tenían conocimiento de que en otras ciudades se habían constituido asociaciones que representaban los intereses de los obreros de las distintas fábricas y que procuraban acuerdos con el dueño para el beneficio mutuo. No se lo ponían fácil, por lo que a veces paraban la producción como único medio de protesta. Elisabeth se horrorizó al saber que durante ese tiempo las familias llegaban a pasar hambre. Pensó en niños como su sobrino Laurence, sin nada que llevarse a la boca durante días y condenados, pocos años después, a trabajar en condiciones deplorables.

Era tarde cuando abandonó la casa de Margaret. Se había entretenido más de la cuenta, pero no le importó. Hacía buena temperatura y, aunque el paseo sería largo, aprovecharía para pensar cómo proponer a su hermano una mejora en las condiciones laborales en sus fábricas y minas.

Pasaba por el mercado de San Nicholas, donde los vendedores se apresuraban en recoger y cerrar, cuando oyó que la llamaban.

Unos metros más adelante, un carruaje se detuvo, alguien abrió la puerta y John Lytton Cooper bajó con una enorme sonrisa en la cara y un brillo chispeante en sus llamativos ojos azules.

—¡Lizzy! ¡Querida Lizzy! ¿De veras eres tú?

Elisabeth no daba crédito. En una ciudad con tantos miles de habitantes, ¿qué posibilidad tenía de encontrarse casualmente con el único que hubiera preferido no ver?

Él se acercó.

—Sigues tan bonita como siempre —le susurró—. A mi esposa le encantará conocerte, ven que te la presente y te acercaremos a casa. ¿No es un poco tarde para que andes sola por las calles?

Amelia Pembroke se encontraba dentro del carruaje. Elisabeth se dejó llevar y accedió a que la acercaran a casa. Amelia la recordaba de su boda y la saludó cariñosa. Le reveló que John le había contado lo buenos amigos que eran desde niños y le aseguró que él todavía la echaba de menos.

—Tendrás que venir a casa a menudo. Será muy grato para John verte de nuevo, y yo estoy segura de que llegaremos a ser buenas amigas.

Se despidieron frente a la casa de Phillip. Amelia y John se mostraron entusiasmados con la idea de un próximo reencuentro. Elisabeth se prometió interiormente evitarlo a toda costa. Aún se estremecía con su recuerdo. Al parecer, él ya la había olvidado y podía hablar de ella como de una buena amiga de la infancia. «Bien por él», pensó con amargura. A ella aún le costaba pronunciar su nombre sin sufrir.

Algunas invitaciones llegaron desde la casa Cooper-Pembroke, pero Elisabeth las devolvía con excusas. Sabía que no estaba siendo correcta; sin embargo, no podría soportar la farsa de tomar el té con John y su esposa y escuchar lo felices que eran sin ponerse a gritar. Quizás algún día el dolor remitiera y estuviera preparada, aunque, sinceramente, no pensaba que eso fuera posible.

Cada día que pasaba, Elisabeth se implicaba más y más en la ayuda a los obreros y sus familias. Junto a Margaret y el resto de jóvenes, escribían pasquines con los que intentaban despertar las conciencias de los más pudientes, de aquellos que podían influir en la mejora de la situación o del público en general, visitaban familias y les llevaban alimentos y ropas. Si la madre o el padre no trabajaban, no recibían dinero alguno, y la economía familiar se resentía, no podían comprar comida, carbón, ropa de abrigo o pagar el alquiler. Si uno de ellos dos moría, el jornal del otro no cubría las necesidades básicas. Si los niños quedaban huérfanos, les esperaba un futuro terrible en un orfanato de la caridad.

La joven intentó hablar con su hermano, pero Phillip se mantenía cerrado a cualquier tipo de negociación con los obreros o cambio en el sistema de trabajo de las minas, y empezó a sospechar de la información de la que disponía Elisabeth cuando él nunca le había permitido visitar sus factorías.

Ante la nula respuesta de los encargados de las fábricas, Margaret y el grupo decidieron convocar una protesta frente al ayuntamiento. Pretendían obligar a los políticos a tomar cartas en el asunto. Estuvieron preparándola durante varios días. Llegado el momento, todos se encontraron en la plaza frente al consistorio. La protesta transcurrió pacíficamente la mayor parte del tiempo, pero cuando la Policía les incitó a marcharse, algunos se negaron y comenzaron a golpearles para que se retiraran. Mientras unos se defendían, otros acabaron huyendo para no ser detenidos. Aquella refriega los desmoralizó y acobardó durante unos días, pero al poco comenzaron a manifestarse con frecuencia en distintas plazas y mercados para concienciar a la población. Si ellos no eran oídos por los gobernantes, quizás estos sí escucharan la voz del pueblo.

XII

Anne invitó a John y a Amelia a cenar. Había descubierto, horrorizada, que Elisabeth desdeñaba las invitaciones de una de las familias más pudientes y nobles de Bristol, y se había propuesto remediarlo y acercarse a ellos. El estatus social de los Cooper-Pembroke, que poseían uno de los bancos más sólidos del país y heredarían el título de condes, los hacía estar entre el tipo de personas que más admiraba Anne y con las que le convenía relacionarse, según su parecer. Era inaudito para ella que su cuñada rechazara una sola de sus invitaciones. Discutió con su marido sobre Elisabeth y sobre el hecho de que él tampoco hubiera seguido cultivando los lazos de amistad con tan prominente vecino. Phillip no le comentó que la amistad se había dado entre Elisabeth y John, y, teniendo en cuenta cómo había acabado su relación, el comportamiento de él y Elisabeth era el más sensato.

Llegado el día, la cena transcurrió agradablemente. Phillip y Anne, Elisabeth y su madre, John, Amelia y algunos conocidos más, pertenecientes a su círculo más íntimo, compartieron mesa y degustaron una cena exquisita. Anne sabía lo que hacía, era muy buena anfitriona y ponía especial interés en agradar a sus invitados. Descubrió que la debilidad de Amelia eran los niños, aunque al parecer aún no había conseguido quedarse embarazada, y en la sobremesa, mientras los hombres charlaban aparte, ella monopolizó la conversación de Amelia con consejos que no le había pedido, acaparando su atención exclusiva.

Elisabeth se encontraba sentada frente a la terraza, sintiendo la escasa brisa de aquel inusitadamente caluroso mes de septiembre. Ella jugueteaba con una copa de licor ambarino. John acercó una silla, tomó la copa de entre sus dedos deteniéndose más tiempo de lo permitido y bebió de ella. Lizzy miró a su alrededor, temerosa de que alguien lo hubiera visto en un acto tan íntimo, pero al parecer todo el mundo se encontraba enfrascado en su propia conversación.

—Lizzy, ¿por qué nunca has aceptado nuestras invitaciones? Me muero por verte...

—John, no deberías hablarme así. No es... correcto.

El joven se acercó a ella y le acarició, por un instante, el dorso de la mano. Elisabeth la apartó rápido y, enfadada, le espetó conteniendo la voz:

—¿Qué quieres de mí? No me pidas que seamos amigos. No puedo...

—Sabes que preferiría que fuéramos amantes, pero... —Ella hizo amago de levantarse—. No te vayas, por favor, no soy bueno con las palabras, quiero decir tanto y tenemos tan poco tiempo... Sé lo que piensas al respecto y lo entiendo. Me comporté como un cobarde y no imaginas cuánto lo lamento, Lizzy. Pienso en ti día y noche.

—No digas nada de lo que te puedas arrepentir. Amelia es una buena mujer y una excelente esposa.

—Lo sé y eso me hace aún más despreciable. ¿Sabes la de veces que le he hablado de ti como mi mejor amiga? Ella lo cree, y por eso pretende ser tu amiga también, para agradarme. Yo le hablaba de ti para desahogarme y mantener tu recuerdo vivo. Me estaba volviendo loco hasta que dije tu nombre en voz alta la primera vez... Lizzy, Lizzy. —¿Cómo no iba a entenderlo?, pensó ella, si su nombre se le atravesaba en el pecho y la ahogaba. Le hubiera gustado gritar cuánto lo amaba y cómo dolía ese amor prohibido—. Solo quiero verte. No puedo pedirte nada. Me conformaré con lo que tú me quieras dar, pero déjame verte, Lizzy. Volví a la vida el día que supe que no estabas en Norteamérica, en aquella tierra maldita, poniendo tu vida en peligro.

—John, no me pidas nada, no tienes ningún derecho.

—Lo sé. —Se acercó aún más. Su proximidad era intolerable. No era apropiada y todos se darían cuenta. Lizzy contenía sus ansias de besarlo, de volver a deleitarse con el sabor de sus labios, y sabía que él también la deseaba—. Me conformaré con sentirte cerca.

En ese momento, Phillip se acercó y entabló conversación con John. A Elisabeth no se le escapó la mirada de prevención que le lanzó su hermano. Poco después, se les unieron Anne y Amelia. La velada había sido un éxito y todos prometieron volver a repetirla.

Margaret daría un mitin en una de las plazas más concurridas de la ciudad y todo su grupo la acompañaría con pancartas. Los jóvenes eran conocedores de que un amplio porcentaje de la población no sabía leer y había sido idea de ella hablar a la gente para que el mensaje les llegase más fácilmente. Estuvieron discutiendo sobre la conveniencia de que fuera una mujer la que hablara y decidieron que, puesto que la idea había sido de Margaret y sabría cómo llegar a otras mujeres, quienes a su vez transmitirían el mensaje a sus maridos, fuera ella la que se subiera a un pequeño entarimado que habían construido para la ocasión.

La convocatoria había sido un éxito y Margaret estaba siendo contundente en su exposición. La gente se indignaba, asentía, protestaba. Otros, más encopetados, pasaban de largo, con caras de ofendidos.

Elisabeth se encontraba allí, acompañando a su amiga, convencida de que era necesario dar voz a los que eran ignorados y remover conciencias. Antes de salir de casa de Margaret habían preparado bollos que después tomarían todos juntos una vez que el mitin hubiera terminado. No lo alargarían mucho, tenían la experiencia suficiente como para saber que, si a alguien le molestaba, se acabaría quejando y enviarían a la Policía de inmediato. Ellos querían evitar enfrentamientos a toda costa.

La exposición de Margaret estaba a punto de acabar cuando Elisabeth sintió que alguien la tomaba del brazo y tiraba para sacarla de la plaza. Era John.

—¿Qué haces aquí? —le preguntó cortante.

—¿Qué ocurre? ¿Desde cuándo tengo que darte explicaciones? —contestó enfadada.

—Esto es muy peligroso, Lizzy. No deberías estar aquí.

—No hacemos nada malo —se defendió.

—Estáis arengando a la gente y creando disconformidad, y eso es muy arriesgado. Tarde o temprano llegará a oídos de la Policía y acabará por venir.

—Solo intentamos concienciar...

En aquel momento la gente que se encontraba en un extremo de la plaza, junto a una bocacalle, empezó a correr perseguida por varios policías a caballo, que dispersaban a la multitud a golpe de silbato y bastones. Elisabeth intentó acercarse hasta donde se encontraba Margaret, pero John la sujetó. Margaret se bajó del entarimado y echó a correr en sentido opuesto. Los agentes se acercaban hasta donde se encontraban los dos. Elisabeth quiso huir, pero John la detuvo.

—Si corres reafirmarás tu culpabilidad. Solo somos un matrimonio que paseaba por aquí —murmuró junto a su oído mientras la sujetaba del brazo.

Los guardias requirieron su documentación y John le facilitó la suya. Le dijo amablemente que él y su esposa se encontraban paseando y se habían detenido un momento para ver qué clase de espectáculo congregaba a la gente. No hizo falta más. Al ver de quién se trataba, el agente lo saludó con un gesto y le aconsejó: «No cruce la plaza, señor. Estamos efectuando algunas detenciones y podría ser peligroso».

Elisabeth quiso volver para comprobar qué había sido de sus compañeros, pero John le advirtió que no sería prudente y la acabarían deteniendo. «No te preocupes por ellos. Tendrán que pagar una multa y les dejarán en libertad». Elisabeth no estaba tan segura de que todo se saldara con tanta facilidad. En cuanto John se marchase, iría a casa de Margaret para comprobar qué había ocurrido y quiénes eran los detenidos.

John tomó a Elisabeth del brazo, «como si de verdad fuera su esposa», y se alejaron de la plaza y de las calles más concurridas. Entraron en un parque poco transitado y, después de caminar en silencio durante un rato, se sentaron en un banco.

—¿Estás bien? —le preguntó. Notaba su respiración acelerada—. Tranquila, ya ha pasado todo.

—No, no estoy bien, me preocupan los hombres y mujeres a los que han arrestado. No creo que sus familias puedan pagar una multa.

John la miró detenidamente.

—Si es eso lo que te preocupa, yo me encargaré. Saldrán sin problemas.

—¿Lo harías? ¿Por qué? —preguntó extrañada.

—Porque haría cualquier cosa que estuviera en mi mano para hacerte feliz.

—No, John, no digas eso. No hay nada que yo te pueda ofrecer a cambio.

Él la miró desilusionado. Apartó la mirada y la fijó en las manos de ella, que se retorcían, nerviosas.

—No es un intercambio, Elisabeth. No puedo pedirte nada. Es solo una forma de sentir que aún pertenezco a tu mundo, que aún puedes contar conmigo.

—John... —Elisabeth lo tomó de las manos, hasta que él volvió a mirarla con ojos brillantes y tristes.

—No me sueltes, no me dejes fuera de tu vida —le suplicó.

—¿Qué podemos hacer? Estamos condenados a estar separados. Tú tienes a Amelia y yo... estoy casada. ¿Acaso podríamos deshacer todo eso? —Calló al sentir que se le quebraba la voz, que la ahogaba la desdicha, que sus palabras eran injustas con Amelia, con William Cooper, pero que la vida tampoco había sido justa con ella.

John depositó su mano en la nuca de Elisabeth y, con suavidad, la atrajo hacia él y susurró junto a su boca:

—Pídemelo y lo haré.

Sus labios se encontraron tiernamente al principio, con desesperación después. Las ganas contenidas y el dolor largo tiempo oculto, se manifestaron en un beso intenso, anhelante, que constituyó un insuficiente intento de aliviar el profundo desconsuelo de su separación.

Elisabeth no supo de dónde sacó fuerzas para apartarse. Él aún le acariciaba la mejilla y repasaba con sus dedos el relieve de sus labios.

—¡Basta, John! Esto no está bien. —Se levantó, estirando la tela de su falda, nerviosa—. No podemos. —Él permanecía sentado, mirándola con adoración—. Amelia no se merece esto.

John se ocultó el rostro con las manos. Un momento después, las apartó y las pasó por su pelo. Lucía profundas ojeras y sus ojos estaban enrojecidos.

—Nadie se merece esto —dijo él.

—Yo... me marcho a casa. Es mejor que no me acompañes, así no tendremos que dar explicaciones...

—Lizzy... —Suspiró—. No vuelvas a ninguna manifestación. Tarde o temprano Phillip te verá como yo, o se enterará, y no va a gustarle. Y si te detienen..., no es una situación agradable, créeme. En realidad, no solo pueden castigarlos con una multa. El gobierno se está tomando muy en serio a quienes alborotan socialmente y algunos ya han sido deportados a otras tierras, a las colonias australianas. Eso incluye a las mujeres también.

—No me asustas —le contestó mostrándole una sonrisa amarga, dolida—. Tarde o temprano yo también seré deportada a algún desconocido lugar en Norteamérica, con un extraño como marido, ¿crees que me da miedo lo que me pueda pasar ahora?

Elisabeth se dio la vuelta y echó a andar, como si arrastrara una pesada losa, como si su cuerpo no soportara alejarse de él. Pero no podían permitirse estar juntos. Él tomó una decisión con todas sus consecuencias y quebró su propio destino, el que ella había soñado junto a él. Ahora estaban condenados a vivir separados.

John observó inmóvil cómo la adorada y familiar figura de ella se hacía pequeña y desaparecía a lo lejos. Y cuando estuvo seguro de que ya no lo veía, dejó fluir libres las lágrimas por su rostro.

XIII

«Pídemelo y lo haré».

Las palabras de John antes de besarla rondaban su cabeza. Una y otra vez las oía. Susurrantes. Ávidas. No. No les iba a conceder ni un minuto más de su pensamiento. No iba a suceder nada. No lo permitiría. Se obligó a pensar en la decisión que John tomó hacía dos años ya y que la dejó a ella fuera. Por mucho que se arrepintiera, no había vuelta atrás.

Llegó a casa. Un sirviente le quitó el abrigo y ella dejó los guantes en el recibidor, al lado de una bandeja que contenía una carta. La cabeza le bullía por todos los acontecimientos de la tarde: el encuentro con John, la manifestación... Mientras se hacía la firme promesa de ir al día siguiente a primera hora a casa de Margaret para averiguar qué había sucedido con los detenidos, tomó el desgastado sobre y, con dificultad, pues parecía que la tinta se había casi diluido, leyó su nombre. La remitían desde Mowbray. En el reverso, una dirección de Kentucky en Norteamérica. El corazón le dio un vuelco.

¿Sería una señal? Su relación con John había entrado en un terreno muy peligroso. Ella no consentiría que fuera a más. No podía traicionar a Amelia, ni a ella misma, pero... ¿sería lo suficientemente fuerte para luchar contra sus sentimientos? Como si el destino quisiera decirle algo, advertirle quizás, llegaban desde tierras lejanas las palabras de un desconocido esposo. No pudo leerla, a pesar de su curiosidad, pues se hacía tarde para la cena, por lo que la dejó sobre la cama para abrirla más tarde.

Se aseó, mudó de ropa y bajó a cenar. Esa noche no las acompañaría Phillip, se había quedado trabajando. Al parecer, había algún problema en el puerto con unas mercancías defectuosas, por lo que llegaría más tarde, cuando todo estuviera solucionado. Cenaron escuchando la conversación de Anne, que parloteaba sin cesar acerca de sus últimas visitas a Amelia Pembroke. Según ella, se estaban convirtiendo en buenas amigas. Tenían que ir juntas a su casa algún día, le advirtió a Elisabeth, ya que Amelia la tenía en alta estima. Elisabeth no supo qué contestar, le pareció que había asentido levemente, pero después de lo ocurrido aquella tarde con John, pensar en visitar a Amelia la hacía sentirse despreciable.

Mientras tomaban café en la salita, Anne se acordó de la carta que había visto en el recibidor, dirigida a su cuñada.

—Elisabeth, querida, no pude menos que darle la vuelta al sobre para ver quién te escribía, aunque en el fondo lo imaginaba. ¿No es emocionante? Un billete desde aquellas tierras exóticas, llenas de peligros, ¡en plena guerra!... ¡Tienes que leérnosla! ¿No le parece, Eleanor?

Leer una carta privada en voz alta no era del agrado de Elisabeth, pero Anne solía hacerlo con las suyas, a la vez que iba comentando su opinión sobre lo escrito. A ella le daba cierto pudor, pero ante la firme insistencia de su cuñada, subió a por la carta a su alcoba.

De vuelta en la sala de estar, viendo que el interés

no había remitido, se preparó para leerla. El sobre crujía y casi se deshacía entre sus dedos. ¿Por cuántos reveses habría pasado? ¿Y su dueño?

Hacía tanto tiempo que no tenía noticias de William Cooper... Más de un año había pasado desde su única carta, aunque nadie podría culparlo por no escribir. En un país en guerra habría otras cosas mucho más importantes de las que ocuparse.

Sacó varios pliegos doblados y sobre su regazo cayeron algunas flores secas. Lucían grandes pétalos de colores que una vez fueron llamativos y que oscilaban entre el celeste y el violeta. Con cuidado fue recogiéndolas y las puso sobre la mesa.

—Es una forma de mandar flores a distancia —reconoció su madre. Elisabeth le sonrió y asintió. Ella había pensado lo mismo.

Kentucky, 25 de octubre de 1861

Estimada Elisabeth:

No imagina cuánto me alegró recibir su carta el pasado julio, aunque leí con pesar las nuevas sobre su padre. Reciba mis condolencias y espero, de todo corazón, que cuando le lleguen estas líneas haya encontrado la paz de espíritu que le permita sobrellevar su pérdida. No es fácil, créame que lo sé, pero piense que al menos él pudo despedirse de los suyos y partió al más allá rodeado de su cariño.

Quizás mis palabras no le supongan ningún consuelo, pero en este lado del mundo es tanta la crueldad y la pérdida inútil de vidas que no imagina lo mucho que los soldados valoraríamos un final como ese.

Aunque me propuse no atemorizarla con tragedias ni aburrirla con batallas, mi alma sufre por la deriva que ha tomado esta lucha. Todos creían que esto se resolvería rápidamente. Cada bando se creyó sus propias razones y, sin embargo, no ha hecho más que empezar.

El 17 de abril, Virginia se independizó de la Unión. La lucha de nuestros antepasados, hace menos de un siglo, por crear una nación fuerte e independiente no sirvió para hacer recapacitar a los estados sureños. Mi tierra se halla dividida entre los que piensan que hay que abolir la lacra de la esclavitud unidos y los que prefieren seguir con sus abominables privilegios a costa de dividir el país.

Elisabeth, quiero que sepa que mis ideales no están de parte del gobierno confederado de Virginia. ¿Cómo podría identificarme con ellos? Yo sé muy bien lo que significa ser despreciado por no pertenecer a la clase y la raza que ostenta el poder. La sangre india de mi madre, de la que me siento muy orgulloso, se subleva cuando valoran a unos hombres por encima de otros, solo por el color de su piel. Todos somos igualmente válidos, aunque aquellos que no han recibido los privilegios de la educación no se hallen en condiciones de demostrarlo. Esta es la injusticia contra la que luchamos y, aun firmemente convencido, no puedo sino lamentar la terrible pérdida de vidas de cualquier ideología.

¿Sabe con qué sueño? Sueño con el fin de esta pesadilla para que la pueda traer a conocer mis tierras, las suyas, tal y como eran antes. Una tierra diferente a la verde campiña inglesa, pero llena de luz y majestuosidad, con campos cuidados por trabajadores libres y con una magnífica casa cuya construcción comenzó mi padre y acabé yo. A ambos lados del camino de entrada crecen altos árboles que llenan de sombra y frescor los días de verano. Sobre el más cercano a la casa, un roble centenario, mi padre construyó una casita de madera para que yo jugara de niño. Espero volverla a ver cuando todo esto acabe. Le construiré un columpio bajo la casita, o donde guste, para que pueda sentir la brisa durante las tardes de verano y aspirar el aroma de la flor de Santa Lucía. Le envío unas cuantas que atesoraba en un libro. Me gustaría que las conservara, Elisabeth. Son el recuerdo de mi hogar y

de mi madre, que fue quien las plantó hace años. Ahora crecen libremente a ambos lados del camino, llenándolo todo con su olor y sus colores. Tienen propiedades medicinales. Si lo desea, le enseñaré a utilizarlas cuando estemos juntos. ¡Cómo me gustaría que esta guerra nunca hubiera empezado y que estuviera aquí conmigo, entre mi gente!

No sé qué quedará de todo lo que le he contado una vez que esto termine.

Nos movilizan ahora hacia el sur, una vez que hemos ganado el paso a través del Misisipi. Entretenemos los escasos ratos muertos charlando, leyendo, jugando a las cartas o, en mi caso, redactando cartas en mi cabeza que a veces pongo por escrito. No confío en que lleguen, pero, si alguna lo hace, contésteme, Elisabeth. Me encargaré de que me la hagan llegar desde Virginia a donde quiera que me encuentre. Dígame cómo está, en qué invierte su tiempo, si piensa alguna vez en mí... ¿Me recuerda, siquiera? Fue un solo baile...

Yo le prometo seguir escribiéndole, y tenga por seguro que, si recibo las suyas, constituirán una de mis escasas alegrías en estos tiempos.

Suyo afectuosamente,
William Tecumseh Cooper

Elisabeth terminó de leer con un nudo en la garganta. De forma inconsciente, apretó la carta escrita con la misma letra que la primera, pero con trazos menos firmes, contra su pecho.

Al levantar la vista percibió lo que había olvidado durante la lectura, su madre y su cuñada la habían estado escuchando atentamente y la miraban boquiabiertas.

—Querida Lizzy, no tenía ni idea, pobre señor Cooper... —acertó a decir Eleanor, apretando su mano durante unos instantes.

El gesto de Anne, en cambio, mudó de la sorpresa al enojo.

—¿William Cooper es hijo de una india? ¡Creí que era hermano de lord Mowbray! —exclamó airada.

—Es su hermanastro, Anne. Su padre se casó en Virginia con una mestiza india, es un cuarterón, en realidad.

—¡Pero eso es terrible, Elisabeth! ¿Tú lo sabías cuando te casaste?

—Yo... —Recordó que su padre le había hecho firmar los documentos sin contarle nada, pero ella tampoco se había interesado. ¿Hubiera cambiado algo si lo hubiera sabido?—. No me importa, Anne, de verdad.

—¿No te importa? Esto es inconcebible. ¿Acaso mi hijo va a tener primos mestizos?

—¡Anne! ¿Cómo puedes...?

—Esto no debe saberse de ninguna de las maneras. Sería un escándalo y no pienso consentirlo —declaró con firmeza—. Voy a hablar con Phillip. ¿Él también lo sabía?

«¿Qué puedo decirle?». Miró a su madre, pero esta permanecía muda, sin atreverse a participar en la conversación.

—No lo sé —contestó Elisabeth—. Tendrás que preguntarle a él.

Anne se levantó hecha una furia y salió de la habitación farfullando amenazas.

—Tendrías que haberte saltado esa parte —habló al fin su madre—. Esa donde dice que está orgulloso de su sangre india.

Elisabeth resopló indignada. Esa era, precisamente, una de las cosas que más le había gustado, la valentía de no renegar de sus raíces. Y, molesta, pensó que lo que tendría que haber hecho era haberla leído en la soledad de su habitación, sin oídos críticos ni comentarios hirientes.

Acompañó a su madre hasta su alcoba, donde ya estaba esperándola su doncella. Su cuñada seguiría despierta esperando a su hermano. ¿Qué podría hacer más allá de recriminarle y enfurruñarse?

Se sintió muy cansada cuando al fin se tumbó sobre la cama. Volvió a releer la carta a la luz de una vela y sintió lágrimas calientes resbalando por su rostro. Las palabras de William Cooper la habían acercado a él de una forma que nunca hubiera imaginado. No sabía si sentía pena por las circunstancias del hombre, admiración por su valentía o respeto por sus ideales. Quizás era una mezcla de todo junto lo que, en unas cuantas líneas, la hacía sentirse extrañamente unida a él. Se descubrió interesada en conocerlo y, por vez primera, la asaltó el temor de que eso no pudiera hacerse realidad, de que la guerra le arrebatara la oportunidad. Guardó la carta en la mesilla, y esa noche, en sus sueños, el rostro de John apareció junto al de alguien de cabello largo y ojos rasgados, felinos, que le mostraba unas manos morenas y fuertes llenas de flores azules.

XIV

En los días posteriores, Elisabeth comprobó cómo el trato de su cuñada hacia ella se había enfriado hasta el punto de que la rehuía y evitaba toda conversación. Solo respondía a sus requerimientos con monosílabos mal encarados.

Tuvo que reconocer Elisabeth lo que desde hacía mucho tiempo temía y no quería afrontar: que Anne y ella eran radicalmente distintas. La hubiera querido como a una hermana, pero sus almas no eran afines. Sus deseos, sus gustos y su forma de ver la vida eran opuestos. Y le produjo dolor pensar que tampoco existía esa afinidad entre Anne y su hermano. Sabía que él era más que consciente de ello, pero nunca lo manifestaría. Él había codiciado a la heredera y ahora debía asumir las consecuencias. Su vida y la de su hijo estarían resueltas, ella se encargaba de recordárselo de tanto en tanto, y él debía soportar un mal carácter y una forma de ser que no había sabido o querido ver antes de casarse.

Elisabeth estuvo intentando hablar con Margaret durante toda la semana, pero la puerta permanecía cerrada y nadie acudía a abrir. Intentó localizarla en la escuela de música donde impartía clases, pero le contaron que llevaba varios días sin acudir. Aquello era muy preocupante. No conocía con exactitud dónde vivían los otros miembros del grupo. Desesperada, decidió preguntar en la comisaría más cercana a la plaza donde sus compañeros fueron arrestados, pero allí no quisieron darle información alguna al no ser familiar de ninguno de ellos.

Sin saber dónde acudir, sus pasos la guiaron hasta la casa de John. Él prometió encargarse, así que debía de saber algo. Llamaba a la puerta cuando cayó en la cuenta de que no había pensado cómo plantear el asunto ante Amelia. Un criado le abrió y, después de darle su nombre, le informó de que el señor no estaba y de que la señora la atendería gustosamente.

El sirviente la condujo por corredores y pasillos hasta una espléndida terraza donde Amelia se encontraba preparando unos jarrones con flores. Elisabeth se fijó en la palidez de su rostro y de unas marcadas ojeras violáceas que desmerecían sus bonitos ojos, que aparentaban una profunda tristeza. Pensó que John quizás le hubiera contado algo de lo que había ocurrido en el parque, o ella, quizás, lo hubiera averiguado... ¿Qué podría decirle?

—Elisabeth, querida, ¡qué alegría verte! Por fin has encontrado tiempo para visitarme —la saludó con una sonrisa afable en la que no se entreveía ninguna doblez.

—Es un placer verte, Amelia, ¿cómo estás?

—Oh, algo cansada. Últimamente no duermo bien. Pero no te quedes ahí de pie, ven a sentarte junto a mí y tomemos el té. Es una lástima que no esté John aquí, le encantaría charlar contigo.

—Supongo que estará trabajando —dijo un poco cohibida.

—Suele terminar un poco más temprano, pero

hoy, por suerte para mí, tiene que quedarse un rato más.

Elisabeth se preguntó por qué esa era una buena noticia justo ese día.

—No me malinterpretes, querida —quiso explicar al detectar un leve gesto de extrañeza en la joven Miller—. Hoy estoy teniendo mis molestias mensuales y eso significa que de nuevo he perdido otra oportunidad de quedar embarazada. Es tan decepcionante para los dos que no me importa aplazar el momento de verlo. Oh, Elisabeth..., si supieras cuánto lo deseo. Tener un hijo. Es lo que más deseo en el mundo y, sin embargo, todos los meses pierdo un poco más la esperanza.

Elisabeth se sintió incómoda. Había conversado con Amelia en las ocasiones en las que habían coincidido, pero sus charlas nunca tuvieron la profundidad y la confianza que esta estaba teniendo.

La sirvienta llegó con el servicio de té y una fuente a rebosar de pastelillos y bollos.

—Gracias, querida, puedes marcharte, yo lo serviré. —Amelia conversaba mientras iba llenando las tazas—. ¿Azúcar? Si supieras... Ayer recibí la visita de Anne. Está convencida de que con Laurence ha cumplido lo suficiente y no desea más hijos. Podría entenderla si mostrase un poco de empatía por el resto de mujeres que los deseamos y no los tenemos. Es tan... desconsiderada. —Tomó la mano de Elisabeth—. Perdóname, no sé lo que digo. Soy una egoísta. Hablo sin tener en cuenta tu terrible situación, casada y lejos de tu esposo, que se encuentra en un país en guerra. Por favor, no tomes mis palabras en cuenta. Si te digo todo esto es porque te considero mi amiga.

—No... no te preocupes —replicó abrumada por las confidencias y sin saber muy bien qué decir.

—John te admira mucho y yo también —le aseguró

Amelia, apretándole la mano—. Debe de ser una situación muy difícil para ti, aunque John está convencido de que eres una mujer fuerte y que superarás todas las adversidades. Él siempre dice que mereces ser feliz, y yo estoy segura de que lo conseguirás. Te reunirás con tu esposo. Ambas conseguiremos lo que anhelamos, ¿verdad? —Una mirada de súplica se dibujó en su rostro y una sonrisa triste asomó a sus labios.

—Claro que sí, Amelia... Solo necesitamos algo más de tiempo. Yo... no sabía que John y tú hablabais de mí.

—John siempre me ha hablado de ti. Desde el principio. Me dijo que erais los mejores amigos, desde niños. —Sonrió traviesa—. Sé lo importante que eres para él, se le ilumina la mirada cuando te ve. Aunque vives con tu hermano, siempre podrás contar con nosotros para lo que necesites, como parte de tu familia. John casi lloró de la emoción cuando supo que te habías casado con su tío. Eres muy valiente, Lizzy, ¿puedo llamarte así? Casarte con alguien que vive tan lejos... Supongo que vuestra historia de amor tuvo que ser preciosa. Mi marido me dijo que os conocisteis el día en que cumpliste diecisiete y celebraste tu puesta de largo.

Elisabeth se ahogaba por momentos. John no la había mantenido al margen en su relación con Amelia, más bien la había involucrado en su vida y había construido una falsa historia de amor en torno a su matrimonio de conveniencia, y de amistad en lo que se refería a la relación que los había unido. Era cierto que William y ella habían sido presentados en la fiesta y habían bailado juntos, pero eso solo había sido un momento fugaz, que no hubiera llevado a nada si no hubiera sido por... ella, por Amelia, pero sobre todo por la decisión de John de casarse con ella y echar a Elisabeth de su vida.

—Es... difícil para mí hablar de mi esposo en las actuales circunstancias. Apenas tengo noticias suyas y lo que leo en la prensa me asusta. —No sabía muy bien qué podía contar sin desbaratar la historia idílica que John había construido para tapar sus propios sentimientos, así que quiso generalizar.

—Es cierto, querida, perdóname. Vaya, parece que nuestro John ha llegado finalmente.

Un sorprendido John Cooper se acercó hasta la mesa donde tomaban el té. Besó a su esposa en la frente y dirigió una mirada intrigada a Elisabeth.

—Lizzy, ¡qué sorpresa más agradable!

Elisabeth lo saludó, contrita, y Amelia retomó la conversación.

—¿Tomarás el té con nosotras? Charlábamos sobre su esposo y las circunstancias tan terribles en las que se encuentra su país.

—Parece que el ímpetu inicial del sur se está revirtiendo y llegan noticias muy alentadoras para el ejército unionista. Nuestro gobierno lo ve con buenos ojos, pero no así los empresarios que tienen tratos comerciales con los estados sureños. Precisamente he estado reunido esta tarde con una representación de ellos.

—¿Qué quieren de nosotros, querido? —se interesó Amelia, mientras le servía una taza de té.

—El gobierno de los Estados Unidos cortó todo comercio del sur con el extranjero desde que estos atacaron Fort Sumter. Cuanto barco se atreve a salir desde los puertos sureños es atacado por el potente ejército naval del norte y destruido. El sur no tiene capacidad para construir barcos comerciales o de guerra en estos momentos. Los empresarios ingleses consideran esto una desventaja para los confederados, y quieren auxiliarlos al coste que sea, pero lo que los mueve son sus propios intereses al tener que buscar las mercancías que les proporcionaba el sur en otros países a un coste mucho más elevado. Es por ello que pretenden construir barcos para enviarlos al sur y ayudarlos.

—¿Pueden hacer eso? ¿Ayudar a los sublevados? —cuestionó Elisabeth, preocupada.

—Nuestro gobierno se ha declarado neutral, no intervendrá a favor de ninguna facción y por tanto no aprobará que sus ciudadanos lo hagan. He escuchado sus reivindicaciones y sus propuestas, pero me temo que no puedo respaldarlos. Sin embargo, estoy convencido de que seguirán adelante con sus intenciones, pese a todo.

—¿Mandarán barcos de guerra a luchar contra los unionistas en favor de los confederados? ¿Cómo pueden...?

—Los intereses económicos priman para algunas personas por encima de los ideales o, tal vez, se limitan a apoyar lo que creen, Lizzy, aunque estén profundamente equivocados.

Las palabras de John evocaron emociones que no estaba dispuesta a revivir en esos momentos, así que decidió que lo mejor sería marcharse antes de que se sintiera aún más incómoda entre los dos.

Amelia la invitó a volver en cualquier momento y John la acompañó hasta la puerta.

—John, vine para saber qué ha pasado con los jóvenes que fueron arrestados —le explicó una vez que estuvieron solos—. No sé nada de ellos desde ese día. Ni siquiera puedo contactar con Margaret.

—Después de que te marcharas fui a la comisaría y lo arreglé, Lizzy. Tuvieron que pasar la noche allí, pero al día siguiente los soltaron. Les dije que el banco se hacía cargo de sus fianzas, pero ellos tendrían que devolverlas en un plazo, no quería que sospecharan que era un favor ni de dónde venía la ayuda. Sé que, probablemente, esa noche les meterían el miedo en el cuerpo. Los alborotadores solo reciben un aviso. Al siguiente los deportan a las colonias australianas con una condena de una decena de años de trabajos forzados y la prohibición de regresar a su patria. Es lógico que anden escondidos y se estén pensando mejor las cosas...

—Es terrible, John. Esos chicos solo protestaban por una situación injusta.

—Ellos solo son la mecha, Lizzy. Imagínate que prendan una llama en cada situación injusta que encontremos. No podemos consentir otro asalto a la Bastilla.

—Somos pacíficos, John.

—No todos, y no en todas las situaciones.

Elisabeth consideró que no valía la pena seguir hablando de eso con él. Regresaría a casa de Margaret para intentar contactar con ella. Ahora al menos sabía que John había cumplido su palabra y sus compañeros se encontraban en libertad.

—Vuelve cuando quieras, Lizzy —le dijo John antes de marcharse—. Y cuenta conmigo para lo que necesites.

Esas palabras hubieran sido tranquilizadoras, reconfortantes, en otros labios, pero no en los de John, quien la abrazó y la retuvo contra su cuerpo más de lo conveniente, antes de despedirla. Aturdida por el abrazo de John, por sentir la calidez de su cuerpo pegado al suyo, vagó sin rumbo un tiempo, mortificada por no ser insensible a su cercanía, por desear sus caricias. Al fin consiguió recuperar la cordura y decidió volver a casa de Margaret.

Margaret seguía sin dar señales de vida. Elisabeth llamó repetidamente a su puerta, pero nadie abrió.

Se quedó un momento frente a la entrada, intentando oír cualquier cosa. Decidió marcharse. Bajaba los escalones cuando una niña de apenas diez años salió de una casa vecina y la llamó.

—¿Elisabeth? ¿Eres Elisabeth Miller? —La joven asintió—. Debes de ser tú, te he visto muchas veces llamar a la puerta.

—¿Sabes dónde está Margaret?

—Ella está bien. Me dio esto para ti. —Del bolsillo del delantal sacó una nota lacrada—. Debes romperla cuando la leas.

Elisabeth guardó la nota y le dio unas monedas a la niña. Rasgó el lacre mientras caminaba y leyó la nota.

Elisabeth:

Necesito esconderme durante un buen tiempo, desaparecer de Bristol. No sé si volveré. Sé que estoy en el punto de mira por mis ideales y ya estoy fichada por algo similar en Londres. Si me atrapan, me enviarán lejos, y tengo una hermana y sobrinos que dependen de mí. No puedo fallarles, aunque siento que me estoy fallando a mí misma.

Lamento no poder decirte a dónde voy porque ni yo misma lo sé con seguridad. Ojalá volvamos a vernos alguna vez.

Cuídate mucho, mi querida Elisabeth.

Afectuosamente,

Margaret.

Arrugó la nota en su puño y sintió tristeza e ira al mismo tiempo. No era posible, no era correcto, ¿cómo arreglar una situación tan injusta si ni siquiera podían expresarse? ¿Si obligaban a los que la exponían a huir? Caminó resuelta hasta que encontró un carruaje de alquiler y le dio una dirección.

XV

Phillip trabajaba en un amplio despacho en el centro de Bristol. Sus múltiples negocios ocupaban toda una planta de un edificio de cinco, situado en la mejor zona comercial y de negocios de la ciudad.

Elisabeth entró en su despacho como un vendaval.

—¡Elisabeth! ¿Qué ocurre? ¿Qué formas son estas de interrumpir? ¿Acaso no te han dicho que estoy ocupado?

—Phillip, no consigo verte en casa y necesito hablar contigo.

—Tendrá que ser más tarde, tengo una reunión dentro de poco.

—Por favor, Phil. Quiero que me tomes en cuenta. No puedes mirar hacia otro lado y quejarte de las huelgas o de la bajada en la producción en las fábricas cuando son tan evidentes las causas por las que ocurre... Quiero saber qué estáis haciendo por los trabajadores que enferman y por los niños que se quedan huérfanos. Tengo ideas. Sé cómo podríamos mejorar...

—¡Basta, Elisabeth! ¡No es asunto tuyo! No sé quién te está metiendo esas locuras en la cabeza o si es todo fruto de tu carácter, como me aseguró Anne, pero te advierto que no voy a consentir que te inmiscuyas en lo que no te corresponde. ¡Vete a casa!

—¿Anne? ¿Qué tiene que decir ella al respecto? Ella no sabe, ni siquiera imagina remotamente, lo que es vivir como uno de tus obreros...

—Anne actúa como se espera de una dama. Si quieres hacer alguna labor social, ve con ella a la parroquia de vez en cuando... y compórtate correctamente. Procura, por ejemplo, no ir contando que tu esposo es un mestizo. ¿Sabes cuántos inconvenientes me ocasionaría eso?

—Vaya... ¿Inconvenientes? Sobre todo con tu esposa, ¿verdad?

Phillip la miró con ojos que despedían chispas de cólera. Levantó un dedo amenazador y se disponía a contestarle cuando su secretario abrió la puerta.

—Señor Miller, los representantes estadounidenses le están esperando —dijo mientras recorría con una mirada desconsiderada la figura de Elisabeth, quien había hecho caso omiso a su petición de esperar sentada.

—Enseguida iré. Será cuestión de un momento, gracias.

El secretario cerró la puerta. Phillip tomó algunos documentos y se dispuso a salir. Elisabeth se interpuso en su camino.

—Phillip, ¿estadounidenses? ¿Qué está pasando? ¿Son confederados? ¿Vais a construirles barcos?

—No es asunto tuyo —respondió hastiado—. Por el amor de Dios, vete a casa.

—¿No es asunto mío si usáis barcos para apoyar a aquellos contra los que lucha mi esposo?

—¿Y desde cuándo te importa lo que le ocurra?

—No... digas... eso.

Las palabras de su hermano cayeron como un jarro de agua fría sobre ella y la hirieron más de lo que hubiera esperado.

Phillip no se molestó en disculparse, la miró una última vez, irritado, y salió del despacho dando un portazo.

Caminó durante mucho tiempo y, cuando oscureció, regresó a casa. Su madre cenaba sola y estaba extrañada ante su tardanza. Anne había cenado en su habitación y Phillip seguramente seguiría reunido. Se sentó a la mesa sin apetito y sostuvo la perenne charla de su madre sobre trivialidades y quejas sin fundamento. Su cabeza era un torbellino de angustia y pesares, pero nunca se desahogaría con Eleanor. Ella jamás se interesó por cuestiones que pudieran afectarla. Oídos que no oyen, corazón que no siente.

A Elisabeth le sobrecogió la tristeza: la superficialidad de su madre, el desaire al que la sometía su cuñada desde que supiera de su esposo, y la desconsideración y el desprecio de su hermano ante sus propuestas y sus sentimientos.

A la mañana siguiente se levantó temprano, tomó un desayuno ligero y encaminó sus pasos hacia el muelle. Durante toda la noche sus pensamientos habían tomado forma y ahora tenía claro qué era lo que debía hacer. Ella no valía para ser un simple florero, un ser que no se implicaba en los acontecimientos que sucedían a su alrededor. Ya no.

Probablemente, si se hubiera casado con John y se hubiera quedado a vivir en Mowbray, su día a día se hubiera limitado a ser una sucesión de hábitos y monotonía, sin despertar jamás al mundo, sin ocuparse de las propiedades de su padre y sin conocer cuestiones sociales alejadas de su ámbito. Pero el desprecio de John y la muerte de su padre la habían hecho despertar a una realidad que no había conocido nunca antes, manejada por los hombres, pero en la que ella quería participar. Si eso era imposible, no le interesaba permanecer por más tiempo en Inglaterra, sufriendo, además, de la presencia prohibida de John. Regresó del puerto con un firme propósito.

Sentada frente al escritorio de su habitación, escribió dos cartas. La primera estaba destinada al señor Geoffrey. La segunda le costó mucho más redactarla.

Bristol, 14 de octubre de 1862

Estimado señor Geoffrey:

Espero que se encuentre bien de salud y la visita de sus nietos y su hija, de la que usted me ponía al corriente en su última carta, le esté resultando de lo más placentera. Dele muchos recuerdos de mi parte a Betsy y a su esposo, y besos a los niños.

Me complace oír que Demian y Mathilda se están adaptando bien a su nueva casa. No hay mejor cocinera que ella y su marido es un gran jardinero. Sus nuevos señores son afortunados, aunque entiendo que nos sigan echando de menos, yo también a ellos.

En cuanto a su gestión, señor Geoffrey, es impecable, como siempre, y me alegra que tenga la consideración de hacerme partícipe de ella, junto a mi hermano.

Últimamente he pensado mucho lo que me dijo acerca de la dote que mi padre reservó para mí y de la que es custodio Phillip. Creo que no voy a tardar mucho en poner ese tema sobre la mesa, por lo que le ruego que, si tuviera algún consejo que ofrecerme, lo ponga por escrito en cuanto le sea posible. También he pensado en las recomendaciones que me dio acerca de la anulación de mi contrato matrimonial. Créame que las tengo muy presentes. Le escribiré en detalle, más adelante, sobre todas estas cuestiones.

Reciba un abrazo,
Elisabeth Miller Cooper

Bristol, 14 de octubre de 1862

Querido William:

¿Cómo se encuentra? Espero y deseo que le lleguen estas letras y pueda contestarme con buenas noticias.

Recibí su carta con sorpresa y alegría, aunque debo confesar que sus palabras me llenaron de angustia y no dejo de pensar en cómo será su día a día.

Lamento mucho la situación de su país y cómo le afecta. Quisiera tener palabras de consuelo y de ánimo, pero, sinceramente, no sé qué podría decirle. Tan solo tengo la esperanza de que todo acabe pronto y de la mejor manera y que pueda enseñarme su hogar, del que se siente tan orgulloso.

Me emociona la idea de que construya un columpio para mí y de mecerme sintiendo la brisa y aspirando el aroma de las flores de las que me habló. ¿Sabe que he recurrido a un libro de botánica de la biblioteca para ver sus colores al natural? La flor de Santa Lucía, no pude aguantar la curiosidad. Son preciosas, William. Me encantará verlas.

Debo confesarle que hasta hace poco me aterrorizaba pensar en viajar hasta Virginia. Si las circunstancias fueran otras, probablemente se hubiera visto obligado a venir a buscarme y hubiera tenido que arrastrarme hasta el Nuevo Mundo, pero sus cartas me transmiten una tranquilidad en cuanto a su carácter y su forma de pensar que, pese a lo extraño de nuestro compromiso, me animan a afrontar el viaje en un tiempo no muy lejano. Sé que las familias de los combatientes los esperan al norte,

alejadas de las zonas de confrontación al sur. Podría per-
manecer allí y dar clases. Se me dan bien los niños y me
ilusiona valerme por mí misma. No seré una carga en nin-
gún caso. No necesito que se ocupe de mí, podría esperarlo.
¿Le agradará encontrarme allí cuando todo termine?

Quiero decirle que no le pienso imponer mi presencia,
William. Estoy dispuesta a darle la oportunidad a nues-
tros espíritus de comprobar si somos afines, pero no a
cualquier precio.

No quiero que me malinterprete. Lo que deseo trans-
mitirle es que reconozco que usted y yo nos vimos compro-
metidos en un matrimonio de conveniencia, sin conocernos
siquiera, y no quiero que mi presencia sea una imposición.
Estaré más que dispuesta a que hablemos sobre esto cuan-
do, finalmente, nos encontremos.

Recibí su carta de octubre del 61 el mes pasado. Quién
sabe qué recorrido habrá hecho durante todos esos meses.
Desearía que le llegaran estas letras, aunque en los perió-
dicos he leído que, a veces, el ferrocarril con el correo es
asaltado.

Por favor, cuídese mucho. Rezo por usted todos los días
y por la finalización de la guerra.

Afectuosamente suya,
Elisabeth

Elisabeth tardó varios días en echar al correo la
carta para William Cooper. La escribió y reescribió
varias veces, insegura de que sus palabras pudieran
sonar ásperas o hirientes, aunque su propósito era
sentar las bases de una relación sincera desde el principio. Ambos sabían que tendrían que empezar un
matrimonio desde cero y ella quería que quedara claro que no iba a ser a toda costa. No por su parte, al
menos. Sacrificaba una vida a este lado del mundo
por lo desconocido. Una vida amarga, a veces, y llena

de incomprensión, pero en un mundo que le era conocido y que podía intentar cambiar. Sonrió irónica ante sus propios pensamientos. ¿Qué podría cambiar? ¿Los ideales de su hermano? ¿La forma de ser de Anne? ¿El hecho de que el amor de su vida estuviera casado?

No tenía sentido engañarse. Probablemente, lo que en el fondo estaba haciendo era huir de sus problemas, de una vida que la ahogaba, que no la ilusionaba. Huir del miedo de ser incapaz de resistirse a John, al que amaba en cuerpo y alma, y cometer un acto de locura entregándose a un hombre que no le pertenecía. Quizás huía de las brasas para caer en el fuego de un destino incierto, pero que, por vez primera, ella había decidido afrontar.

SEGUNDA PARTE

Nada en este mundo es imposible
para un corazón dispuesto.
Abraham Lincoln

XVI

Bristol, Inglaterra
Abril de 1863

Apoyada en la barandilla del barco, Elisabeth contempló cómo la silueta de la ciudad en la que había vivido los últimos meses se desvanecía en la lejanía.

Los viajeros, que a la hora de la partida habían abarrotado la cubierta, se marchaban a sus camarotes o paseaban relajados. Ella no podía apartarse aún, como si manteniendo a la distante ciudad en su retina lograra sentirse acompañada por aquellos que amaba y dejaba atrás. Había tomado una decisión después de mucho meditarlo y no se arrepentía en absoluto, pero reconocía que los echaría de menos.

La señora Tremaine depositó suavemente su mano sobre el brazo de la joven.

—Señora Cooper, vamos a ponernos ropa cómoda y saldremos a dar un paseo por la cubierta hasta la hora de almorzar. ¿Nos acompaña?

Elisabeth la miró un momento, sorprendida, como si no acabara de ubicar dónde se encontraba ni quién se dirigía a ella. «¿Señora Cooper?». Su corazón perdió un latido. «Señora de William Cooper», pensó con amargura, rememorando cuando pensaba que su sino sería el de... señora de John Cooper.

Unos segundos después reconoció a la amable Frances Tremaine, acompañada de su esposo, quienes viajaban a Nueva York como ella y eran conocidos de su hermano; por lo que, en cuanto se enteraron de que la joven viajaría sola, se erigieron, gustosos, en sus protectores durante el viaje. Elisabeth les aseguró que los acompañaría durante la comida, pero que aún se quedaría un poco más.

Cuando los Tremaine se marcharon, comprobó, apenada, cómo la línea costera se había desvanecido y solo el azul del cielo y el mar acompañaban ahora al navío.

Tras la precipitada marcha de Margaret y el enfado de su hermano, un profundo desánimo se instaló en el alma de la muchacha. Los días se sucedían sin mejorar su relación con su cuñada Anne, sin conseguir que Phillip la hiciera partícipe de sus negocios o prestara atención alguna a sus ideas, y rehuyendo un encuentro con John o Amelia. Aunque evitaba encontrarse a solas con él, sus ojos anhelantes, su preferencia por estar junto a ella, convertían cualquier situación en algo sumamente comprometido. Amelia acabaría por reconocer que entre ellos existió algo más que una amistad.

Elisabeth vivía con el perenne dolor de no poder corresponderle, y con temor. Temor porque vislumbraba que tarde o temprano acabaría claudicando, porque su amor por John, lejos de desaparecer, era ahora más fuerte e impetuoso que nunca. Estar junto a él, sentir su presencia, sus miradas de deseo, su aroma, la enajenaban. Cuando se quedaba sola y conseguía que su pulso volviera a la normalidad, se daba cuenta de que, mientras él estaba cerca, no recordaba qué había dicho o si había convertido sus pensamientos en palabras y las había gritado, delante de todos.

Tomó la cobarde decisión de huir.

La última carta de William Cooper la había decidido. Parecía un joven agradable, que le ofrecía su hogar con solicitud sincera. No quería pararse a pensar que tan pocas pruebas no eran suficientes para desvelar el verdadero carácter de un hombre. Solo quería huir de John, y la opción de marcharse de vacaciones por Europa estando su esposo en una guerra le parecía de una frivolidad espantosa, por lo que consideró que lo mejor sería afrontar su matrimonio lo más pronto posible.

Antes de partir, le escribió una carta en la que le insinuaba que tal vez se decidiera a viajar hasta los Estados Unidos y establecerse en el norte. No sabía cuándo le llegaría su misiva, ni siquiera si lo haría. Se instalaría en Washington e intentaría localizarlo, saber de él. Contaba con la herencia de su padre para mantenerse, aunque pensaba ocuparse y no malgastar ese dinero por si, finalmente, optaba por pedir la nulidad de su matrimonio.

Era una idea que constantemente rondaba por su cabeza. No era demasiado justo para William Cooper, ya que, en realidad, no iba a darle demasiadas oportunidades, pero pensó que quizás, en el fondo, él también se alegraría de librarse de ella.

La esposa de su hermano, exultante de alegría al enterarse de que había decidido marcharse a Estados Unidos, volvió a dirigirle la palabra y se ocupó de prepararle vestidos, abrigos y zapatos; todo un ajuar para que su presentación en la sociedad norteamericana no pasara desapercibida. Anne no se había parado a pensar en las circunstancias en las que se hallaba el país, en las que, con toda seguridad, no tendría demasiadas ocasiones de lucir vestidos de fiesta.

La propia Anne la ayudó a convencer a su hermano, quien al principio se negó en redondo a que viajara a Norteamérica hasta que la guerra no hubiera concluido. Sin embargo, tuvo que reconocerle a Elisabeth que los escasos barcos de pasajeros, aunque no estaban exentos de peligro, seguían una ruta segura y eran respetados.

Su madre le pidió que pasara las Navidades con ellos y lo pensara durante ese tiempo. Como Elisabeth persistía en su decisión, acabó aceptándola, y le hizo prometer que le escribiría puntualmente y se dejaría acompañar y aconsejar por los virtuosos Tremaine, conocidos de Phillip, que harían el viaje con ella hasta Washington.

John y Amelia se enteraron de su decisión durante una cena en casa de Anne y Phillip. John no podía dar crédito. Se opuso con rotundidad, argumentando de mil maneras, con un tono y una vehemencia que no le correspondían. La visitó durante varias tardes para hacerle cambiar de opinión. Él no se daba cuenta de que cada una de esas visitas reforzaban aún más su decisión.

En la mañana de su partida, Elisabeth llegó temprano al puerto y, mientras esperaba a Phillip, que había ido a dar instrucciones acerca de su equipaje y a encontrarse con los Tremaine, vio a John una última vez.

No esperaba tener que enfrentarse de nuevo a su presencia. Se despidieron en una cena informal, hacía dos noches, en la que no se había permitido ni un segundo de intimidad con él. Se rompería en pedazos si la tocaba, si le volvía a susurrar: «Pídemelo...».

Él aceleró el paso al verla esperando para subir al barco, rodeada de gente que iba y venía ocupada en mil quehaceres. A ella el corazón le comenzó a latir desacompasado y las lágrimas inundaron sus ojos. Había intentado contenerlas hasta que John la abrazó y se envolvieron cálidamente el uno en el otro. No supo cuánto tiempo permanecieron así unidos mientras él le susurraba: «Lizzy, mi querida Lizzy..., no te vayas, quédate conmigo».

No se atrevía a alzar la cabeza y enfrentarse a sus ojos. Si lo miraba, si se sumergía en sus profundos ojos azules suplicantes, temía romperse y claudicar.

Finalmente, se armó de valor. «No puedo», acertó a decir. «Sabes que no podemos, pero siempre estarás en mi corazón».

John la besó apasionadamente entonces, sin importarle el resto del mundo. Con intensidad, como un enamorado a su único amor, con pasión, con ansia, con el miedo de dejarla ir y no volverla a ver.

Cuando se separaron, él la tomó de la barbilla y, firme, le dijo: «Si alguna vez te arrepientes, te estaré esperando. Si descubres que te has equivocado como yo lo hice, te estaré esperando. Solo tendrás que pedírmelo una vez y lo dejaré todo, Lizzy. Y mientras tanto yo seguiré esperando y arrepintiéndome de lo que hice todos y cada uno de los minutos de mi vida hasta que vuelvas a mí».

Se sostuvieron la mirada durante una eternidad, hasta que John dio un paso atrás al reconocer, entre la multitud, la mirada inquisitiva de Phillip. Poco después, este llegaba hasta ellos y les presentaba al anciano matrimonio Tremaine.

Y algunos minutos después, Elisabeth subía al barco junto a los Tremaine, para poner un océano de distancia entre ellos. Phillip se marchó al rato y John permaneció en el muelle, durante mucho tiempo, contemplando cómo Elisabeth se perdía en la lejanía. Hasta que recordó que había dejado a Amelia en el carruaje con la promesa de que encontraría a Elisabeth y la iría a buscar para que se despidiera de ella.

* * *

Amelia había insistido en acompañarle por la mañana para despedirse de la joven y regalar al matrimonio unas alianzas grabadas con sus nombres: *Elisabeth y William*. Se había enterado de que no tenían ninguna y le emocionaba ser la primera que le regalara a Lizzy algo tan especial. Quizás quisiera lucirla en su dedo y sorprender a su marido. Quiso acompañar a John en su despedida y entregarle personalmente el presente, pero al llegar al puerto él había insistido en averiguar primero dónde estaba atracado el barco de Elisabeth y le prometió que la iría a buscar después al carruaje. Sin embargo, el tiempo pasaba y John no regresaba. El barco acabaría partiendo y ella no le entregaría su presente. Decidió buscarlos ella misma, encontraría a alguien, entre toda esa marabunta de gente, que le indicase. Al fin consiguió verlos entre la multitud. John le daba un cariñoso abrazo a Lizzy y, justo cuando ella alzaba el brazo para saludarlos, él la besó. *John besó a Lizzy*. Apasionadamente. Como jamás la había besado a ella.

Las rodillas se le doblaron, las piernas no la sujetaban. Un alma caritativa la tomó del brazo y la ayudó a permanecer de pie. El paquete con el regalo cayó al suelo, rodó y desapareció de la vista. La persona que la auxilió la llevó hasta unas cajas de madera que le sirvieron de improvisado asiento. No supo cuánto tiempo estuvo allí sentada, ni quién la había atendido. Cuando consiguió sobreponerse, regresó al carruaje. Y esperó. John tardó en volver y masculló algo sobre que no la había encontrado, que había demasiada gente.

Ella asintió y, sin más explicaciones, volvieron a casa. Ninguno dijo nada. John, sumido en sus pensamientos, no se dio cuenta de que algo se había roto profundamente dentro de Amelia.

XVII

El barco avanzaba dejando una suave estela de espuma blanca a su paso. Los días se sucedían monótonamente entre paseos por cubierta, comidas y charlas con los Tremaine. Elisabeth comprendió por qué su hermano había tardado tanto en dar el visto bueno a su partida: no fue hasta que encontró a los fiables señores Tremaine de Somerset, quienes iban al mismo lugar al que ella planeaba llegar y podrían realizar el viaje juntos.

Victor Tremaine era un médico retirado que, junto a su esposa Frances, había decidido dejar su cómodo hogar en Somerset para acudir en auxilio de su hija Jane, que se había casado con un militar estadounidense y se encontraba embarazada y sola, al ser su esposo movilizado. Jane se había quedado en Washington tras despedirse de su marido, y, aunque sus padres le habían pedido que se mudara a algún lugar más al norte, ella prefirió permanecer allí.

Elisabeth había tomado la misma decisión. No se quedaría en Nueva York, destino final del *S S Great Britain*, sino que se acercaría a Virginia todo lo que pudiera. El estado de Columbia, donde se ubicaba la capital, limitaba con el de Virginia, donde William tenía sus tierras. Probablemente él no se encontraría allí, sino más al sur, que era donde estaban teniendo lugar los avances. Sin embargo, la cercanía con Virginia le daba cierta sensación de proximidad, como si en realidad fuera más fácil dar con él. Le habían recomendado que preguntara en las oficinas de reclutamiento de la capital por el paradero del joven. Si tenía suerte y le facilitaban una localización determinada, podría escribirle y decirle dónde se encontraba.

Sentada en cubierta junto a la señora Tremaine, departían sobre el trayecto que les quedaría por hacer cuando llegaran a Nueva York, hasta alcanzar, finalmente, Washington. Por motivos de seguridad, los barcos de pasajeros habían restringido sus llegadas en los puertos situados cerca de los estados rebeldes. Atracarían en Nueva York y el resto del camino hasta la capital deberían hacerlo por otros medios.

Elisabeth había encontrado en la señora Tremaine una excelente conversadora y una comprensiva oyente. Poco a poco, las mujeres fueron alcanzando un mayor grado de confianza, acompañándose durante los interminables días a bordo, mientras Victor Tremaine departía con otros caballeros sobre la situación de la guerra en aquellos últimos días de abril de 1863.

—Quiera Dios que esta guerra acabe pronto. Cuando empezó decían que apenas duraría unas semanas, unos pocos meses a lo sumo. Y, sin embargo, aquí estamos dos años después sin tener claro el final.

—Cierto, señor Tremaine, pero me aseguran desde fuentes del partido republicano en Washington que los rebeldes tienen los días contados. Sin ayuda del exterior nada pueden hacer. No tienen fábricas de armamento operativas ni recursos de ningún tipo para reponer las pérdidas.

—Y pese a todo ello, se resisten a rendirse, causando multitud de bajas en las filas unionistas y entre los suyos. Esta guerra se está convirtiendo en una masacre —argumentó Niall O'Brien, un ingeniero irlandés que los acompañaba en la mesa durante las comidas desde que comenzó el viaje.

—Es una triste realidad, señor O'Brien —volvió a intervenir Victor Tremaine—. Los sureños no se rendirán mientras el general Lee los siga arengando. —Divisó a las damas acercarse—. Cambiemos de conversación, caballeros, las damas nos recuerdan que es la hora de la comida. ¿Cómo estáis, queridas? ¿No hace frío en cubierta?

—Apenas, pero es vigorizante y contribuye a abrir el apetito. Creo que a nuestra querida Elisabeth le vendrá muy bien.

—Si me acompaña, señora Cooper —O'Brien le acercó su brazo—, la conduciré al comedor.

Elisabeth le dedicó una sonrisa, algo ruborizada, y posó la mano sobre el brazo del irlandés, un ritual que solía repetirse cada vez que se dirigían al comedor.

Durante la cena volvieron a mencionar el conflicto y el destino de la mayoría de ellos: Washington. Lo que sin duda era un tema preocupante, ya que, aunque las batallas estaban teniendo lugar al sur de la línea Mason-Dixon, que dividía en dos los estados americanos, los estados limítrofes no ofrecían garantías de seguridad absoluta al estar muy transitados y ser un foco de problemas entre soldados desertores de ambos bandos y gente desesperada que huía del sur.

Poco después, la conversación giró en torno a los motivos que O'Brien tenía para afrontar los riesgos del viaje y la estancia en Norteamérica. Los Tremaine ya habían hablado sobre las circunstancias de su hija y Elisabeth había contado superficialmente que iba a encontrarse con su esposo, sin dar mayores explicaciones. O'Brien relató que el gobierno de la Unión había contratado sus servicios como ingeniero ferroviario. Al parecer, tanto Lincoln como el resto de ministros del gobierno republicano tenían especial interés en consolidar los territorios que se habían incorporado recientemente al oeste del país, Oregón en 1846 y California en 1850, y querían unirlos mediante una línea de ferrocarril que conectara los estados de costa a costa y se ramificase hasta alcanzar las principales ciudades. Lincoln tenía la visión de una nación unida a través del medio de locomoción más rápido y seguro que el hombre había sido capaz de inventar.

Después de cenar, los Tremaine, O'Brien y Elisabeth dieron un paseo antes de recluirse en sus camarotes.

—Señor O'Brien, es una ocupación interesante la suya —comentaba Frances Tremaine—. Lo lleva de un continente a otro y supongo que le obligará a seguir viajando por toda la nación norteamericana conforme avance el ferrocarril.

—Así será, si nada lo impide —le contestó con una sonrisa.

—Oh, la juventud, qué magnífico tesoro —añadió Victor—. Es capaz de las mayores hazañas. Yo, sin embargo, siento que si me quedo un solo minuto más aquí afuera con este frío seré incapaz de levantar mis reumáticos huesos de la cama mañana.

Todos se condolieron de la queja del señor Tremaine y decidieron marcharse a sus habitaciones. Niall se ofreció a acompañar a Elisabeth, pese a su negativa. Sentía una creciente admiración por la muchacha que había abandonado la seguridad de su casa familiar para ir en busca de un esposo en paradero desconocido. Deseó que pudiera encontrarlo sano y salvo, y sintió una pizca de envidia de un hombre que no conocía, y por el que aquella joven cruzaba sola todo un océano. Su corazón, reconoció, estaba tristemente vacío de afectos. No había tenido una vida fácil y no había ninguna muchacha que lo esperara en Irlanda ni en ninguna otra parte.

XVIII

Carolina del Norte
Mayo de 1863

El capitán William T. Cooper y sus soldados, pertenecientes al cuerpo de exploradores del Quinto Regimiento de Infantería de Virginia, permanecían inmóviles, desde hacía varias horas, bajo una lluvia inmisericorde en los bosques al sur de Carolina.

Su misión era la de observar, prever, anticipar e informar probables movimientos de las tropas enemigas, así como reconocer el terreno, mapear, buscar posibles atajos y dificultades que pudieran presentárseles a su ejército.

Al actuar como avanzadilla, el riesgo se intensificaba en cada misión. Ser descubiertos significaba la muerte, rápida en el mejor de los casos; tras espantosas torturas con el fin de sonsacarles información, en el peor. Hasta el momento, William y sus hombres habían sorteado con éxito situaciones muy peligrosas. Eso le había supuesto ir escalando rangos militares y la admiración y el respeto de los suyos, incluyendo a sus superiores. Esa admiración, sin embargo, iba aparejada de misiones cada vez más arriesgadas, como en la que se encontraban ahora: cortar la comunicación entre ejércitos confederados acampados a ambos lados del río Savannah. Cooper se había visto obligado a dividir el grupo en parejas y apostar hombres, a todas luces insuficientes, a lo largo de la ribera sur del río, rastreando posibles pistas o expectantes ante la aparición de mensajeros confederados. Cuanto más divididos, más posibilidades tenían de ser descubiertos.

William y el cabo Sherman habían divisado a una patrulla de cuatro soldados con uniforme gris, y aunque contaban con una clara superioridad numérica, el factor sorpresa había jugado a su favor y los habían hecho prisioneros sin bajas por su parte. Los correos escritos habían cambiado de manos y el capitán Cooper había conseguido reunir a parte de sus hombres. Sin embargo, los soldados Maine y Jones aún no habían regresado. William temía que el sonido del tiroteo, iniciado por los rebeldes en un intento inútil de defensa, hubiera alertado a los sureños y los hubieran atrapado.

Llevaban horas esperándolos bajo la lluvia en el lugar convenido. El capitán decidió que no seguiría poniendo en peligro al resto del grupo y los envió de vuelta al campamento, junto con los prisioneros. Él se ocuparía personalmente de buscar a los soldados rezagados. Un hombre solo no sería una presa fácil y, sobre todo, no pensaba dejar abandonado a nadie de su compañía.

Andar bajo la lluvia con las botas hundidas en el barro a la altura de la espinilla no era tarea fácil ni silenciosa, pero la lluvia inclemente amortiguaba el sonido, a la vez que atenuaba en mucho la visión.

El rastro de huellas, ramas rotas o hierba pisada que pudieran haber dejado Maine y Jones o los soldados enemigos había desaparecido hacía mucho a causa de la lluvia. El capitán Cooper se limitó a seguir el camino que les había encomendado rastrear.

La lluvia comenzó a amainar justo cuando empezaba a clarear el día. Por encima de los frondosos robles rojos y los antiquísimos álamos, los primeros rayos del sol despuntaban. Era tiempo más que suficiente para que William huyera de tierras enemigas. Su uniforme azul, aunque desgastado, constituía un blanco perfecto para el adversario, pero decidió seguir un poco más.

Un sollozo, una queja lastimera, aguzó sus oídos. Siguió el sonido con los sentidos alerta. A unas cincuenta yardas más allá, en la despejada orilla del río Savannah que William había estado evitando, un hombre gemía tumbado de espaldas. William contempló desolado su chaqueta azul oscuro y la línea amarilla de sus pantalones. El negro pelo rizado delataba la presencia del soldado Jones. ¿Sería una trampa? ¿Habría rebeldes apostados tras los árboles, preparados para dispararle en cuanto se acercase?

Cuanto antes lo averiguara, mejor. No iba a dejar que un hombre herido agonizara mientras esperaba a que el enemigo se cansara y diera alguna señal.

Avanzó con precaución, sigiloso. Con su colt amartillado y el machete preparado, fue acercándose al herido.

Se arrodilló ante él y, con cuidado, le dio la vuelta. La sangre ocultaba los rasgos de la cara del muchacho. Le habían disparado en el cuello, cerca del hombro. El capitán se quitó la chaqueta y desgarró su camisa. Con un trozo de ella fue limpiando la herida. La sangre había fluido libremente, pero quizás no revistiera gravedad. El muchacho estaba semiinconsciente, tendría que reanimarlo para poder llevarlo al campamento.

—Soldado Jones, despierte, vamos. Necesito que me diga cómo se encuentra y me ayude a llevarlo a la enfermería.

—Capitán Cooper —el soldado consiguió despertar

de su letargo y reconocer a su superior—, no sabe cuánto me alegro de verlo.

—Intente incorporarse. Le vendaré la herida. ¿Sabe qué ha sido del soldado Maine?

—El soldado Maine... —Se llevó una mano al hombro en un gesto de dolor y señaló hacia el río—. Llenábamos las cantimploras cuando le dispararon por la espalda. Cayó al río. No tuve tiempo de sacar el arma. —La buscó con la mirada, inútilmente—. Me dispararon. Supongo que pensaron que estaba muerto o que no merecía una bala para rematarme. Creo que me quedé inconsciente...

—Está bien. No malgaste energía. Voy a vendarlo y después se incorporará, poco a poco, para que pueda ayudarle a caminar.

Cuando William lo hubo vendado, Jones se levantó. Ayudado por el capitán, comenzaron a alejarse de la orilla. Antes de partir, William echó una última mirada a las rápidas corrientes del río que se había convertido en la tumba del soldado Maine.

El camino de vuelta fue arduo. En aquella época del año el calor era sofocante y las lluvias torrenciales aparecían de forma inesperada. William sentía el cansancio de los días pasados en los bosques, las escasas horas de sueño, la noche a la intemperie y la ominosa tormenta impregnando sus huesos, pero no podían permitirse descansar a plena luz del día en campo enemigo. Unas cuantas millas más lo separaban de su ejército.

Sin embargo, la debilidad del herido, que parecía por momentos perder la consciencia, los obligó a detenerse en varias ocasiones. En una de ellas, tuvieron que buscar refugio al oír jinetes confederados. Al capitán le preocupaba que estuvieran siguiendo posibles huellas, ya que, llevando el cuerpo semiinconsciente del soldado, era imposible eliminar todo rastro.

Al atardecer, pararon para descansar. Reposarían durante algunas horas y antes del alba volverían a ponerse en camino. El herido no aguantaría las pocas millas que les quedaban si no reponía fuerzas.

Con la ayuda del machete, Will cavó una pequeña zanja al borde de un barranco, donde, confiaba, pasarían desapercibidos si alguna patrulla enemiga se acercaba.

Bebieron agua de la cantimplora del capitán. El soldado pareció revivir tras un tiempo de reposo, mientras William se encargaba de vigilar.

—Es usted una buena persona, capitán Cooper —comentó entre susurros—. Nadie en el ejército me ha tratado como usted. Usted no distingue entre hombres libres o esclavos.

William sabía a qué se refería Jones. Aunque el norte luchaba por la abolición de la esclavitud, muchos de ellos no creían en la igualdad de los afrodescendientes. Emancipación sí, pero eso no equivalía a igualdad de derechos. Había un dicho muy extendido entre los norteños que decía que no había que confundir libertad con igualdad. Había incluso quienes iban más allá y confesaban que la esclavitud no les importaba y lo único por lo que luchaban era por mantener unidos a los estados americanos.

—Todos somos iguales, Jones, sin importar el color de la piel; nuestros cuerpos y nuestras almas están hechas de lo mismo.

Jones se sintió reconfortado por esas palabras. Ellas y la refrescante brisa nocturna, tan opuesta al calor abrasador y extenuante del día, estimularon al soldado, quien le confesó que había sido esclavo en Tennessee.

En la plantación, un anciano esclavo le había enseñado a leer y escribir en secreto. Gracias a eso, pudo leer un periódico que el amo dejó olvidado en el establo y confirmar lo que venía siendo un secreto a voces entre ellos: el sur había declarado la guerra a los norteños y estos habían respondido con un ejército y una declaración de emancipación para todos los esclavos. Decidió fugarse entonces.

Nunca antes lo había intentado. El castigo para un negro fugado al que atrapaban era peor que la muerte. Sin embargo, el saber que había hombres luchando por sus derechos espoleó sus ansias de libertad. No quiso permanecer esperando cobardemente a que lo rescataran. Aunque no sabía bien adónde ir ni manejarse solo más allá de las tierras de la hacienda de su amo, decidió que ya era hora de probar lo que suponía ser libre, ser capaz de decidir qué hacer con la vida que Dios le concedió.

¿Buscaría a sus padres, quizás? Los habían vendido cuando ellos eran unos niños y él a duras penas los recordaba. De lo único que se acordaba era del olor de su madre cuando lo abrazaba y lo mucho que la lloró cuando se la arrebataron. Su hermana Loretta fue su único consuelo. Ella era la mayor y le hablaba de ellos. Hasta que comenzó a acostumbrarse a vivir con la nostalgia y a aceptar que los niños negros perdían a sus padres y los blancos no.

Le confesó a Loretta su plan de huida, pero ella se negó a acompañarlo. Su esposo trabajaba en la casa como mayordomo y ella en la cocina, y decía que no estaban tan mal. El amo había prometido no separarlos ni quitarles a sus hijos. Por mucho que el blanco *Linkum*[2] hubiera asegurado que los negros eran libres,

---

[2] Linkum: Término con el que los esclavos se referían a Abraham Lincoln.

ella sabía que si escapaba y el amo los atrapaba habría represalias. Los vientos de rebeldía y las explosiones de los cañones aún no habían llegado hasta aquellas tierras, pero no se opondría a que Jones se marchara. Era listo y ágil, y sería una manera de vengarse del amo que los había dejado sin padres. Jones se parecía mucho a su padre: «¿Te lo he dicho alguna vez?», le preguntó, antes de despedirse, llorando, del único hermano que conocía.

Huyó al norte. Cruzando Kentucky y Virginia Occidental, llegó hasta Washington, donde se topó con imponentes tropas azules que iban a luchar por la emancipación de los esclavos. Él no sabía nada de la guerra, nunca había peleado ni se había defendido, solo había aprendido a agachar la cabeza ante el amo o el capataz, pero ahora que era un hombre libre, aprendería.

—Lo estás haciendo realmente bien, soldado. Tu hermana y tus padres estarán orgullosos de ti. Podrás buscarlos cuando todo esto acabe.

—¿Usted cree que los encontraré, capitán? —le preguntó esperanzado.

—Tendrás que intentarlo al menos.

—¿Me ayudará?

—Solo si te callas —le contestó riendo entre dientes—, para que puedas descansar y no des pistas a los *johnnies* de dónde estamos.

La noche cayó sobre ellos. En cuanto amaneciera, se pondrían en camino hacia el campamento.

XIX

Nueva York
Mayo de 1863

Tras más de dos semanas navegando, los pasajeros del magnífico vapor *S S Great Britain*, de la compañía Great Western Steamship, avistaron la isla Ellis en lontananza, preludio de su llegada a la ciudad de Nueva York.

Los viajeros comenzaron a arremolinarse en cubierta, aplaudiendo, silbando y celebrando la llegada, al fin, a tierras norteamericanas. En el ambiente se palpaba una intensa sensación de alegría, felicidad y alivio. Elisabeth se apresuró a situarse junto a la barandilla para no perderse el emocionante espectáculo de ver por vez primera la costa neoyorquina. Junto a ella, los hombres saludaban levantando sus sombreros y moviéndolos de un lado a otro, los padres aupaban a sus hijos y las parejas se abrazaban emocionadas.

Niall se acercó hasta Elisabeth con una expresión de felicidad en su rostro de bonitas facciones. Su cabello cobrizo resplandecía al sol y sus ojos azules brillaban de alegría. Era la viva imagen del contento y Elisabeth no pudo menos que responderle con una sonrisa.

—Señora Cooper, hemos conseguido arribar sanos y salvos a nuestro destino.

—Así es, aunque nos queda ahora una etapa no menos interesante.

—Es una peculiar manera de describirla —puntualizó el caballero—. ¿Le he dicho que viajaré con ustedes hasta Washington?

—Oh, eso sería magnífico —contestó la joven, sorprendida—, pero ¿no cree que ralentizaremos su trayecto con tantos baúles y cachivaches? No podrá viajar tan rápido como lo haría solo.

—No tiene importancia. En realidad, no tengo ninguna prisa y disfrutaré mucho más del viaje en su compañía.

—Será estupendo —aseguró Elisabeth, descansando un momento su mano sobre el antebrazo del hombre. Él le respondió con una sonrisa, y un disimulado suspiro se escapó de entre sus labios mientras miraba a la muchacha con ojos brillantes y cálidos.

El transatlántico atracó en la bahía de Nueva York y una riada de viajeros comenzó a descender la pasarela. Elisabeth, O'Brien y los Tremaine bajaron de los últimos después de despedirse e intercambiar parabienes con sus compañeros de viaje.

Ya en tierra, un par de mozos los esperaban con los dos baúles de Elisabeth y la media docena, de distinto tamaño, de Frances y Victor. Antes de tomar un carruaje, que los llevaría hasta Astor House, acordaron encontrarse con Niall unas horas después para concretar los horarios del ferrocarril en el que pensaban viajar a Washington.

El Astor House era un hotel lujoso, ubicado no muy lejos de allí, en la esquina de Broadway con Vesey. Mientras recorrían la ciudad en carruaje, Frances le contó que famosos como Charles Dickens o el propio presidente Lincoln se alojaban allí cuando visitaban la ciudad. Elisabeth apenas la oía, concentrada como estaba en contemplar, con asombro, la altura de los edificios neoyorquinos, algunos de los cuales llegaban incluso a las diez plantas.

La estancia en Nueva York se prolongó por espacio de varios días. Fue imposible partir antes, puesto que los ferrocarriles estaban siendo constantemente solicitados por las tropas para su transporte y el del material de intendencia.

El transporte de viajeros se había reducido mucho y se encontraron, además, con la desagradable situación de que tendrían que terminar el trayecto en Filadelfia, a mitad de camino, ya que a partir de allí el gobierno federal había requisado el ferrocarril para uso exclusivo del ejército.

Durante esos días, Elisabeth aprovechó para escribir cartas a su madre y a Howard Geoffrey, comunicándoles su llegada a Nueva York y las impresiones sobre el viaje. Niall O'Brien la acompañó hasta la oficina de correos.

La muchacha disfrutó de su corta estancia en Nueva York y de los paseos por la ciudad. Frances Tremaine también lo hizo, y Elisabeth estaba segura de que se hubiera quedado más tiempo si no hubiera sido por el embarazo de su hija. A ella también le hubiera complacido alargar su estancia, en realidad no había nadie esperándola en Washington, pero no podía evitar sentir cierta inquietud y ansiedad por llegar a su destino, por intentar averiguar el paradero de William Cooper y por hacerle saber que se encontraba en el país. Esperaba que eso no lo molestase, pensó con aprensión. Ella no iba, en ningún caso, a arrepentirse; ya era tarde para eso.

Subieron al ferrocarril en la estación neoyorquina de Grand Central, que se encontraba en obras, por la mañana temprano y arribaron a mediodía a Filadelfia.

Fastidiados por no poder continuar cómodamente su trayecto hasta Washington, alquilaron un carruaje con un tiro de cuatro caballos, en el que dispusieron sus equipajes, y, después de almorzar, partieron hacia la capital. Les quedaba un viaje de casi ciento cuarenta millas en un pesado carruaje que no avanzaría más que treinta cada día. Se armaron de paciencia. Tendrían que hacer escala en diferentes localidades. Elisabeth se preguntó cómo el señor O'Brien podía mostrar una sonrisa permanente en su cara, pese a que, por acompañarlos, se había prestado a un viaje mucho más agotador y costoso. De cualquier forma, era una compañía agradable y se alegraba de que se hubiese quedado junto a ellos.

Tras cuatro días de viaje, llegaron al atardecer a Washington, cansados y cubiertos de polvo. El coche los dejó frente a la casa de la hija de los Tremaine, quienes no consintieron que Elisabeth pasara la noche en ningún hotel, pese a lo ajustado del alojamiento y la necesidad de más espacio cuando llegara el nuevo miembro de la familia. En los próximos días Elisabeth buscaría una residencia de señoritas conveniente e intentaría que estuviera lo más cerca posible de ellos. O'Brien se despidió de todos, aunque prometió que se pasaría a visitarlos mientras estuviera en la ciudad.

Las siguientes semanas pasaron en un suspiro, ocupada como estaba en encontrar alojamiento, instalarse, mandar su nueva dirección a su madre y hermano, concertar y acudir a la cita con el abogado que le recomendó Phillip para la gestión de sus finanzas, arreglar documentos y atender socialmente a sus amigos Tremaine, a su hija y a sus conocidos. Pero, sin duda, lo que le ocupó más tiempo y le supuso una mayor preocupación fue encontrar una oficina de reclutamiento militar que le pudiera ofrecer alguna información sobre William Tecumseh Cooper, oriundo de Louisa, estado de Virginia.

Niall se ofreció a acompañarla en su búsqueda por las oficinas de la ciudad. Victor Tremaine lo hubiera hecho si no hubiera sido por la amabilidad del irlandés, ya que no era conveniente que una mujer sola anduviera por según qué calles de la capital, llenas de soldados y gente desesperada que andaba huyendo de la devastación del sur.

A punto de perder la esperanza, consiguieron que un funcionario administrativo situado en uno de los despachos de la oficina militar les diera noticias de William. Al parecer, el soldado Cooper había conseguido la categoría de capitán por sus excelentes servicios prestados y en ese momento se encontraba sirviendo con el Quinto Regimiento de Infantería de Virginia en un destino sin determinar situado en Carolina del Norte. Contactar con él sería una tarea difícil, pero podía intentar escribirle usando esos datos y depositar la carta en el Departamento de Correos del Ejército. Ellos harían lo posible para que le llegara.

Aliviada al asegurarle el funcionario que no había constancia de que el capitán hubiera causado baja, Elisabeth se prometió escribirle aquella misma tarde. Decidió que mandaría la carta a su regimiento y una copia de la misma a su casa en Louisa, por si, por alguna circunstancia, alguien la recogía y se la hacía llegar.

Se lo comentó a Niall de regreso a casa. Él la animó a intentarlo, aunque le advirtió que comunicarse con el estado de Virginia y los colindantes era muy complicado, ya que estaban siendo los escenarios más cruentos de la guerra. Elisabeth tuvo que reconocerlo a su pesar. Desde que habían llegado a Estados Unidos, eran bombardeados constantemente con las últimas noticias sobre los avances de uno y otro bando. En abril había tenido lugar en Tennessee la brutal batalla de Franklin en la que habían muerto miles de hombres y en la que la Unión había resultado victoriosa. Solo un mes después, en Chancellorsville, Virginia, la matanza se había repetido con el resultado contrario, desfavorable para el ejército de la Unión.

Se despidió de Niall en la puerta del que era ya su nuevo hogar, una casa de estilo victoriano situada cerca de la Universidad George Washington, en la calle Veinte, muy próxima a la avenida de Pensilvania. La dueña de la casa era una viuda de mediana edad que alquilaba estancias a señoritas. Su pieza, que ocupaba la mitad de la segunda planta, era como un pequeño apartamento, con una cocina minúscula, un saloncito con una mesa de comedor pegada a la pared, un dormitorio y un aseo propio. Elisabeth nunca había vivido en un espacio tan pequeño, pero tenía que reconocer que le era más que suficiente, le proporcionaba privacidad e independencia y además tenía la suerte de no compartir el baño.

Después de almorzar, un poco de estofado del día anterior y pan de maíz, se sentó a escribir. Había movido algunos muebles para su comodidad, aunque había que reconocerle a la arrendataria su buen gusto, al disponer de un precioso mobiliario en madera de caoba y un papel de pared en tono azul claro a juego con las cortinas y la tapicería. Elisabeth había colocado la pequeña mesa de comedor cerca del balcón y en ella solía tomar sus comidas, leer y escribir. Sus últimas cartas las escribió a los pocos días de su llegada al apartamento y las dirigió a su madre y a su hermano, indicándoles la dirección donde se alojaba, esperando tener noticias de ellos pronto. Los extrañaba, sobre todo al pequeño Laurence. Intentaba apartar de su pensamiento a John, aunque le hubiera gustado saber que se encontraba bien.

Antes de empezar a escribir se distrajo un minuto observando el devenir de la gente por la calle. Su arrendataria, la señora Coldbridge, le había contado que había sido un barrio muy tranquilo hasta que comenzó el conflicto. Ahora se notaba el trasiego de las familias y los hombres que llegaban tanto del norte como del sur, y las obras del cercano capitolio, que se encontraba al final de la avenida principal. Durante el día, el movimiento de gente, carruajes y carros cargados con los más diversos cachivaches no cesaba. La visión de unos hombres uniformados a caballo la devolvió a la realidad. Tomó papel y pluma y comenzó a escribir.

A la mañana siguiente salió temprano, dispuesta a mandar las cartas lo antes posible y disfrutar de un agradable paseo por los alrededores. Cruzó la avenida de Virginia hasta la oficina de correos. Tuvo que subir hasta la primera planta para enviar la carta al Quinto Regimiento de Infantería. El volumen de sacos llenos de cartas destinadas a batallones repartidos por todo el sur del país la sobrecogió. Sus palabras se perderían entre una montaña de otras tantas escritas por madres, padres y esposas esperanzadas en contactar con sus familiares queridos. El empleado la tranquilizó diciéndole que los correos solían ser respetados y que harían lo posible para que llegara a su destino. El envío de la segunda carta, copia de la primera, al domicilio de William en Virginia fue más problemático, ya que no había canales habituales de reparto a domicilios particulares en territorios sublevados, y no le garantizaban su expedición a corto plazo.

Confiando en que al menos la primera le llegara con la noticia de que ella se encontraba en Washington, Elisabeth salió resignada del edificio.

Washington le recordaba, en cierta manera, a Bristol. La arquitectura de los edificios tenía sabor europeo, con ligeros toques coloniales, aunque en la amplitud de sus calles se notaba la reciente construcción. Estaba siendo diseñada y construida al nuevo estilo americano, con amplias avenidas y calles cómodas, lo propio en un país donde el espacio no era un inconveniente; siempre había más. No era una ciudad excesivamente populosa, contaba con unos setenta y cinco mil habitantes antes de que estallara la guerra, un número similar al de Bristol, aunque en ellos se notaba la excitación y el nerviosismo por las circunstancias.

Llegó andando hasta los Jardines de la Constitución con idea de cruzarlos y acceder a la orilla del río Potomac, desde donde podría contemplar la isla virgen de Columbia, que le habían recomendado encarecidamente ver. Aunque pensaba que el paseo por los jardines sería tranquilo a aquella hora de la mañana, se asombró al contemplar cómo una marea colorida de tiendas decampaña, chozas y asentamientos precarios se desparramaba a lo largo y ancho del parque, alojando a una multitud de antiguos esclavos, mal vestidos y con aspecto desnutrido.

Un niño se le acercó; parecía perdido. Ella se agachó para situarse a su altura y preguntarle por su familia, y una pequeña multitud de niños y madres se concentró a su alrededor. Localizaron a su familia, unos tíos con los que había venido huyendo desde Alabama. Nada se sabía de sus padres. Esa era la situación de los que llegaban del sur, sin saber adónde ir, sin ningún lugar que los cobijara. Al principio, fueron hombres jóvenes huidos, después, conforme el ejército del norte fue conquistando territorios, comenzaron a llegar familias. Cuando el presidente

Lincoln firmó la Proclamación de Emancipación en septiembre de 1862, declarando libres a todos los esclavos de los estados rebeldes, la situación tomó un cariz más que preocupante. Miles de antiguos esclavos analfabetos, que jamás habían salido de sus plantaciones, habían viajado hasta el norte buscando el amparo de Lincoln y se encontraban en una situación desesperada. Ahora eran libres, pero carecían de los conocimientos y de los medios para vivir dignamente. Algunas instituciones gubernamentales los ayudaban, así como otras de de índole religiosa, pero eran tantas las necesidades y el número de refugiados seguía creciendo tanto que estas ayudas eran a todas luces insuficientes.

Elisabeth regresó a la casa bien pasada la hora del almuerzo. La amable propietaria, la viuda Coldbridge, se percató enseguida de que algo iba mal.

—¿Le ha ocurrido algo, querida? Está muy pálida.

Elisabeth quiso desahogarse con la mujer. Aunque parecía estar siempre muy ocupada, había charlado con ella con frecuencia y habían tomado el té en algunas ocasiones. La consideraba una mujer sensata; esperaba que compartiera sus ideas. Sabía que había personas que no querían oír hablar o tener relación alguna con los antiguos esclavos. Apoyaban al presidente en su intento de mantener unidos los estados americanos, aceptaban las leyes en contra de la esclavitud, muchos habían leído el famoso libro de Harriet Beecher, *La cabaña del tío Tom*, publicado en 1852, y se habían sentido horrorizados por las sádicas condiciones de los esclavos en el sur, pero la idea de compartir con ellos las calles y tiendas de su ciudad ya no les parecía tan agradable.

Elisabeth le contó, preocupada, su experiencia en los Jardines de la Constitución. La mujer asentía a cada poco y su rostro mostraba huellas de tristeza.

Cuando el relato de la joven llegó a su fin, Wanda Coldbridge esbozó una sonrisa.

—Elisabeth Cooper, creo que vamos a ser excelentes amigas. ¿Tienes planes para esta tarde? Tengo que enseñarte algo...

XX

Los violentos rayos de sol que entraron por la puerta de la tienda cuando Nathaniel Braxton echó a un lado la cortina acabaron por sacar a William de su duermevela.

—¡Vamos! ¡Levántate, perezoso! Que hayas estado acarreando a un herido durante dos días no te da derecho a pasarte el día durmiendo —le espetó riendo.

—¿No haber dormido durante tres noches te parece una mejor excusa? —le contestó William, socarrón, mientras se levantaba y se inclinaba sobre la palangana para lavarse la cara y los brazos.

—¿Tienes apetito?

—Me comería un oso, te lo aseguro.

—Está bien, vayamos al comedor, pero entonces esta sorpresa tendrá que esperar —dijo sacándose un sobre del bolsillo interior de la chaqueta—. No estabas en condiciones ayer de recibirla; parecías exhausto, así que te la guardé. Llegó mientras estabas fuera.

William atrapó la carta y leyó el remitente.

—Es de Elisabeth —le informó Nathaniel con una sonrisa—. ¿Quieres leerla ahora o prefieres desayunar?

—¿Leerla delante de ti? Ni lo sueñes. Se lo contarás a Olivia y os estaréis riendo a mi costa hasta las próximas Navidades. Lo siento, amigo mío, no hay suficiente confianza.

Nathaniel Braxton soltó una carcajada y dejó pasar a su amigo William, con quien había retomado la amistad que los uniera en West Point. Durante las Navidades pasadas lo había invitado a pasar unos días de permiso junto a él y su esposa Olivia en Richmond, donde se mudaron desde Indiana poco antes de empezar la guerra para que Olivia y el niño estuvieran cerca de sus suegros. Una gran camaradería había nacido entre los tres.

Después de desayunar, Will se sentó a la sombra de un árbol, alejado del trasiego del campamento. Era un día de descanso hasta el próximo avance, que temía sería pronto. Los hombres, después de la instrucción matutina, tenían tiempo libre para descansar, jugar a los naipes, charlar, leer o beber si les apetecía. Otros asistían a misa o escribían cartas. Will estaba impaciente por saber de Elisabeth. ¿Cuántos meses habían pasado desde que recibió su primera y única carta?

Con una letra bonita y decidida, la joven se condolía de la guerra y expresaba su temor por él. Recordó que en su última carta, escrita hacía mucho, le había hablado de su hogar y le había mandado un puñado de flores de Santa Lucía, que había puesto a secar en uno de sus libros. Había sido un impulso romántico, pero lo cierto era que pensar en la muchacha le aliviaba en ocasiones el sufrimiento de estar expuesto a la muerte en cualquier momento. Cuando se lo podía permitir, su pensamiento volaba hasta Inglaterra, hasta la mansión de la joven a la que contempló con disimulo en el baile de presentación en sociedad. Una bella jovencita, risueña y feliz, flexible y tímida entre sus brazos a la que, recordaba, le hubiera gustado mucho besar y deshacer el complicado recogido que ataba su hermoso cabello, de un brillante color castaño con destellos cobrizos. Hubiera sido glorioso poder sumergir el rostro entre su pelo fragante, inundarse de los encantos de la muchacha, empaparse de su risa cristalina, aspirar el aroma de su piel... No, no había sido un matrimonio por deseo de ambos, pero sabía que podría llegar a amarla y haría lo posible para que ella también lo quisiera.

En la carta, ella le había contestado: *Me emociona la idea de que construya un columpio para mí*, y se prometió sobrevivir para hacer realidad su deseo. Su interés por las flores, hasta el punto de que las buscó en un libro, le pareció encantador y una buena señal. Era agradable leer que ella se planteaba venir hasta los Estados Unidos, pero no era una buena idea. No era el momento. No podía dejar que se manejara sola en un país sacudido por una guerra, donde no podría acompañarla ni protegerla. ¿Y si le ocurría algo a él? ¿Qué sería de ella?

Le apenaron los últimos párrafos en los que ella le explicaba que no le impondría su presencia, que podrían deshacer el lazo que los había unido si lo deseaba. Se preguntó si eso era lo que ella pretendía en el fondo o estaba siendo honesta con su propuesta. Decidió escribirle, le pediría que bajo ningún concepto dejara la seguridad de su casa y que le hiciera saber si estaba verdaderamente dispuesta a dar una oportunidad a su matrimonio. No la obligaría en ningún caso, aunque él supiera que podría hacerla muy feliz.

Cambió sus cigarrillos a cambio de papel para escribir. Aunque como capitán tenía una paga algo más elevada que los trece dólares mensuales que solía cobrar un soldado, había artículos, como el *whisky* o el tabaco, que eran mucho más apreciados que el dinero en un campamento. No le importó desprenderse de sus últimos cigarrillos para poder escribir a su esposa. Su desconocida esposa. En unos días partiría un correo a caballo para Washington y llevaría su carta, entre otras. Si tenía suerte y llegaba sin novedad hasta la capital, algo que le llevaría semanas, la depositaría en una oficina de correos, donde no sabía cuándo le darían salida para Inglaterra y si acabaría finalmente en manos de Elisabeth. Confiaba en que la suerte se prolongara y le llegara la carta en la que le pedía que lo esperara a salvo hasta que él pudiera ir a buscarla, si era lo que ella deseaba de verdad.

Apoyado sobre el tronco del árbol, donde se había sentado a escribir, Will apoyó el papel sobre una piedra para que se secara la tinta. El hecho de que Elisabeth mencionara la posibilidad de viajar hasta los Estados Unidos para encontrarse con él era muy halagador, pero peligroso. Además de la guerra, existían otros muchos aspectos de su país que ella no conocía y le supondrían dificultades añadidas. Debía ser él quien la acompañara y le mostrara la idiosincrasia de su tierra y de sus gentes. No quería que pasara por situaciones de peligro ni remotamente parecidas a las que él vivió de niño.

XXI

William recordó que tenía ocho años cuando tuvieron que huir de noche de la plantación. Su padre, Taylor Cooper, le dio un abrazo, le pidió que cuidara de su madre y lo mandó junto con ella y un trabajador de la hacienda desde el sótano, a través de una salida subterránea, hasta las afueras.

Will no sabía muy bien qué ocurría. Se había despertado en plena noche al oír gritos y había visto un resplandor rojizo por la ventana. Salía descalzo al pasillo para buscar a sus padres cuando estos lo encontraron, lo vistieron a toda prisa y se lo llevaron a la cocina. Sus padres se abrazaron, prometieron reunirse y Taylor se despidió de su hijo. Bajaron al sótano donde Cicero, un sirviente de confianza, los aguardaba con un quinqué encendido tras una puerta que nunca había visto, escondida detrás de una alacena de madera.

Su madre, Kinomw, no respondió a las preguntas de su hijo mientras recorrían el pasillo subterráneo, se limitó a pedirle paciencia y silencio.

Cuando salieron al exterior, tras recorrer lo que parecía una galería interminable que finalizaba en una habitación con varias camas y una pequeña cocina, unos caballos los esperaban. No fue hasta mucho después, a su vuelta, que su padre le desveló el secreto de aquella habitación escondida. Su padre era un «maquinista», un blanco que amparaba a los negros fugados hasta que llegaban al norte y que constituía una red de estaciones de ayuda, a las que llamaron «el ferrocarril subterráneo». Si lo descubrían, acabaría colgado, junto a su familia, y ese fue el motivo, ante el levantamiento de sus vecinos que decían tener pruebas de su implicación en la fuga de esclavos, para que Taylor Cooper se decidiera a poner a su familia a salvo, alejándolos de su hogar.

Cabalgaron durante el resto de la noche, pararon a comer lo que llevaban en una talega y a mediodía llegaron a cabo Charles.

Una mujer con un niño y un negro llamaban la atención, pero no fueron tomados en cuenta hasta que las monedas asomaron a sus manos, y Kinomw y su hijo consiguieron un pasaje a bordo de una chalupa que los llevaría a Maryland. Cicero, el criado negro, se despidió de ellos y regresó a la hacienda.

En Maryland adquirieron unos pasajes en tercera, a precio de oro, hasta Rhode Island. En esa ciudad tuvieron que esperar casi una semana hasta conseguir embarcar en otro navío. Compraron vestidos y abrigos de calidad que les permitieron pasar por una viajera de clase alta y su hijo, que iban a encontrarse con su marido en Canadá.

Los ojos azules, el cabello rojizo y la piel clara de Kinomw, herencia paterna, le conferían unos rasgos anglosajones, con un punto exótico por parte de su madre india algonquina. Su hijo William era una mezcla de sus antepasados. Su piel poseía un ligero tono bronceado, su cabello era ondulado y oscuro, y sus ojos rasgados lucían un intenso color verde. A sus ocho años era alto y esbelto como su padre, y sus andares eran suaves, casi felinos, como los de sus ascendientes indios. Era un chico despierto, inteligente, amado por sus padres. Su padre estaba tan orgulloso de él que lo llevó a conocer la isla de Inglaterra, su país de nacimiento, pero a William no le gustó la experiencia. Hacía demasiado frío, la gente se envolvía en demasiadas capas de ropa que olían mal y lo miraban extrañados. Podría acostumbrarse al bullicio de ciudades como Londres o Bristol, a las maravillas que ofrece una populosa urbe, pero prefería las colinas ondulantes, los densos bosques, el olor a tierra, a madera y a flores de su amada Virginia.

La echó de menos en Inglaterra y la echaba de menos ahora a bordo del barco de la compañía Cunard que los llevaba a Boston.

Su madre le había contado que tendrían que mantenerse alejados de la plantación hasta que su padre solucionara unos asuntos. Por aquel entonces no lo entendió. Y Kinomw no quiso darle más explicaciones. Con el tiempo, William descubriría que habían asaltado la hacienda, prendido fuego a la plantación e intentado asesinar a los trabajadores, en busca de negros fugados. Habían amenazado a la esposa del lord y a su hijo, y este había preferido alejarlos de su hogar para mantenerlos a salvo hasta que los ánimos se calmaran, se acabaran las hostilidades y consiguiera restablecer la confianza con sus vecinos.

Will le preguntó a su madre el destino de su huida. Cuanto más se alejaban de su tierra, más se angustiaba y le parecía que no serían capaces de retornar. Su madre lo sorprendió diciéndole que iban a reunirse con su familia en Canadá.

Tras casi un mes viajando, llegaron a Boston. Allí tuvieron que esperar algunas semanas más hasta conseguir unirse a un grupo de viajeros ingleses que se dirigían hacia Quebec.

En Quebec, Kinomw contrató los servicios de un guía que los llevaría hasta la aldea de Chicoutimi, a orillas del río Saguenay. Viajaron a caballo, con la libertad de no llevar equipaje. Will sabía que su madre guardaba el dinero en el corpiño, así como un revólver en el bolso. El guía parecía un hombre honrado, les habían dado buenas referencias, pero uno no podía nunca confiarse.

Pasaron una noche durmiendo a la intemperie, bajo las estrellas y el cobijo de los enormes árboles de los bosques del Canadá. Era la primera vez que Will dormía al aire libre. No imaginaba que sería la primera de muchas. Estaba tan excitado que no podía conciliar el sueño. Kinomw, a su lado, tenía los ojos cerrados, pero Will sabía que estaba despierta. Al otro lado de la hoguera, el guía mascaba tabaco y vigilaba con la espalda apoyada en el tronco de un abeto. A su lado, al alcance de la mano, descansaba un rifle cargado. Le había contado que los bosques canadienses estaban plagados de osos, lobos y pumas. El muchacho no les tenía miedo, pero sí sentía temor por aquello indefinido que asustaba a su madre y no la dejaba dormir.

A la mañana siguiente, ateridos tras pasar la noche al relente, tomaron un desayuno rápido y volvieron a montar. A mediodía llegaron a la aldea de Chicoutimi.

La aldea era apenas un puñado de casas esparcidas por una pradera despejada de árboles, pero rodeada de bosques y acompañada de la sombra perpetua de unas altas montañas nevadas al norte. El espléndido paisaje sobrecogió a Will, quien, sentado a la grupa del caballo detrás de su madre, le apretó la cintura con fuerza. Ella lo miró y le devolvió una cálida sonrisa.

Kinomw pagó al guía justo a la entrada del pueblo. El hombre se sorprendió de que no lo llevara hasta su marido. Ella le había contado que su esposo era un militar inglés al servicio de la Corona y que la esperaba hacía días, impaciente por reunirse con su familia.

El guía se extrañó de que no fuera personalmente a recogerlos a Quebec o que incluso una pequeña cuadrilla los hubiera escoltado. Tanto mejor, pensó, eso le beneficiaba, ya que su compañía iba a resultar bien pagada. Sin embargo, le hubiera gustado que el trato tan correcto que había dispensado a su familia se hubiera visto recompensado por parte de un gerifalte militar. Él se movía en una estrecha franja entre lo legal y lo que no lo era, y no le hubiera venido mal algún conocido agradecido del lado de la autoridad.

Por más que insistió, aquella mujer no dio su brazo a torcer y se despidió, alejándose por el sendero que cruzaba aquel pueblucho, donde, el hombre cayó en la cuenta, ningún militar se molestaría en alojarse.

La vio cabalgar hasta una de las casas más alejadas con decisión, pararse en la puerta, descabalgar junto a su hijo y amarrar el caballo a la valla de la entrada para poco después perderse en el interior.

Kinomw temió que la persona a la que había ido a buscar no se encontrara donde la dejó hacía una decena de años. La puerta estaba abierta, aunque aquello era lo usual. La casa estaba recogida y sin una mota de polvo. Construida totalmente de madera, su interior era austero y sencillo. Un amplio comedor, que hacía las veces de cocina también, era el corazón de la casa, con una gran chimenea a la derecha. A la izquierda, dos habitaciones que ella conocía muy bien; y al fondo, una puerta daba al huerto y al aseo, situados en la parte de atrás.

Se oyó un sonido proveniente de allí.

—¿Madre? —llamó Kinomw.

Salieron al exterior, William la tomó de la mano. Un amplio y bien cuidado huerto les dio la bienvenida. El niño distinguió plantas de calabaza, tomates y zanahorias, y otras a las que no supo dar nombre porque nunca antes las había visto. De entre ellas surgió la delgada figura de una anciana vestida con un poncho de lana marrón, amarrado a la cintura por un desgastado cinturón de cuero, y una falda gris.

—¿Quién anda ahí? —preguntó entornando los ojos—. ¿Kinomw, eres tú? Oh, por el Gran Espíritu, ¿mi hija perdida ha retornado?

Madre e hija se fundieron en un abrazo. El viento frío procedente de las montañas las empujó a buscar refugio en el cálido interior. Allí la anciana les preparó un té mientras ambas se ponían al día, tras muchos años separadas.

—Madre, ¿te llegaron mis cartas?

—Ocho en total, Kinomw, mi Anhelo querido. Me las traía el viejo George desde Quebec. ¿Esas fueron todas?

—Sí, madre.

—Ni siquiera una por año —le reprochó severa.

—Te mandé mi dirección. Nunca me escribiste.

—Sabes que no entiendo esos garabatos que escriben los blancos. El viejo George me leía tus palabras.

—Pero él pudo escribirte alguna nota, si tú se lo hubieras pedido. Deseaba saber cómo estabas, si seguías viva o si te alegrabas de mi boda y del nacimiento de mi hijo...

—¿Cómo puedes dudarlo, mi Anhelo? ¿Qué clase de madre sería si no me alegrara de la felicidad de mi única hija? Nuestros espíritus están unidos, el día que el mío se separe de mi cuerpo, lo sabrás. Y este es tu hijo —sentenció interesada, no era momento de recriminaciones ni tristezas. Era la primera vez que veía al retoño de su hija y hasta entonces no le había dedicado demasiada atención. Tomó a William, que observaba silencioso a la anciana, por la barbilla y se dijo, susurrando casi—: Sí, lo es. No puede negarlo. Es uno de los nuestros. Su piel es más fina y pálida, y sus ojos son claros, pero nos pertenece. ¿Y dices que su padre es un inglés?

—Mi padre se llama Taylor Cooper y es un lord inglés, pero no le gusta Inglaterra y prefiere vivir con nosotros en Virginia —respondió airado el niño. No le gustaba mucho aquella mujer que apenas le había hecho caso y a la que notó un deje despectivo al hablar de su añorado padre.

—Ingleses, franceses y algonquinos... —dijo riendo la anciana—. Bonita mezcla, mi *weskini-kna*[3], pero creo que tu ascendencia india es más fuerte que la de esos paliduchos *pensenliwa*[4].

La expresión de Will reflejó la incomprensión que le producía la extraña perorata de aquella mujer.

—No habla nuestro idioma.

—No, madre. Apenas entiende algunas palabras. Nunca se lo enseñé. Habla en inglés, se defiende en francés y chapurrea el español. Es muy buen estudiante. Estamos muy orgullosos de él.

—Bueno, supongo que no lo necesitará. El lord inglés no va a dejar que su hijo se mezcle con unos indios salvajes. —Volvió a reírse.

—Madre, mi esposo sabe que soy mitad india, y no se avergüenza.

—¿Y dónde está él ahora? ¿No estará...?

—Está a salvo en Virginia. —Kinomw suspiró—. O

---

[3] *Weskini-kna*: Muchachito.
[4] *Pensenliwa*: Extranjero.

eso espero... Tuvimos que marcharnos por un tiempo. Hay gente allí que no nos comprende como él...

—¿Y por qué no te ha acompañado?

—Tiene que ocuparse de la hacienda. Cuando todo se calme, volveremos.

—¡Ah, el hombre blanco! Siempre más preocupado por poseer un trozo de tierra que por cuidar de los suyos. Por eso has viajado sola, acompañada de un niño.

—No iba a sucederme nada. Además, pensé que te alegrarías de conocer a tu *no-hsihsa*[5] y de que pasáramos un tiempo juntas.

—Claro que sí, mi Kinomw. —La mujer acarició tiernamente, con una mano surcada de arrugas, la cara de su hija—. Respeto a tu hombre, hablas de él con admiración y cariño. Te ha dado un hijo y te debe de tratar bien, pues estás tan bella como hace diez años. Puedes quedarte todo el tiempo que quieras aquí. Me siento agradecida al Gran Espíritu que ha permitido que te vuelva a ver y conozca tu descendencia.

Kinomw abrazó a su madre como hacía muchos años no lo hacía. Su madre siempre se había mostrado ante ella como una mujer seria, seca y callada, poco dada a las demostraciones de afecto. La última vez que se vieron se despidieron con un gesto. Ella no aprobaba que su hija se marchara sola a los Estados Unidos. Hubiera preferido que la acompañara en su vejez, pero en el fondo entendía que Kinomw era un espíritu libre, un alma entre dos mundos, y ella tenía la culpa. No la había criado como a una india, ni tampoco su padre, ese maldito francés, que no se había responsabilizado nunca de la criatura, la educó como

---

[5] *No-hsihsa*: Nieto.

a un rostro pálido. Solo la tuvo en cuenta al final de sus días y consiguió separarlas.

—Podéis quedaros en tu antigua habitación. La cama es pequeña para los dos, pero construiremos otra mañana.

—Madre, ¿el abuelo sigue pasando el invierno en Saguenay?

—Sí, allí estará ese viejo gruñón, como cada invierno, mientras su espíritu quiera acompañarlo. De vez en cuando se pasa por aquí y trae carne ahumada y pescado. Siempre me pregunta por ti. Le conté que tuviste un hijo, se alegró mucho.

—Me gustaría verlo. Quiero que Will conozca sus orígenes.

—¿También le hablarás al chico de su abuelo francés? Su casa sigue allí en el bosque, desmoronándose poco a poco. La maleza la acabará devorando. Es tu herencia. ¿Dejarás que ocurra? Quizás sea lo que se merezca —musitó, más para sí misma que para ser oída.

—Mi esposo no vendrá a vivir a Canadá, y nosotros no nos quedaremos mucho tiempo. Nuestro hogar está en Virginia. Mi hijo decidirá qué hacer con esa propiedad, o lo que quede de ella, cuando sea mayor. Madre..., mi intención es pasar un tiempo con el abuelo *sachem*[6]. Quiero que Will conozca mis orígenes.

—¿Vais a quedaros a vivir en los bosques? —preguntó ceñuda—. No dudo que el *weskini-kna* se

---

[6] *Sachem*: El líder de un grupo de familias que viven en comunidad. Actúa como gobernante y juez, además de como diplomático en los desacuerdos entre pueblos. Intenta mantener la paz, pero si el enfrentamiento es inevitable, ejerce de comandante en jefe y lidera a los guerreros en la batalla.

adaptaría, pero tú, señorita, no sabes lo que es pasar más de dos días a la intemperie.

—Tú nunca quisiste volver a la tribu. No me llevaste con ellos.

—La culpa la tuvo tu padre. Ese francés embaucador que me embarazó y me alojó en su casa. Después de dejarle no iba a volver con el rabo entre las piernas a pedir asilo al *sachem*. Bien pudiera haberme rebanado la cabellera, o a tu padre, que bien merecido lo tendría, su dios lo tenga en la gloria.

—Te hubieran aceptado de buen grado, pero tú no quisiste volver.

La anciana le dirigió una mirada altiva. No quiso dar la razón a Kinomw, aunque lo cierto era que su padre, el *sachem* de la tribu, el líder, las hubiera acogido y todos las hubieran respetado, pero ella sabía que había labrado su destino el día que fijó sus ojos en aquel joven que comenzó a talar árboles en tierras algonquinas y a construirse un ostentoso refugio de piedras.

XXII

La anciana Kewohnew, madre de Kinomw y abuela de Will, recordó como si fuera ayer la primera vez que descubrió en los bosques al que sería el amor de su vida, el hombre que le daría a su hija, la persona que más la haría sufrir y por el que renunciaría a sus raíces algonquinas.

Si su hija quería regresar junto a ellos y llevarse a su nieto, quizás sería una manera de compensarlos, pero dudaba que Kinomw pudiera adaptarse a la dura vida ambulante de su pueblo.

Los algonquinos eran nómadas, cazaban, pescaban, recolectaban frutos y, últimamente, comerciaban con los hombres blancos pieles a cambio de armas y otros utensilios. Solían pasar los meses más cálidos a orillas del río Saguenay, al pie de las montañas. Cuando llegaban los primeros fríos del otoño, volvían a marcharse y se perdían entre los inmensos bosques vírgenes al sur del país.

Al principio, los algonquinos lucharon contra el hombre blanco por sus tierras, pero ellos poseían armas inauditas, capaces de matar de lejos, y si acababas con un rostro pálido, de inmediato aparecían diez más. Sin embargo, si ellos asesinaban a un indio, pasarían años antes de que otro muchacho estuviera en condiciones de dejarse matar inútilmente y que los llantos de las madres se escuchasen como el aullido de un lobo en una noche de luna.

Así que tuvieron que compartir sus tierras y comerciar con ellos. Aprendieron palabras básicas en su idioma que les permitían intercambiar sus mercancías, pero decidieron, en la medida de lo posible, ignorarlos y alejarse de ellos. No eran de fiar. Ni siquiera respetaban los tratos. Uno no podía creer en su palabra. Su enrevesado idioma estaba pensado para el engaño y la mentira.

Y pese a todas las advertencias de su tribu, de su padre, el *sachem*, y de su propio sentido común, la madre de Kinomw, una india algonquina de nombre Kewohnew, cayó en la trampa de un rostro pálido, que la atrajo y la embrujó por su insólita apariencia, por su extraña forma de actuar, por su falta de experiencia para vivir en la naturaleza salvaje, por sus ojos del color del mar en un día claro que la miraron con anhelo y deseo.

La jovencita Kewohnew hacía honor a su nombre y pasaba gran parte del día de acá para allá, incapaz de concentrarse en las tareas que se le encomendaban. Sus padres biológicos habían muerto cuando ella era una niña y la familia del gran *sachem* la había acogido como si fuera una hija propia. No había huérfanos entre los algonquinos, ni ancianos desamparados. Todos se ayudaban. Pero esa extraña y bella criatura había demostrado una independencia impropia desde niña, que asombraba y preocupaba a su padre, el *sachem*. *Kewohnew*, «la que deambula», la había llamado.

Tenía apenas trece años cuando descubrió a un joven que talaba árboles en sus tierras. Era lo habitual en la costa, pero nunca un blanco se había atrevido a internarse tanto. Le hizo gracia su aspecto flaco y desgarbado, sus movimientos torpes y su melena rojiza. Le pareció un tanto ridículo y, sin embargo, se quedó a observarlo al amparo del bosque.

Al día siguiente volvió al lugar. No les había contado nada a los suyos de la presencia del hombre blanco. No estaba dispuesta a que le hicieran una visita y lo echaran o le prohibieran a ella volver. Se sentó en la rama baja de un árbol y lo estuvo contemplando así durante varios días. Talaba, limpiaba el árbol de ramas, lo cortaba, amontonaba la madera y vuelta a empezar. A mediodía paraba para comer, se refrescaba en un arroyo cercano y por la noche dormía en una choza rústica que se había construido antes de que ella lo viera por primera vez.

Una mañana no lo encontró. Lo esperó un buen rato camuflada y cuando se le agotó la paciencia fue hasta la cabaña. La puerta estaba cerrada, pero Kewohnew se asomó por una angosta ventana y comprobó que sus pertenencias habían desaparecido. No estaba su morral ni el extraño tubo de fuego con el que cazaba a sus presas.

Aunque volvió cada día hasta que la tribu decidió trasladar el campamento, no supo nada nuevo de él.

La tribu regresó en primavera. Kewohnew no había olvidado al joven pelirrojo y ardía en deseos por regresar al lugar donde lo encontró por primera vez, preocupada por si no lo volvía a ver.

Allí estaba. El tupido bosque se había convertido en un pequeño claro y bloques de piedra se encontraban esparcidos por doquier. El joven no estaba solo y otros dos hombres lo acompañaban dibujando líneas en el suelo y apuntando datos en unos papeles.

La joven volvió al campamento confundida. Estaba contenta porque el muchacho había regresado, pero... ¿qué significaban todos esos cambios? ¿Y quiénes eran esos hombres que lo acompañaban? Ahora tendría que ser mucho más cauta si no quería que la descubrieran.

Mientras regresaba a la aldea, intentando ser lo más discreta posible, presintió que algo iba mal. Alguien la estaba siguiendo. Fingió no darse cuenta y, en cuanto pudo, intentó despistar a su perseguidor. Se escondió silenciosa tras unos matorrales y aguantó la respiración.

De nada sirvió. Un brazo fornido la atrapó por la cintura y la levantó. Con la otra mano le tapó la boca.

—Shhh... No grites, soy yo —le susurró una voz conocida al oído.

—Sakawa Wakw, ¿qué haces aquí?

El hijo del *sachem* le hizo un gesto para que hablara más bajo:

—¿Es que quieres que nos escuchen esos *pensenliwa*?

—¿Tú también los has visto?

—Claro, pero no voy a espiarlos todos los días. ¿Qué pasa, Kewohnew?, ¿por qué te atraen tanto? Te pasaste la mitad del verano pasado vigilándolo, ¿y ahora piensas hacer lo mismo?

La muchacha bajó la cabeza avergonzada.

—No vas a decírselo al *sachem*, ¿verdad?

—Si me prometes que no volverás.

—No hago nada malo, solo observo. Es como si contemplara a un caribú pastando...

—Son mucho más peligrosos que los caribús. No imaginas qué podrían hacerte si te vieran... Y... yo... yo no quiero que mi futura *ni-wa*[7] mire a ningún otro hombre bañándose desnudo en el río.

---

[7] *Ni-wa*: Esposa.

—¿Cómo sabes...? Oh, qué vergüenza... ¿Y por qué me has llamado así? ¿Esposa? Nunca me has dicho nada.

—Porque eres muy niña aún, Kewohnew, pero tengo la intención de cortejarte, si tú lo permites.

—No, no, Sakawa Wakw —le contestó sin titubear—. Yo no quiero que me hagas un tipi y tener que esperarte dentro cuidando niños. Yo quiero ser libre, quiero ir a donde me lleven mis pies y mis deseos, y que nadie me espere a la hora de comer.

—Pero Kewohnew, yo te quiero...

—Si me quieres, Sakawa, déjame ser libre para ir a donde me plazca. No cortes mis alas, no le digas al *sachem* dónde he estado y no me persigas.

La joven se dio media vuelta, dejando al muchacho petrificado. Él no supo qué contestarle. El respeto a la mujer era sagrado entre los algonquinos. Ellos sabían que la madre tierra era mujer y que todo lo que había en el mundo se debía a su existencia. Las mujeres algonquinas podían decidir si querían cazar, participar en las batallas o ser líderes *sachem*. Sakawa no la obligaría jamás, porque no quería a una mujer que no deseara estar con él por voluntad propia. Se preguntó cómo haría para que su familia no notara la tensión entre ellos. Él siempre había contado con que Kewohnew sería su compañera de vida, y ahora descubría que lo que él imaginó y lo que deseaba ella no tenían nada que ver.

Kewohnew siguió visitando al joven blanco, aunque de forma más discreta que antes. Vio cómo los otros hombres se marchaban y él continuaba construyendo su casa. A veces, sentía lástima por el trabajo tan duro e inútil que hacía. Levantaba pesadas piedras para construirse una gran choza, cuando la que tenía era más que suficiente para su persona, pero... ¿quién entendía a estos *pensenliwa*?

Los pájaros comenzaron a emigrar hacia el sur, pronto llegaría el momento en que su tribu también debería hacerlo y partiría en busca de las cuevas junto al lago para pasar el invierno. Suponía que el muchacho volvería a marcharse como el año pasado y casi creyó que lo había hecho cuando aquella mañana llegó hasta el claro y no lo vio trabajando. Sin embargo, sus herramientas estaban esparcidas por doquier, algo extraño teniendo en cuenta lo cuidadoso que era con ellas.

Rodeó el claro, oculta entre los árboles y arbustos, pero no pudo distinguirlo por ninguna parte.

Al final, se acercó hasta la choza y decidió asomarse por la puerta entreabierta. Un olor nauseabundo la recibió en el instante en que cruzó el umbral. Tumbado en un jergón, encogido sobre sí mismo, se encontraba el joven, quejándose lastimosamente. Restos de vómitos cubrían el suelo y la manta con la que se tapaba.

Al ver la silueta de Kewohnew, se enderezó con una mirada asustada. Se tranquilizó un tanto cuando la muchacha entornó la puerta tras ella como para demostrarle que venía sola. Se acercó a él y recorrió con su curiosa mirada el lecho y las vestimentas del hombre hasta detenerse en su rostro. Con una mano lo acarició y tiró con suavidad de su mejilla para ver la parte inferior de sus ojos. Él se dejaba hacer, y cuando ella abrió exageradamente la boca y sacó la lengua, él entendió que debía hacer lo mismo.

Con una mueca de desagrado, la joven se levantó y salió de la choza.

«¿Quién es esta india loca?», pensó él. «Dios mío, espero que no haya ido a buscar más pieles rojas. Debería salir y esconderme, pero me siento tan débil y me duele tanto la tripa...», se lamentó mientras se retorcía de dolor en el jergón.

Poco después, la muchacha regresó trayendo agua hirviendo y unas hierbas. Las mezcló delante de él y por señas le dijo que las tomara, se frotó la barriga y sonrió. «Es bonita y tiene unos hermosos dientes blancos», reconoció el enfermo. «O quizás es mi falta de mujer desde hace muchos meses lo que la hace deseable». Con cierta reticencia, acabó tomando la infusión. Se sentía tan mal que, si la mujer lo envenenaba, al menos acabaría con su sufrimiento. Poco después cayó en un profundo y reparador sueño.

Despertó a la mañana siguiente, extrañado por haber dormido tanto. De inmediato se puso en alerta al recordar a la muchacha, pero no estaba en la cabaña. Se levantó, sintiéndose muy débil, pero con mucho menos dolor. La estancia lucía limpia y despejada, y sobre una pequeña mesa destartalada vislumbró una taza rota con flores que desprendían un grato aroma.

Salió fuera y comprobó que varias de sus prendas se secaban sobre unos matorrales. La hoguera aún humeaba, por lo que la muchacha debía de haberse marchado hacía poco. Se sintió bastante mareado y se arrepintió de haberse levantado. Una inclemente lasitud se apoderó de sus piernas y de su cuerpo. Justo antes de desmayarse, vio a Kewohnew salir del bosque con un puñado de hierbas y algo parecido a un conejo muerto.

No supo cuánto tiempo estuvo entrando y saliendo de su duermevela. Apenas era consciente cuando la muchacha india le daba de beber. Más de una vez intentó que comiera algo, pero lo acababa vomitando.

Los días y las noches se sucedieron. Kewohnew se erigió en guardiana y cuidadora del muchacho *pensenliwa*. Ella misma fue a hablar con su padre, el *sachem*, para contarle la decisión que había tomado.

Había resuelto que no podía dejarle solo y, por tanto, se quedaría a pasar el invierno con él en la cabaña. De nada sirvieron los argumentos del jefe de la tribu acerca de los peligros a los que podría enfrentarse: la llegada de otros extranjeros, los animales salvajes, las intensas nevadas, la falta de caza, de alimentos..., incluido el peligro que constituía el propio hombre blanco al que cuidaba. Kewohnew, con absoluta seguridad, les garantizó que en primavera volvería junto a ellos, sana y salva.

Las dolientes miradas de Sakawa Wakw no la ablandaron lo más mínimo y no se dirigió a él más que para darle unas escuetas gracias cuando le regaló una de sus pieles para que no pasase frío. Kewohnew, «la que deambula», había labrado su propio destino y Sakawa Wakw, Zorro Veloz, no la atraparía por mucho que corriera tras ella.

XXIII

A lo largo del invierno, el francés fue recuperándose lentamente. Kewohnew cazó y pescó para los dos hasta que ya no hubo animales y el río estuvo tan helado que no se podía romper la superficie. La carne salada y ahumada, el pescado en salmuera, las mermeladas de frutas y algunas sopas de raíces les permitieron sobrevivir durante el invierno. A veces, la joven desaparecía envuelta en pieles, para comprobar si algún animal había caído en sus trampas. Con suerte, traía algún roedor.

Conforme iba sanando, el francés observaba el quehacer de la muchacha. Trabajaba sin molestar, le ofrecía comida justo cuando empezaba a despertársele el apetito, lo ayudaba cuando debía levantarse para ir al excusado, lo arropaba por las noches para después tumbarse encima de una estera situada junto a él y, cuando no tenía nada que hacer, se pasaba las horas mirando por la ventana. Era dulce, paciente y silenciosa.

Se entendían a la perfección. Parecían capaces de comunicarse sin emitir una sola palabra en ese pequeño mundo que habían creado entre los dos en el interior de la cabaña.

Poco a poco, comenzaron a intercambiar palabras en francés, lengua que ella chapurreaba. A la vez, él aprendía el nombre de algunas plantas y objetos en algonquino. Así, él supo que su salvadora se llamaba Kewohnew, y ella se enteró de que el *pensenliwa* respondía al nombre de Tristan Mathieu, aunque jamás lo llamó de esa manera. Desde el primer momento se dirigió a él como Awasi, que era como designaban en su tribu a los niños que aún no habían sido destetados y dependían para todo de sus madres. Y aunque Tristan llegara a lucir canas en su pelo y una nube empañara sus brillantes ojos azules, para ella, él seguiría siendo un pequeño y dependiente *awasi*.

El invierno fue pasando y comenzó el deshielo. Tristan empezó a recuperar las fuerzas. Bien abrigado, daba pequeños paseos apoyado en Kewohnew. Ella recogía las primeras plantas de la incipiente primavera para hacer pociones y sopas, pero se negaba a que él la ayudara. No después de que él recogiera algunas con la mejor intención y ella las descartara por venenosas. Dedujeron, entonces, que aquella pudo ser la razón de su enfermedad, un posible envenenamiento por error.

Durante el invierno, mientras él estaba postrado por la debilidad, la muchacha lo bañaba con un paño y agua caliente. Ella se aseaba cuando él dormía.

Un día de primavera lo sorprendió observándola mientras lo hacía. A ella le excitó su mirada, en la que se mezclaba la admiración y el deseo. Esa noche Tristan le pidió que durmieran juntos. Ella se tumbó junto a él, sintiendo su calor, su respiración agitada y nerviosa. Apenas cerró los ojos cuando unas manos sudorosas comenzaron a recorrer su cuerpo. Tristan la besó en el cuello, recorrió sus hombros con la lengua, saboreó el hueco de la clavícula. Ella se volvió y él se apoderó con ansia de su boca. Nunca nadie la había besado ni la había tocado de esa forma. Era algo nuevo y excitante.

La joven presentía lo que vendría después, había visto a algunos animales, oído gemidos, vislumbrado sombras cuando dormía en la tienda que compartía con su familia. Aunque no era muy sociable y la mayor parte del tiempo vagaba sola, había escuchado las conversaciones y las risas de sus hermanas mayores sobre lo que una pareja enamorada solía hacer. ¿Estaba Awasi enamorado de ella? ¿Y ella de él?

Lo sintió encima, la escasa luz de la luna que entraba por el ventanuco le permitió ver su cara sudorosa y sofocada. La besaba y acariciaba íntimamente con ansia desesperada. Poco después percibió que le subía el vestido, le separaba las piernas y la empujaba con su miembro hinchado hasta que un dolor punzante desde el interior de su femineidad la hizo gritar. «Ya está, pasará, pasará, te lo prometo...», le dijo Tristan entre jadeos. De repente, ya no era divertido ni excitante para ella. Por fortuna, terminó pronto, se derrumbó a su lado y se quedó dormido.

A la mañana siguiente, cuando despertó, ella no estaba. Una mancha de sangre sobre el jergón era lo que quedaba de su presencia.

Tristan saltó de la cama y desnudo salió al exterior a buscarla. Hacía frío, entró en la cabaña, se puso rápidamente un pantalón y corrió en su busca. No estaba en el claro ni en los alrededores. De repente, tomó conciencia de lo importante que Kewohnew era para él. Había sido un bruto al tomarla de golpe sin ninguna explicación. La joven era aún virgen. Se habría asustado y se habría marchado con los suyos. La idea de una represalia por parte de su tribu lo llenó de temor.

La buscó en el río y la encontró bañándose en sus heladas aguas. Ella lo vio y vadeó hasta llegar a su encuentro en la orilla. Estaba desnuda y el joven parpadeó asombrado ante su belleza. Contuvo la respiración intentando controlar su deseo.

Cuando Kewohnew llegó junto a él, le dijo:

—Ahora soy tuya y tú eres mío.

Lo tomó de la mano y lo llevó de nuevo hasta la cabaña, de donde no saldrían hasta muchas horas más tarde.

Kewohnew y Tristan pasaron la primavera y el verano trabajando en el claro. Él en la casa y ella cultivando un huerto, acondicionando un pequeño invernadero y curtiendo y preparando las pieles de los animales que cazaba.

La joven le dijo a su familia que ellos se habían convertido en compañeros de vida, y pese a que no les agradó e intentaron convencerla de que volviera junto a ellos, acabaron consintiendo. Entendieron que no se podía doblegar ni atar un espíritu libre como era el de Kewohnew.

A veces, mientras trabajaba, Tristan sentía que lo observaban. Pidió ayuda a Kewohnew, pero ella le dijo que debería acostumbrarse a que su familia se preocupara por ella y lo vigilase de tanto en tanto. La idea no le resultaba nada atrayente, y aunque a partir de entonces llevaba siempre un puñal en la bota, saltaba como una ardilla ante cualquier sonido. Kewohnew no ayudó a tranquilizarlo cuando, ante su reclamación, le dijo:

—Si mis parientes quisieran hacerte daño, no los oirías en absoluto.

A veces, Kewohnew se topaba con el rostro dolorido de Sakawa Wakw entre los árboles. No sabía qué decirle, aunque estaba segura de que el tiempo curaría su amargura. Por respeto a él, se negaba a que Tristan se acercara de forma cariñosa a ella mientras estaban fuera de la cabaña, aunque eso dejó de ser necesario cuando él se enteró de que estaba siendo vigilado.

Tristan le contó que en invierno solía viajar a Quebec para trabajar en una compañía maderera. De esta forma no pasaba esa estación en el bosque y ganaba dinero para continuar su proyecto de construir una casa y abrir su propia empresa de madera. Había comprado a buen precio un montón de acres de bosque que se hallaban junto al Saguenay, por lo que, una vez talara los árboles, podría transportarlos sin dificultad por el río hasta Quebec. Calculaba aún unos cuantos años para que la casa y el almacén estuvieran medianamente construidos, comprara herramientas y contratara a los hombres, pero no dudaba que había hecho una buena inversión al adquirir esa vasta extensión boscosa. En Quebec estarían encantados de comprarle su madera y embarcarla rumbo a una demandante Europa. Regresaría en invierno a la ciudad, tenía aún muchas cosas que hacer, mucha gente con la que hablar.

Tristan le sugirió a Kewohnew que pasara el invierno con su familia, pero ella se negó en redondo. Ella iría adonde Awasi fuera. Eso representaba toda una contrariedad para él. Trabajaba un montón de horas sin descanso, dormía en un barracón con otros hombres, ¿qué se suponía que iba a hacer con ella? Podría alquilar alguna habitación para los dos, pero sabía que el hecho de que ella fuera india limitaba mucho sus opciones.

Después de todo, Tristan no se atrevía a devolverla a su familia, así que tendría que llevarla con él. No quería pensar qué sucedería cuando Odette finalmente llegara.

En Quebec se alojaron en una pensión de mala muerte, donde les permitieron quedarse en una estrecha buhardilla encima de los establos, a cambio de que Kewohnew trabajara para ellos. La muchacha pasaba el día limpiando, retirando orinales, lavando ropa, yendo al mercado por las cargas más pesadas, y apenas veía a Tristan. Llegaba tan cansado por las noches que, tras comer cualquier cosa que ella le conseguía en las cocinas, enseguida se echaba a dormir.

Finalmente, el invierno helador terminó. Tristan dejó la maderera y, cargado siempre con el fajo de billetes que había conseguido, se dedicó durante algunos días a visitar almacenes y comercios, donde encargó materiales para su propia casa. Estuvo muy ocupado, además, escribiendo largas cartas que envió a su país. A Kewohnew le maravilló aquellos trazos de tinta que comunicaban a personas de lejanas tierras entre sí. Cuando le pidió que se las leyera, Tristan se negó y se puso de mal humor.

Regresaron a la aldea de Chicoutimi montados en la parte de atrás del carromato de un comerciante. Desde allí hasta su tierra caminaron durante dos días sin apenas descanso. Él no había querido comprar un caballo o una mula, pese a que les facilitaría el trabajo. Se enfadó con Kewohnew cuando ella se lo sugirió, echándole en cara que ella no había trabajado como él, y que él decidiría qué hacer en sus tierras. Ella pensó que la tierra no tenía dueño y que ellos, los algonquinos, habían estado allí desde siempre. Si alguien tenía algún derecho era su tribu, pero no quiso contradecirle. Llevaba un tiempo sin fuerzas, encontrándose mal, y no quería perder su escasa energía en una lucha sin sentido con Awasi. Ya había aprendido que él creía que siempre tenía la razón y estaba acertado en todo lo que hacía. Se enfadaba, le gritaba y luego pasaba días malhumorado porque era incapaz de pedirle perdón. Como un niño pequeño y caprichoso, pensaba ella.

Algunos días después de llegar, Kewohnew fue a visitar a su familia y tardó varias jornadas en regresar.

Tristan quiso aprovechar para trabajar sin la distracción que le suponía una mujer a su lado, pero se dio cuenta de que le era imposible concentrarse en nada más que en el recuerdo de aquella india pequeña y callada, de sonrisa difícil y piel sedosa, que lo volvía loco. ¿Qué iba a hacer cuando Odette, su esposa, viajase hasta Canadá para vivir juntos?

Una mañana al salir de la cabaña la encontró preparando el desayuno en la hoguera. Le sonrió misteriosa.

—Por fin estás aquí, creí que me habías abandonado —bromeó él.

—Yo no te abandonaré. No ahora que somos familia.

—¿Familia? ¿Qué quieres decir?

—Voy a tener un hijo tuyo.

—Pero... ¿cómo? Es decir..., yo...

—La curandera me lo ha confirmado y el Sachem lo ha bendecido. Era importante para mí, por eso he tardado más tiempo en volver. —Tristan se sentó en el suelo con la cabeza entre las piernas—. ¿Qué pasa, Awasi? ¿Qué tienes?

Ella se acercó y arrodillándose junto a él le pasó la mano por el pelo rojizo que tanto la atraía. La primera vez que lo vio pensó que era como un dios con ese pelo de color del sol al atardecer. Nunca había visto nada igual, no se cansaba de mirarlo. El invierno pasado en Quebec le había hecho ver que existían otros hombres pelirrojos e infinidad de colores de pelo más allá del azabache de su tribu o el gris de los ancianos, pero ella seguía adorando el brillo del cabello de Awasi.

—Me gustaría que nuestro hijo tuviera tu color de pelo —le dijo la muchacha. Él la abrazó por la cintura y la atrajo hacia sí, reposando la cabeza en su vientre.

—Un hijo, un hijo... ¿Qué vamos a hacer? —musitó para sí. «Quizás podamos hacer algo aún, algunas hierbas que solucionen el problema. Los indios deben de saber de estas cosas», pensó. Ella tenía que entender que un hijo en esos momentos no era conveniente.

La muchacha levantó la barbilla y lo contempló sin parpadear con una intensa mirada en sus ojos negros.

—Será una criatura fuerte y nacerá bajo el auspicio del oso. El Sachem me ha dicho que un oso *grizzly* ha bajado de la montaña esta primavera y deambula por el bosque. Él le comunicó la noticia. Debemos alegrarnos, pero también tener cuidado.

Tristan emitió un sonido a medias entre la risa y el llanto. No sabía qué le daba más miedo, si encontrarse a un oso cruzando el bosque o tener un hijo no deseado.

XXIV

Kinomw, «la deseada», la anhelada, nació en octubre en la cabaña del bosque. Nadie asistió a su madre en el parto, quien, cuando sintió los primeros dolores, puso agua a hervir y preparó lo necesario para tener a su bebé. La tribu ya se había marchado y Tristan hacía tres semanas que se había ido a Quebec para avisar de que ese año no contasen con él, ya que el nacimiento del bebé haría imposible que pudieran viajar todos. Además, quería hacer algunas compras que les permitieran irse a vivir a la casa lo antes posible.

En principio, iba a tardar una semana, dos a lo sumo, pero se había retrasado y la pequeña Kinomw no quiso esperarlo más. Tras horas de sufrimiento, una cabecita rojiza asomó al exterior y su madre hizo un último esfuerzo mientras aullaba de dolor. La tomó en sus brazos, cortó el cordón, la lavó y se aseó ella misma como pudo.

Hasta que Tristan regresó, no se levantó más que para comer. El resto del tiempo lo pasó descansando, contemplando y alimentando a su hija, admirando la perfección de su piel clara, su pelo rojizo y sus profundos ojos azules. Era digna hija de su padre.

* * *

Con mucho susto, Tristan acogió a su hija entre sus brazos al regresar. Le costaba creer que un bebé pudiera materializarse de la pequeña barriga de Kewohnew, pero así había sido. La mujer había dado a luz sola a una niña con sus mismos rasgos. Pensó que quizás no la aceptasen en su tribu después de eso.

Kewohnew se mudó a la casa a regañadientes. Era demasiado grande y fría. Necesitaba mantener las chimeneas de todas las habitaciones encendidas para que se calentaran y las paredes de piedra, ladrillo y argamasa le recordaban los panteones de los cementerios que había visto en Quebec. La cocina, el comedor y la sala de estar estaban abajo y los dormitorios arriba.

Los primeros días dejó a la niña en el dormitorio, pero después de incontables subidas y bajadas, cambió la hermosa cuna de madera de arce que su padre le había hecho por un confortable cajón en la cocina. Cuando por las noches la cogía para llevarla al dormitorio, Kinomw se despertaba, así que Kewohnew acabó llevando el jergón de la cabaña y durmiendo junto a ella en el suelo de la cocina.

Dos años pasaron y Kinomw ya correteaba y hablaba sin parar. Su padre había construido el almacén, comprado herramientas y contratado a un par de muchachos para talar y amontonar los troncos. Ese verano contrató a una cuadrilla de gancheros para que encauzaran la madera por el río y se volvió a marchar a Quebec, como hacía últimamente con frecuencia.

En esa ocasión volvió antes de lo previsto. Kewohnew, ocupada en la cocina, lo vio llegar sombrío. Arrojó unas cartas sobre la mesa donde preparaba la masa para el pan y la miró, apretando los labios.

—No sé leer, nunca quisiste enseñarme. ¿Qué quieres que haga con esto? —le interpeló ella.

—Es de Odette —le contestó.

—¿Quién es Odette?

Él pensó que sería mejor decirlo de una vez, sin rodeos.

—Mi esposa.

Kewohnew acercó una de las sillas que estaban junto a la pared y se sentó frente a él. Desde allí lo contemplaba en toda su estatura, pero no lo veía más que como a un niño asustado.

—Si no me he casado contigo, Kewohnew, es porque... ya estoy casado.

—Yo no necesito papeles de los blancos o la aprobación de tu dios para saber quién es mi familia, Awasi. Tenemos una hija.

—Odette es mi esposa según la ley. Yo no la elegí, lo hizo mi padre. Era de buena familia, tenía una buena renta. Ella me ha estado mandando dinero todos estos años y ahora... quiere venir —se justificó.

—Dile que no venga.

—No puedo, llegará el mes que viene, me lo dice en esa carta. Además, todo esto es también suyo.

—¿Y qué haremos ahora? ¿Te compartiré con ella? ¿Aceptará a tu hija?

—¡Estás loca! No puedo decirle nada... Ella es muy religiosa, si se entera de que he tenido relaciones con una india y tengo una hija mestiza...

Kewohnew no quiso oír nada más, se levantó de la silla y salió al jardín, donde jugaba su hija, dando un portazo.

A partir de aquella noche la mujer no volvió a dormir en la casa. Tampoco la niña. Recogió todas sus cosas y las trasladó a la cabaña que habían conservado para guardar algunas herramientas. Las tiró todas afuera y adaptó la pequeña estancia lo mejor que pudo para ella y su hija.

Kewohnew hacia sus tareas en la casa grande como

siempre, limpiaba y preparaba las comidas, cuidaba el huerto y permitía a su hija estar con su padre, pero no dormían juntos.

Varias noches, Tristan acudió suplicante a su puerta, pero ella no le permitió entrar. Él añoraba su cuerpo tibio y suave, su olor que lo volvía loco de deseo, dormir abrazados, pero la muchacha le dijo claramente que no lo compartiría con ninguna otra, no se convertiría en su amante india.

Mientras Tristan iba a Quebec a recoger a Odette, Kewohnew fue a visitar y a despedirse de su tribu, que se marchaba como cada otoño. Pasó unos días con ellos, dejando a la pequeña Kinomw divertirse con sus primos. Habló con Sakawa Wakw, quien le contó que iba a unirse a una joven de la tribu aquel invierno. Si tuvo alguna oportunidad con el joven, no la quiso aprovechar. Volvió de nuevo a la casa grande sin haber contado nada de su incómoda situación.

Cuando Tristan y Odette llegaron cargados de baúles y cachivaches, él la presentó como a una criada. Odette apenas le dirigió una mirada de fastidio. Aquella noche se quejó a Tristan por tener una criada india con una hija de padre desconocido. Este no dijo nada, tan solo que era lo mejor que había podido conseguir y que debían intentar mantenerla. Si Odette sospechó algo de la niña, no le hizo comentario alguno. No supo Tristan que, interiormente, Odette había prometido deshacerse de ellas en cuanto pudiera.

Días amargos se sucedieron en la casa grande. Kewohnew trabajaba como criada para Odette, limpiando, lavando su ropa, preparando la comida. A cambio, recibían comida y las dejaban dormir en la cabaña. Nunca la muchacha se había sentido tan humillada. Tristan acudía a escondidas a consolarla y pedirle perdón, porque intuía que tarde o temprano ella se acabaría hartando y temía que se marchara.

Él le decía que estaba enamorado de ella, pero ese amor no le impedía mantener relaciones con su esposa, intentando tener un hijo varón.

Al fin, Odette quedó embarazada. Cuando llegó el momento, Tristan trajo de Quebec a una matrona y un médico para que la atendiera, lo que probablemente acabó salvándole la vida, ya que el parto fue largo y complicado.

Odette quedó debilitada durante meses y, tanto ella como su hijo, un varón al que llamaron Theodore, un niño enfermizo y llorón, acabaron a cargo de Kewohnew, quien los atendía con una paciencia infinita.

Una mañana, mientras Kewohnew se afanaba en la cocina, Odette salió de su dormitorio, donde llevaba meses recluida, y bajó buscando a su hijo. Registró todas las habitaciones y acabó encontrándolo en la cocina. Aquello la enfureció. Según ella, aquel lugar no era apropiado para el dueño de la casa. Pero su ira llegó a límites insospechados cuando vio cómo Theodore era acunado por Kinomw, quien, a sus cuatro añitos, le cantaba una dulce nana algonquina.

Kinomw se sentía muy orgullosa de su medio hermano y le hacía muy feliz ayudar a su madre a darle de comer o entretenerlo para que no llorara. Era una niña vivaz e inteligente a la que le encantaba que su padre la tomara en brazos y se sentara con ellos en la cocina. La vida había empezado a ser más alegre desde que la señora se quedaba en el piso de arriba, los adultos sonreían y comían juntos, y ella ya no tenía que huir al jardín cuando escuchaba los pasos de Odette, temerosa de su mirada.

Pero, en esa ocasión, no la oyó llegar. Al verla acariciando al bebé, Odette montó en colera y la empujó con saña, haciendo que la niña se golpeara la cabeza contra el suelo.

—¡No te acerques a él, india apestosa! —le gritó con toda la ira y el odio de que fue capaz.

Kewohnew gritó, pero no pudo evitar que Kinomw se golpeara contra el suelo y quedara sin sentido. Un hilillo de sangre manaba de la parte posterior de su cabecita. La tomó entre sus brazos temblorosos con un cuidado extremo y quiso pedir la ayuda de Odette, pero su expresión de angustia se topó con la sonrisa malévola de la mujer. Cargó a la niña en brazos y, antes de traspasar el umbral de la puerta, se volvió y, mirándola con ojos inyectados en sangre, la maldijo:

—*Ahpetwoewa, pensenliwa, takw nepwawihka-sowa.*

«Caminas entre los muertos, extranjera».

XXV

Pasaba la medianoche cuando Tristan, después de dejar dormida a su esposa, agotada de gritarle, acudió a la cabaña donde Kewohnew atendía a la niña.

El hombre se sentó en el camastro en el que descansaba su hija. Con ternura le acarició el pelo. Una herida había sido el resultado de la ira de Odette sobre la chiquilla. Su madre la curaba con un emplasto y le daba a beber una infusión para el dolor. Cuando la niña terminó de beber, se recostó e inmediatamente se quedó dormida. Kewohnew se sentó en una silla junto a la cama, cruzó los brazos y esperó la explicación de Tristan.

—Se enfadó porque Kinomw tocaba al bebé —acertó a decir.

—Eso ya lo sé. Desprecia y odia a mi hija.

—Creo que ella sabe... que es también mi hija.

—¿Y por eso la teme? ¿Cree que vamos a quedarnos con esa maldita casa?

—Tiene celos, Kewohnew, de la niña, de ti... En Francia apenas hicimos vida marital y ella intuye que hemos estado conviviendo aquí todo el tiempo. Cree que tiene que competir contigo y con la niña...

—Pero no es así, ¿verdad, Awasi? En realidad, nosotras no te importamos.

—No digas eso, no es así, pero no puedo hacer nada para cambiar las leyes de mi país.

—Este no es tu país —lo cortó tajante.

—No es tan fácil. —Tristan se pasó una mano por el pelo, hastiado de discutir—. Lo mejor será que la niña no vuelva a entrar en la casa durante una temporada —concluyó, levantándose de la cama y dirigiéndose hacia la puerta.

Antes de salir, se volvió al escuchar la voz de Kewohnew.

—No te preocupes por Kinomw. No volverá a entrar en esa casa.

Por la mañana, Tristan se levantó temprano y se acercó a la cabaña. Pensó en entrar para ver cómo se encontraba la pequeña, pero no quiso despertarlas. Si hubiera habido algún cambio, Kewohnew se lo habría dicho, aunque nunca sabía muy bien a qué atenerse con ella. Iba y venía, hacía y deshacía a su antojo desde que la conocía.

Cuando regresó por la noche, su esposa le informó que la india no se había presentado a trabajar y que más le valía despedirla. Fue a la cabaña a buscarla, pero no encontró a nadie. Las escasas pertenencias personales de ambas habían desaparecido.

Tristan estuvo tentado de ir a buscarlas, pero supuso que una mujer y una niña pequeña a pie no irían muy lejos. Más le valía convencer a su esposa para que dejara que se quedaran y por la mañana saldría en su búsqueda.

No las volvería a ver hasta pasados muchos años.

Kewohnew llegó al pueblo de Chicoutimi y allí encontró quien la llevara hasta Quebec. Aunque Tristan la estuvo buscando durante mucho tiempo, ella se cuidó de eliminar su rastro. En Quebec estuvo trabajando duramente durante unos meses y, cuando tuvo el suficiente dinero, consiguió pasajes para las dos hasta Maine, en Estados Unidos.

Quería evitar a toda costa que Tristan la encontrara y no quiso volver con los suyos, pues le avergonzaba regresar con el rabo entre las piernas. Deambuló de acá para allá trabajando en los empleos más duros, difíciles y peor pagados. Intentaba que su hija tuviera siempre un techo bajo el que resguardarse, aunque a veces no lo conseguía y debían pasar la noche al raso, con el temor de que algún animal salvaje las atacara o, algo peor, que fueran víctimas de algún rostro pálido.

Durante mucho tiempo anduvo mudando constantemente de trabajo, insegura de permanecer en el mismo lugar donde la gente acabaría notando su presencia y pudieran molestarla.

La villa de Portland le ofreció cierta tranquilidad. Era una ciudad grande y no era extraño ver a negros e incluso a algunos indios trabajando las tierras. Descubrió a otras tribus algonquinas en sus bosques y supuso que su padre acabaría enterándose de su paradero, pero no quiso acogerse al amparo de ninguna.

En Portland encontró trabajo cocinando y haciendo recados para una señora anciana. La mujer descubrió a Kinomw en la cocina y se apiadó de la pequeña. Pese a su tacañería, consintió en subir el sueldo de su madre y las alojó en una de las habitaciones para el servicio de su mansión.

La anciana cada vez veía peor y tenía problemas para andar, por lo que, poco a poco, Kewohnew se fue haciendo más y más imprescindible en la casa, ya que había demostrado ser una muchacha trabajadora y honrada.

Ahorrando al máximo pudo mandar a su hija a la escuela. Quería que la niña aprendiera los símbolos de los blancos que tan importantes eran, para que nadie la pudiera engañar como le había sucedido varias veces a ella. Kinomw era una niña aplicada e inteligente. En la escuela pensaban que era nieta o sobrina de la anciana y que la india que la traía y venía a buscarla al acabar las clases era una criada. Cuando la niña le contó llorando a su madre lo que pensaban el maestro y los otros niños, Kewohnew le dijo que lo dejara estar, era mejor así. Había aprendido que la apariencia blanca de su hija era una bendición y un problema a la vez. En una ocasión estuvieron a punto de arrebatársela, pues creyeron que la había raptado a alguna familia blanca. Desde entonces, Kewohnew prefería que pensaran que era su criada. Su hija sería acogida por los blancos y no tendría que sufrir su desprecio cuando ella ya no estuviera.

Algunos años pasaron. La anciana murió y les dejó algunas pertenencias personales, ropa de abrigo, unos pendientes para Kinomw, pero tuvieron que dejar la casa, ya que los herederos la pusieron inmediatamente en venta.

Tantos años de trabajo duro le habían pasado factura a Kewohnew, quien no tenía fuerzas para empezar de nuevo a deambular con una hija de casi dieciséis años que ya empezaba a llamar la atención de los hombres.

Decidió volver a la aldea de Chicoutimi y, con sus exiguos ahorros, compró una parcela de tierra con una pequeña casa.

El Sachem las visitó aquella primavera. Quería ver con sus propios ojos a la hija que había dado por perdida, la que no se había conformado con pertenecer a la tribu y la había cambiado por una vida vagabunda entre los blancos. El imponente jefe de la tribu rio a carcajada limpia cuando Kewohnew le mostró el trozo de tierra que había comprado y en el que viviría.

—Has cambiado las altas montañas y los infinitos bosques, los ríos salvajes y los valles inabarcables por esto —señaló el Sachem, quien se limpió las lágrimas del rostro, para tornarse inesperadamente serio—. Hágase, pues, tu voluntad, Kewohnew. Sin embargo, ten siempre presente que eres una de nosotros y que te acogeremos a ti y a tu hija si alguna vez quieres volver con tu familia.

Kewohnew estuvo tentada de dejarse amparar bajo el ala de su padre. En ese momento sintió nostalgia de la vida junto a su tribu, los días caminando entre bosques salvajes nunca hollados por el hombre blanco y las noches bajo las estrellas, reconfortada por el calor de la hoguera y las miradas de cariño de los suyos. Aún no era demasiado tarde, pero entonces recordó que su hija jamás había conocido aquella vida, que las noches pasadas a la intemperie habían sido contadas, que con dieciséis años quizás no se adaptara y que su apariencia blanca podría poner en apuros a la tribu. Así que agradeció al Sachem su protección, pero le dijo que se quedaría en su pequeña parcela de tierra.

El hombre se marchó y ella contempló sus anchos hombros y su imponente estatura perderse tras los primeros árboles del bosque. Sintió una punzada de amor infinito por aquel que la había criado y al que negaba su amparo en la vejez. No estaría junto a él en las horas de decrepitud que llegarían, ellos no estarían junto a ella tampoco. Una pesada losa de tristeza y soledad cayó sobre su espíritu. Acudió a la habitación donde descansaba su hija y la observó mientras dormía, intentando convencerse de que había hecho lo correcto, pero temiendo que Kinomw aún no había dicho la última palabra y quizás ella no fuera tan fuerte como el Sachem cuando tuviera que dejarla marchar.

Kinomw tuvo la oportunidad de volver a ver a su abuelo Sachem en varias ocasiones durante las siguientes primaveras, pero nunca se sintió atraída por su tipo de vida. Kewohnew ni siquiera se lo propuso. Kinomw era conocida en la aldea por ser una muchacha instruida y, al poco, le pidieron que trabajara en una pequeña escuela que decidieron abrir. En sus ratos libres, la muchacha leía sin parar libros, releídos una y mil veces, que uno de los vendedores ambulantes, que de vez en cuando pasaban por el pueblo, le traía.

Poco después de que Kinomw cumpliese los diecinueve, Tristan Mathieu las visitó.

Aunque la puerta estaba abierta, llamó con los nudillos y esperó. Kewohnew salió a ver quién era y quedó impactada al advertir su presencia. Pese a que era consciente de que seguía viviendo a un par de días de camino de la aldea, ella nunca había querido ir a verlo. A su hija le había contado que no eran bienvenidas porque él tenía una familia blanca y Kinomw no había insistido. No hablaban de él desde hacía mucho tiempo. Para la muchacha, su padre era como una sombra que dejó atrás cuando tenía cuatro años. Kewohnew, sin embargo, lo recordaba diariamente, tal y como lo viera la primera vez, con su palidez y sus cabellos rojizos, con su esbelto y delgado cuerpo y sus ojos brillantes.

Tristan lucía ahora más corpulento, sus ojos azules

no brillaban con tanta intensidad y su piel estaba surcada de arrugas. Ver su hermoso pelo repleto de hebras plateadas casi la hizo llorar. Ella pensó que quizás él también la viera así. El cabello de Kewohnew no se había encanecido apenas y se conservaba tan delgada como antes, pero su piel se había arrugado y ya no era lisa y suave como cuando él la acariciaba y la besaba, henchido de deseo por ella.

Lo hizo pasar. Kinomw se encontraba trabajando en la escuela, y mientras la mujer ponía la tetera al fuego y se movía por la pequeña cocina, él le echó un vistazo a la casa. Reconoció que, pese a ser pequeña, se veía confortable y tenía el sabor del hogar. Una oleada de añoranza lo asaltó y se secó una lágrima rebelde que asomó inesperadamente. El recuerdo de aquellos lejanos y plácidos días pasados junto a ella, solos los dos y su hijita, lo golpeó con fuerza y lo invadió la nostalgia. La observó mientras se movía por la estancia. Kewohnew seguía siendo aquella mujercita que trabajaba en silencio y tenía un aura especial que lo atraía. Sintió el deseo de abrazarla, de acunar su pequeño cuerpo junto al suyo y de perderse en el olor de su pelo. La había echado de menos. Mucho. Pero no supo con qué intensidad hasta ese momento.

Ella sirvió el té, cortó unas rebanadas de pan caliente y fue a buscar mermelada para acompañarlas. La depositó encima de la mesa, se volvió a por el cuchillo y Tristan la agarró por la muñeca.

—Kewohnew, siéntate, por favor. No necesito nada más. Solo a ti. ¿No te parece que hemos estado separados demasiado tiempo?

La mujer observó la mano que la sujetaba con demasiada fuerza y lo miró con una expresión indescifrable. Él la soltó de inmediato. Ella cogió el cuchillo de una cesta y se sentó en silencio mientras repartía con lentitud la mermelada sobre el pan.

Él supo que ella esperaba una explicación. Curiosamente, era ella la que había desaparecido de su vida y se había llevado a su hija. Durante mucho tiempo él la estuvo buscando, no perdió la esperanza de volverlas a ver, pero la imposibilidad de alejarse de la casa grande, de su vida junto a Odette, hacía que su esperanza se fuera debilitando cada vez más. Había sabido de su vuelta hacía más de un año, pero no se había atrevido a visitarla hasta ahora.

—Yo... quería volver a verte. Hace tanto tiempo... He visto a Kinomw caminando hacia la escuela. Está tan mayor... Es una muchacha preciosa. No he querido decirle nada hasta hablar contigo... —De repente, estalló—: ¡Di algo, maldita sea! Te marchaste sin decir nada, te la llevaste y me abandonaste... todos estos años. —Se le quebró la voz y calló, incapaz de seguir hablando.

Kewohnew no se sobresaltó ante su estallido de furia. Siguió mirándolo, impasible.

—Tantos reproches... ¿Qué podía hacer? Éramos un estorbo para tu familia. Yo solo era vuestra criada y a mi hija se la dejaba fuera como a una alimaña. Los perros eran mejor tratados que ella —le recriminó—. Me la llevé para protegerla, no quería que se criase pensando que era merecedora de desprecio. Tú no la supiste defender.

—Yo...

—Deberías estarme agradecido. Te ahorré los reproches de tu esposa.

—Me hubiera dado igual si hubieras estado a mi lado.

—¿Aunque hubiéramos sufrido lo indecible? Eso es muy egoísta de tu parte, Awasi. —Kewohnew evitó decirle que en su huida ella había sufrido desprecio, humillaciones y malos tratos, pero que no fueron tan dolorosos como la indiferencia que él mostraba ante su situación en la casa grande.

—Lo siento mucho, Kewohnew, créeme, no sabes cómo he pagado no haberte defendido. Todos estos años sin ti... ¿Crees que hay alguna esperanza para nosotros? ¿Volverías conmigo a casa?

Una expresión de extrañeza apareció en el rostro de la mujer. Tristan se apresuró en explicar:

—Theodore enfermó durante el invierno, unas semanas después de tu marcha. No sabíamos qué hacer, no mejoraba con nada. Intenté salir a buscar un médico, pero los caballos resbalaban en la nieve helada. El pequeño murió, y no pude hacer nada. —Tristan miraba a lo lejos, como si reviviera un doloroso recuerdo—. Odette me dijo que tú lo habías maldecido. Intentamos tener otro hijo, pero fue inútil. El médico que la visitó aseguró que había quedado muy debilitada tras el parto y que no lo conseguiríamos. Ella se encerró en su habitación y en los últimos años apenas salía. Me gritaba que la había traído a morir a una tierra maldita. Desde hace algunos meses descansa en una tumba junto a nuestro hijo.

—Tu esposa traía su destino marcado. Quien supiera leer el rostro y el alma de la gente podía verlo con claridad. Cuando golpeó a nuestra hija no le dije más que la verdad. Quizás fue cruel, pero no pude contenerme.

—Ella descansa ya en la paz de Dios, y yo me siento solo. Vosotras también estáis solas, ¿por qué no volver a ser una familia?

—Siempre hemos convivido las dos, nunca te echamos en falta, Awasi —mintió, lo añoraba cada día de su vida, pero no podía perdonarlo—. Mi hija tiene su vida aquí, un trabajo que adora... ¿Y tú pretendes aislarla en un lugar alejado de todo y de todos, donde acabará marchitándose sola cuando ambos ya no estemos? Puedes venir a vernos si quieres, pero nunca, jamás, volveremos a pisar esa casa.

* * *

Kinomw habló con su padre en dos ocasiones durante la primavera y el verano. Durante la siguiente primavera lo esperaron en vano, hasta que un abogado de la ciudad llegó con la noticia de que había enfermado y muerto en un hospital de Quebec. En su testamento había nombrado como heredera universal a su hija Kinomw, a la que había reconocido poco antes de morir. Las tierras y las propiedades pertenecían ahora a la joven.

Algunos meses después, Kinomw vendió la empresa maderera de su padre, pero conservó la casa y arrendó las tierras. Con ese dinero dejó a su madre en buena posición y, aunque insistió en que se fuera con ella a Nueva York, donde pensaba seguir estudiando, Kewohnew se negó. No sería más que un estorbo para ella, pero le hizo prometer que buscaría una muchacha de compañía tan pronto llegara a Quebec para que no viajara sola. Asimismo, la joven prometió que le escribiría a través de una conocida en Quebec, quien le mandaría sus cartas con el vendedor ambulante. Y así lo hizo durante muchos años.

En Nueva York continuó estudiando y se trasladó a Washington para trabajar como secretaria en una importante empresa de la ciudad. Allí conoció a Taylor Cooper, un lord inglés veinte años mayor que ella, y se enamoró por primera vez. Y por primera vez también había confesado abiertamente su ascendencia india. Algo que algunos sospechaban por ciertos rasgos y gestos, pero ella nunca había hablado sobre ello.

Temió la contestación de su amado, su rechazo tal vez, pero su respuesta ante su confesión fue pedirle que se casara con él. Lo amó en ese momento con una intensidad que no se apagaría nunca.

Le contó a su madre sobre su prometido y los detalles de su boda en una larga carta. Y siguió escribiéndole regularmente como le prometió, aunque ella no le contestara. La misiva más emotiva fue la del nacimiento de su pequeño William. Las cartas se sucedían sin respuesta. Ella no volvería a Chicoutimi. Hasta que la barbarie y el rechazo a las personas de diferente color de piel pusieron su vida y la de su hijo en peligro.

Tras diez años sin ver a su madre, volvía de nuevo a encontrarse con ella, Kewohnew. Volvía a sus orígenes. Y traía a su hijo Will, de ocho años, consigo.

XXVI

Washington D. C.
Octubre de 1863

—Elisabeth, querida, cuánto tiempo sin verte —
bramó el señor Tremaine al abrir la puerta y encontrarse frente a la muchacha que esperaba en el
rellano—. Pasa, por favor, estamos todos esperándote.

Los Tremaine habían reunido a la familia paterna
y los amigos para celebrar el nacimiento de Oscar, su
nieto, el bebé de su hija Jane. Desde el nacimiento del
pequeño, hacía algo más de un mes, Elisabeth no había
vuelto a visitarlos. No quería molestarlos en esos momentos tan especiales para ellos y tan delicados para
el bebé, pero lo cierto era que había estado demasiado
ocupada y el tiempo había pasado rápidamente.

Abrazó a Frances y a Jane, y acunó durante un rato
al pequeño Oscar, que andaba rondando en brazos de
todos sin quejarse y que decidió quedarse dormido,
precisamente, en los de Elisabeth. La muchacha se
sentó en una cómoda butaca en la esquina menos
concurrida del salón y contempló al pequeño recién
nacido con cariño. Le recordó a su sobrino Laurence,
al que echaba mucho de menos.

Llevaba así un buen rato hasta que sintió el cos-
quilleo de una mirada sobre ella. Levantó la vista y se
encontró con los ojos de Niall, que la observaban con
admiración.

—Niall, no te he visto al llegar.

—Yo, en cambio, te vi desde la puerta del jardín en cuanto entraste en la sala, pero no quise interrumpir el sueño de nuestro amigo.

—Es un encanto el pequeño Oscar. No le molestan las conversaciones ni el ruido.

—Yo creo que es un truhan, más bien. Ha sabido muy bien elegir en qué regazo quedarse dormido —le contestó riendo, mientras acercaba una silla hasta donde se encontraban los dos y se sentaba junto a ellos—. La he echado de menos todos estos días, Elisabeth. ¿No me dirá dónde ha estado? Me preocupé. Le dejé un par de mensajes a la señora Coldbridge.

—Lo siento, Niall. Iba a escribirte una nota, quería contártelo, aunque pensé que sería mejor enseñarte la residencia donde trabajo... La señora Coldbridge me llevó hasta un edificio en los astilleros donde recogen a los niños y las mujeres que vienen huyendo del sur y les proporcionan alojamiento y comida. Les procuran ropa, tres comidas diarias, servicios sanitarios e incluso les enseñan a leer y escribir, pero... hacen falta tantas manos en la cocina, en la enfermería, en la escuela, costureras..., y el mantenimiento es tan costoso... Empecé ayudando en la cocina, pero Clara Barton me pidió que me hiciera cargo de la escuela, donde no es tan fácil encontrar ayuda. —El entusiasmo de Elisabeth era desbordante. Niall no se atrevía a interrumpirla para preguntar—. Clara está intentando ahora conseguir que nos cedan un edificio municipal para abrir otra residencia. Nos hará falta mucho dinero para acondicionarlo mínimamente.

—Elisabeth, es magnífico lo que me cuentas, es...

—¿Ya ha conseguido atraparlo en sus redes, señor O'Brien? —le interrumpió Victor Tremaine, mientras le alargaba al caballero una copa de champán.

Por un momento, Niall se sintió vulnerable, como si un secreto deseo escondido hubiera salido a la luz.

—¿Ha conseguido que se comprometa a trabajar de alguna forma para esos pobres niños? Sepa que paso dos de cada tres tardes poniendo en práctica mis conocimientos de medicina en la residencia. La señora Cooper no permite el descanso de estos viejos huesos —dijo riéndose.

—No seas quejica, papá —le interpeló Jane, quien se dirigió a su padre para luego volverse hacia Elisabeth—. Elisabeth, mi padre ha rejuvenecido desde que dedica parte de su tiempo a esos pobres niños. Ser abuelo lo ha hecho aún más sensible a sus carencias. No para de hablar de ellos cuando regresa. Estoy muy orgullosa de ti, papá. No todos los niños tienen la suerte de vivir en un hogar como Oscar, de tener un abuelo que cuida a otros pequeños y un padre que lucha por abatir la esclavitud. —Besó al anciano en la mejilla—. Voy a llevarme al pequeñín a su habitación para que podáis hablar con tranquilidad.

Elisabeth le cedió al bebé y dio un sorbo de la copa de champán helado que Victor fue a buscarle. Salieron al pequeño jardín trasero y charlaron sobre las nuevas en la vida de la muchacha.

Ella les explicó que había comentado con su arrendataria, Wanda Coldbridge, la terrible situación que había encontrado en los Jardines de la Constitución, donde se apiñaban todos aquellos que venían huyendo del sur, esclavos liberados que no sabían cómo afrontar su nueva situación, sin amparo alguno, sin techo sobre sus cabezas, sin alimentos y sin facilidades para encontrar un trabajo. Wanda Coldbridge la había llevado hasta una residencia que se encargaba de acoger a mujeres y a sus hijos, así como a niños huérfanos que eran amparados por algunas de esas mismas mujeres, contribuyendo a que no se sintieran tan desdichados. Ellas mismas cocinaban, remendaban su ropa o se la hacían, pero necesitaban manos extras que las dirigieran, que las enseñaran a valerse y cuidarse en un mundo nuevo y libre: cocineras, enfermeras, maestras...

Eran necesarios voluntarios y voluntarias que trabajaran sin percibir nada a cambio y dinero para sufragar sus necesidades, para seguir poniendo en marcha proyectos para acoger a las ingentes oleadas de refugiados que diariamente llegaban del sur. Si conseguían abrir otra institución, podrían dar cabida a gran parte de las criaturas que malvivían en los jardines.

Elisabeth aceptó entusiasmada la propuesta de Wanda de trabajar como voluntaria. Empezó haciéndolo en la cocina y, poco después, la directora, Clara Barton, le pidió que se encargara de la escuela, organizando los grupos, animando y convenciendo a los mayores más reticentes, anotando las necesidades, impartiendo clases de escritura, lectura y aritmética básica.

Comenzó a pasar cada vez más horas allí. Una mañana, Clara Barton la llamó para hablar a solas. La señora Barton era el alma de aquella institución y de otras tantas repartidas por todo el país. Ella había sido la que había puesto en marcha el proyecto de acogida de forma voluntaria y había implicado a sus amistades y a las autoridades, que ahora la respetaban, admiraban y tenían en cuenta sus ideas y peticiones.

Clara le contó que había ideado un sistema de hospitales ambulantes y había conseguido que mujeres capacitadas se implicasen como enfermeras. Iba a dejar la residencia en otras manos distintas a las suyas, así como el proyecto de abrir una nueva, pero confiaba en la capacidad y el espíritu de trabajo de las nuevas gestoras y por eso quería pedirle que trabajara codo con codo con la señora Coldbridge en la gestión del proyecto en Washington. Sería un trabajo mucho más burocrático que el que estaba haciendo hasta el momento, pero había visto en ella las cualidades necesarias para llevarlo a cabo con soltura. Su nueva labor requeriría visitar despachos y establecer contactos con las autoridades para seguir implicándolos en todos los proyectos que fueran necesarios, además de conseguir su financiación y apoyo.

Ellas sabían que la principal fuente de compromiso y de problemas para el gobierno era la marcha de la guerra, pero no podían dejar abandonadas a las víctimas más inocentes de la misma, como tampoco abandonarían a sus soldados.

En ese aspecto, Elisabeth tenía a su favor el hecho de que su marido fuera uno de los que se jugaban la vida por defender las libertades de aquellos que ahora ella atendía. Esa situación la hacía una mujer a tener en cuenta, además de su cuidada educación y su desenvoltura entre personas de toda condición.

Elisabeth le había pedido unos días para pensarlo. Le abrumaba la responsabilidad y no sabía si sería capaz de hacerlo. Además, le gustaba mucho estar en contacto con sus alumnos, y cada pequeño progreso de ellos la llenaba de orgullo y a ellos de ilusión. Era maravilloso cuando, por fin, podían leer los titulares de los periódicos o ir desentrañando el sentido de las páginas de los libros.

Wanda había insistido en tenerla a su lado, pero Elisabeth aún no se había decidido, y es lo que contaba ahora a sus amigos, Victor y Niall, a los que se había unido Frances.

—Es un asunto muy importante que implica mucha responsabilidad —comentó Niall, quien, tras conocer lo que había absorbido todo el tiempo de Elisabeth últimamente, se había sentido orgulloso, pero a la vez dolido por no haberle hecho partícipe hasta entonces—, aunque estoy convencido de que lograrás hacer todo lo que te propongas. Eres una mujer lista y decidida, Elisabeth.

—Yo opino igual —añadió Frances, quien se había unido a la conversación cuando salieron al jardín—, y si necesitas mi ayuda para cualquier cosa, cuenta conmigo. Sabes que ando bastante ocupada echando una mano a Jane con el niño, pero nos las apañaremos. Es loable lo que haces, querida, y creo que personalmente te viene muy bien distraerte de pensar en el devenir de la guerra y todo lo que eso implica...

Frances se refería a las constantes alusiones a los heridos y muertos que se producían en cada enfrentamiento y que salían a relucir en todas las conversaciones donde quiera que se encontraran dos o más personas hablando. Era imposible para los ciudadanos de Washington no incluir en cualquier charla las estremecedoras cifras de muertos, así como los planes de Lincoln y las repercusiones de los mismos. Elisabeth sentía escalofríos cada vez que se enfrentaba a un discurso de ese tipo. Ya tenía suficiente con ver a diario sus consecuencias y con pensar en la situación de William Cooper. La muchacha no se quejaba, pero la señora Tremaine sabía que eso la hacía sufrir. Ocupada en otras tareas, suponía, evitaría estar permanentemente recreando el mismo tema.

—Si hay alguien que pueda resultar agradable y convincente a nuestros estirados burócratas y políticos, esa serías tú, sin duda. Pero, querida, tienes la última palabra. Te apoyaremos en lo que decidas —le aseguró Victor Tremaine.

Elisabeth prometió contarles su decisión en cuanto la hubiera tomado. Pasaron una tarde agradable charlando de temas triviales, cenaron algo ligero y

Niall se ofreció a acompañarla a casa tras despedirse de ellos.

Corría una suave brisa que invitaba a pasear y dieron un rodeo para alargar la caminata. Apoyada en su brazo, Elisabeth le comentaba a Niall lo que rondaba por su cabeza.

—No te pedí disculpas antes por no haberte contado dónde andaba metida. No tuve mucho tiempo libre, pero eso no es excusa —se disculpó la muchacha.

—Yo también he estado muy ocupado, Elisabeth, y he pasado mucho tiempo fuera, así que..., estamos en paz. —Le dio un cariñoso apretón en la mano que reposaba sobre su brazo. Suspiró. Era bonito sentirla tan cerca. Sería un hombre muy afortunado si una mujer como Elisabeth le perteneciera. Quizás fuera más independiente de lo que a él le hubiera gustado, pero... ¡qué demonios!, una mujer que pensara por sí misma, amable, solidaria y tan bella como ella... ¡Qué suerte tenía ese maldito yanqui, Cooper, y ni siquiera la conocía!

—... parece una empresa muy emocionante. —Sumido en sus pensamientos no había oído lo que Elisabeth le contaba. Ella se dio cuenta—. Debes de estar muy cansado y yo estoy aburriéndote con mi cháchara. Te preguntaba por el avance de la vía férrea, pero ya me contarás otro día. —Apenas unos pasos los separaban de su domicilio.

—No, en absoluto me aburres. Tan pronto como sea posible viajaré a Omaha para revisar los mapas topográficos y, si todo está correcto, comenzaremos las obras en cuanto nos la aprueben. Evidentemente, ahora lo esencial es ganar la guerra, pero la Union Pacific y el gobierno están muy interesados en unir la

Costa Este y Oeste a través del ferrocarril y será un proyecto prioritario en cuanto acabe la guerra.

—¿Crees que tardará mucho en concluir toda esta barbarie? —le preguntó apesadumbrada.

O'Brien sintió cómo la mano de la joven se agarraba con más fuerza a su brazo. Los pensamientos de Elisabeth se encontraban ahora junto al desconocido esposo. No iba a darle falsas esperanzas, pero lo cierto era que una noticia recorría últimamente la ciudad.

—Se rumorea que se está intentando llegar a un acuerdo entre ambos bandos.

Ella lo miró con fijeza.

—Pero tú no lo crees, ¿verdad? Estás en contacto con gente en el gobierno, ¿qué piensas?

—Lo mejor sería que se consiguiera llegar a un acuerdo, pero... no creo que haya voluntad por parte de los confederados. Una reclamación sobre la que no negociarán es la independencia de su territorio, algo a lo que no está dispuesto el gobierno federal. No permitirán que se rompa la nación. Lo siento, Elisabeth, el norte dispone de un mayor número de tropas y de recursos, pero el sur lucha por sus tierras y su estilo de vida, a cualquier coste. Me temo que estarán dispuestos a derramar hasta la última gota de sangre sureña.

—Así que esto no acabará...

De repente, sintió unos terribles deseos de estar a solas para poder lamentarse sin preocupar a nadie. Todo lo que ella estaba viviendo era terrible, la situación de los huidos que, pese a todo, tenían una expresión de felicidad y de agradecimiento constante al encontrarse en libertad. Otros, en cambio, estaban tan asustados que ni siquiera miraban a quienes se dirigían a ellos, se limitaban a agachar la cabeza y asentir. Ella había visto las terribles marcas en los cuerpos, las señales del maltrato, las lenguas cortadas, los dientes arrancados, las espaldas destrozadas... Por no hablar de los hijos arrebatados y vendidos como ganado... No. El gobierno no podía plegarse y acceder a las peticiones de los confederados. Era evidente que la guerra continuaría... y que William Cooper seguiría jugándose la vida..., al igual que tantos otros.

Aquella noche, mientras intentaba leer en la cama, sin concentrarse, se decidió a aceptar la propuesta de Clara Barton. Era la única forma de ayudar en esas circunstancias. Ella no servía para atender heridos, como iba a hacer la señora Barton. El hecho de ver una pequeña herida ensangrentada le daba pánico. Sabía que era buena enseñando e intentaría hacerlo en sus ratos libres, pero si Clara y Wanda habían confiado en ella para otras cuestiones, intentaría estar a la altura y hacerlo lo mejor que pudiera. Quiso pensar que de alguna forma eso ayudaría a William. Ojalá su carta le hubiera llegado y que él le contestara, para saber cómo se encontraba, responderle y contarle sus pensamientos.

A la mañana siguiente, se levantó cansada, tras una noche de insomnio. Estaba arreglándose cuando la señora Coldbridge llamó a la puerta. Le entregó un grueso sobre. No se quedó apenas un minuto, sabía que lo que le había traído a la joven absorbería toda su atención. Elisabeth lo abrió sin demora. Dentro encontró un pliego con la letra de su hermano y un sobre fechado en mayo y enviado por William a su dirección en Inglaterra. Phillip se lo había reenviado.

Abrió el pliego escrito por Phil, quería saber cómo se encontraban su madre y su familia de salud... ¿Le contaría algo su hermano sobre John?

XXVII

Desenvolverse en el bosque como una sombra sin ser visto ni oído no suponía un problema para William Cooper, lo que le preocupaba eran sus hombres. Hubiera preferido ir solo a cada misión que le encomendaban, si eso hubiera sido posible.

Saboreaba la vida al aire libre, las noches al raso bajo las estrellas, el contacto con la naturaleza. Solo las preocupaciones derivadas de la misión le privaban de disfrutarlo... y, últimamente, la carta de Elisabeth. ¡Dichosa muchacha! No había recibido la que él le envió o bien la había ignorado porque, en contra de sus deseos, había cruzado el océano y se encontraba ahora en Washington.

Le contaba que la travesía había ido bien y que la había acompañado un matrimonio conocido de su hermano, pero... ¿cómo Phillip Miller dejaba que una muchacha, su propia hermana, se las arreglara sola en un país que no era el suyo durante una guerra? Eso le daba pistas sobre su carácter. Sin duda, no era una joven damisela asustadiza y débil, como parecían la mayoría de las pálidas muchachas inglesas, sino una mujer decidida y con carácter. Y... con interés por conocerlo.

Aquello le gustó, pero inmediatamente, sin pretenderlo, pensó en que su matrimonio con la muchacha se había llevado a cabo por obligación, para alejarla de su sobrino John. ¿Habría correspondido ella al enamoramiento de John? ¿Pensaría todavía en él? Se preguntó si se habría visto obligada a alejarse de este y si la marcha de su país habría sido por decisión propia. Esos pensamientos lo desconcentraron y le amargaron el carácter.

Una rama crujió ligeramente bajo sus pies. «¡Maldita sea!», farfulló. No era más que una misión de reconocimiento, pero no podía permitirse un solo descuido. Pensar en aquella muchacha lo volvía descuidado y, si su recuerdo aparecía ante él en momentos inoportunos, intentaba apartarlo de su pensamiento para evitar distraerse.

No obstante, desde que recibió su escueta carta informándole de su dirección en la capital, no había podido dejar de pensar en ella. Tenía que reconocer que ardía en deseos de conocerla y de que le confesara la verdad. Si seguía enamorada de John Lytton, la mandaría de vuelta en el primer barco que saliera del puerto.

«Muchacha atrevida, no sabes con quién te metes», susurró al viento.

Al caer la noche los soldados se pararon a descansar. Cenaron la comida que llevaban en sus mochilas, carne seca, maíz y galletas, y tomaron un par de sorbos de *whisky* para entrar en calor, ya que estaban prohibidas las fogatas. Se arrebujaron en sus mantas y se dispusieron a dormir para recuperar fuerzas.

Les habían encomendado acercarse tanto como fuese posible al ejército enemigo para descubrir todo lo que pudieran sobre el mismo antes de entrar en batalla; regimientos, ubicación exacta, número aproximado de soldados, artillería, cañones, caballos...

Los ejércitos eran conscientes de esas maniobras efectuadas por los exploradores de uno y otro bando, y disponían de una compañía destinada a interceptarlos y eliminarlos tras ser interrogados, por lo que debían ser sumamente cuidadosos para no ser vistos.

William hizo el primer turno de guardia.

Bajo el profundo azul del cielo, perlado de estrellas brillantes, el capitán permanecía atento a cualquier sonido o movimiento extraño. Algo se arrastró por el suelo a unos pasos de él, y, aguzando la vista, detectó una serpiente cabeza de cobre con su característica testa triangular y sus colores, que se confundían con las hojas de los árboles en otoño. De un tajo le cortó la cabeza, privando a sus víctimas de su mordedura mortal.

La visión de la alimaña muerta le trajo el recuerdo de los años pasados en Canadá junto a la familia de su abuela india, quienes le habían enseñado a respetar y entender la naturaleza, a valorar a los animales y plantas, pero también a apreciar el peligro y defenderse de él.

William y Kinomw pasaron unas tranquilas semanas con su abuela hasta el día que llegó su bisabuelo Sachem. Tenía fresca en la memoria la aparición de aquel gigante vestido a la usanza india que ocupaba todo el vano de la puerta. Su madre y su abuela se levantaron de la mesa donde se encontraban almorzando y lo recibieron respetuosas. El niño no entendía lo que hablaban, aunque supo que su abuela le presentó a su hija cuando el hombre se tocó la frente y, a continuación, depositó su mano sobre la frente de ella. Por la mirada interesada que le dirigió a él, supo que su presencia ya no era invisible para el anciano. Su aspecto imponente lo hizo ponerse en pie.

Esperó tras la mesa, junto a un delicioso plato de estofado que se iba enfriando, pero no se atrevió a seguir comiendo. Por los gestos de las mujeres entendió que habían invitado al Sachem a compartir la comida, pero él declinó la invitación.

Estuvieron hablando los tres un buen rato. William intentaba discernir alguna palabra de las que su madre había usado alguna vez cuando era niño en alguna nana, pero era inútil, no entendía nada. Era frustrante, deseó que su madre le hubiera enseñado el idioma para no sentirse tan aislado.

Tras un rato de charla, el Sachem se marchó, no sin antes dedicarle una mirada afectuosa que lo desconcertó.

William se dispuso a comer del plato, ya frío, pero su abuela y su madre continuaron hablando en algonquino sin percatarse de su presencia.

—¿Podéis hablar en inglés para que os entienda? —les pidió.

Su abuela le lanzó una mirada furibunda y le espetó:

—¡Vas a tener una buena ocasión de aprender!

A continuación, se levantó de la mesa, airada, y abandonó la estancia por la puerta trasera.

William se sintió mortificado por el enfado de Kewohnew, pero su madre le explicó:

—No te preocupes. Está enfadada, pero no es contigo, sino conmigo. Le he pedido al Sachem que nos permita pasar con él el invierno en el sur junto a los Grandes Lagos donde la temperatura es más benigna. Quiero que conozcas nuestros orígenes, William. Fuiste el año pasado a Inglaterra y conociste la procedencia de tu padre. Ahora la vida nos ha empujado hasta Canadá, y quizás sea una señal para que tú y yo sepamos de dónde venimos.

—Pero, mamá..., ¿no vamos a volver con papá? —le preguntó a punto de echarse a llorar.

—¡Claro que sí, Will! —Se sentó junto a él y lo abrazó—. Tendremos que esperar a que papá nos escriba y nos diga que no hay peligro.

—¿Cómo sabrá dónde escribir?

—Él enviará sus cartas a una dirección de Quebec, y George, el buhonero, nos la traerá. Antes de marcharnos podrás escribirle y le daremos las señas. George la enviará.

—¿Y por qué está enfadada la abuela? —No llevaban mucho tiempo juntos, pero Will sabía que aquella mujer seria, callada y algo gruñona lo quería de veras. Con solo una de sus miradas podía envolverlo en un afectuoso abrazo. Él había comenzado a quererla también.

—Ella no quiere que nos vayamos. Se lo dije al llegar, pero creo que se ha acostumbrado a tenernos aquí y nos va a echar de menos. —Kinomw calló lo que su madre le había dicho sobre ella, que era una muchacha acostumbrada a la vida de los rostros pálidos y que no resistiría la vida nómada de los algonquinos. Sin embargo, ella se consideraba una mujer fuerte. Sabía que distaba mucho de tener la agilidad y resistencia de una nativa, pero era algo que lograría con el tiempo. No quería tener que leer sobre los indios en libros, cuando ella era una de ellos, aunque no lo pareciera. Y no quería privar a su hijo de experimentar una libertad con la que ella siempre había soñado.

Cuando las primeras hojas de los árboles comenzaron a caer, Kinomw y su hijo hicieron un hatillo con unas cuantas prendas de abrigo y se pusieron sus zapatos más cómodos. La visión de los mismos provocó la risa irónica de Kewohnew, y salieron al claro, que se encontraba detrás del huerto, para encontrarse con el Sachem, que los esperaba semioculto en la primera línea de árboles del bosque.

Kewohnew se había quedado tras la valla trasera y, al llegar junto al Sachem, Kinomw y William levantaron su mano en señal de saludo, pero ella no les correspondió. William apretó con fuerza el bizcocho que la abuela le había preparado y metido en el bolsillo, envuelto en una tela, y lo hizo migas.

Estuvieron andando durante mucho tiempo sin pararse a comer, acompañados de los sonidos de la naturaleza. Al caer la tarde, el Sachem los llevó junto a un río donde se refrescaron un poco y cenaron lo que llevaban. Una choza medio derruida los acogió durante la noche. Al día siguiente, Kinomw le pidió al Sachem poder ver de nuevo su antigua casa, el hogar de su padre, y él los guio hasta la casa grande donde ella había vivido hasta los cuatro años. Seguía siendo un edificio de piedra de considerables dimensiones, pero se le notaban los años de abandono, y los caminos y la fachada aparecían cubiertos de maleza.

No estuvieron mucho tiempo por temor a que aparecieran cuadrillas de hombres que trabajaban en la empresa maderera que su padre construyó a pocas millas de allí, junto al río, y que ella vendió a su muerte.

Llegaron entrada la noche al poblado, donde, salvo los centinelas, todos estaban dormidos. Entraron en un tipi, donde percibieron los cuerpos tibios y durmientes de otras personas. En un hueco que les indicó el *sachem*, se acurrucaron sobre unas pieles y se quedaron dormidos de inmediato.

Con los primeros rayos de sol, el poblado cobró vida. Partían aquella misma mañana hacia el lago Ontario y les quedaba una dura caminata de varias semanas hasta su destino.

En cuanto Kinomw y su hijo salieron de la tienda, una pequeña muchedumbre formada en su mayoría por mujeres y niños los rodeó. Exclamaciones de sorpresa y risas los envolvieron, y aunque Will no entendía, supo con seguridad que se reían de sus atuendos. Le molestó que las mujeres tocaran el vestido de su madre y sus cabellos. Todas parecían muy interesadas en palpar personalmente el rojizo cabello de Kinomw, lanzando exclamaciones de sorpresa y risas poco disimuladas. Will se enfadó y sujetó la mano de una de ellas, que le dirigió una mirada entre sorprendida y ofendida. Su madre lo aplacó diciéndole que era normal, que ellos eran extraños allí y que pronto se acostumbrarían. Parecía aguantar con resignación y una sonrisa el toqueteo molesto de mujeres y niños.

Sin embargo, al oír al *sachem*, todos se apartaron. El hombre les habló con su característica voz profunda y William entendió que los había presentado a la comunidad, pues los dejaron tranquilos y, en adelante, se dirigieron a ellos de forma más respetuosa.

Cargaron los carros con víveres y pieles, dispusieron los caballos y partieron al poco. Caminaron hasta bien entrada la tarde. Solo los ancianos y los niños más pequeños iban subidos a los carromatos. El resto del grupo caminaba tan ligero como si flotara.

Pararon para comer junto a un arroyo. Kinomw no se molestó en recoger su ración de comida, ocupada como estaba en remojar sus maltratados pies en agua fría. Cuando Will se acercó, pudo comprobar horrorizado los maltrechos y sanguinolentos pies de su madre.

Sin pensarlo un segundo, fue hasta donde se encontraba el Sachem hablando con otros hombres y tiró de él hasta conseguir llevarlo donde su madre. Intercambiaron algunas palabras y, poco después, una mujer entregó a Kinomw un par de mocasines para ella y otros para William. El alivio de Kinomw al ponérselos fue inmediato. Consideró que no merecía la pena cargar con sus zapatos, que le iban a resultar inútiles ahora, y los dejó sobre una piedra junto al arroyo. No permanecerían allí por mucho tiempo, al poco, unas niñas decidieron quedárselos para incluirlos en sus juegos.

Antes de ponerse en marcha de nuevo, Kinomw le contó a William que el Sachem se había enfadado mucho con él por interrumpir su conversación y que los niños tenían prohibido dirigirse a los adultos, salvo que ellos los interpelaran. Por ello, el Sachem le había castigado a viajar al final de la cola junto a los carros y los animales de carga.

Will se tragó su protesta. Sabía que no tenía nada que hacer frente al Sachem y pensó que cuanto antes aprendiera las normas de la tribu sería mejor, pues se ahorraría unos cuantos castigos. No le importó que le castigara, si con ello su madre sufría menos, pero se aburrió mucho al final del grupo donde no había otros niños, solo varios indios de rostro ceñudo que se encargaban de las mercancías.

A partir de entonces, para combatir el aburrimiento, Will comenzaría a utilizar una virtud que le sería muy necesaria en adelante y le acarrearía muchos beneficios: la observación. Comenzó a observar el camino y a sus pétreos compañeros; cómo dirigían a los animales y cómo hablaban entre ellos. Uno de ellos, el más joven, tan aburrido como él, comenzó a señalarle lo que veía y a nombrarlo. Will lo repetía y todos reían divertidos. Si se equivocaba, lo repetía hasta que se ganaba la aprobación de sus compañeros de viaje, y así empezó a aprender con ansia los rudimentos de un lenguaje que preveía iba a necesitar con largueza.

Durante varios días se apostó al final de la fila, hasta que una noche, mientras todos se arrebujaban en sus mantas, Kinomw le contó que el Sachem ya lo había perdonado y que podía continuar a su lado si quería. William le enseñó las palabras y expresiones que había aprendido y durante un buen rato estuvieron practicándolas. Ella le enseñó otras nuevas.

Si Kinomw dio por seguro que al día siguiente el muchachito permanecería a su lado, se equivocó. William andaba recorriendo la fila de atrás hacia delante y de delante hacia atrás sin cansancio, relacionándose con otros niños y haciendo visitas esporádicas a sus conocidos del final de la expedición, aunque ponía mucho cuidado en no acercarse al Sachem, al que rehuía en cuanto vislumbraba su cercanía, pues estaba molesto con él por haberlo castigado de manera tan injusta a su parecer.

Tras casi tres semanas de caminata en las que William y Kinomw consiguieron que su presencia y sus ropajes dejaran de ser desconocidos y se hicieran reconocibles y familiares para toda la tribu, y que el muchachito comenzase a crear lazos de amistad con otros niños, llegaron a orillas del lago.

La belleza del paisaje era sobrecogedora, una impresionante masa de agua dulce de brillante color turquesa aparecía rodeada de una densa vegetación. Más adelante, en sus exploraciones con sus nuevos amigos, Will descubriría bellezas naturales ocultas en la espesura, cascadas bellísimas, cuevas que existían desde la creación del mundo, pequeñas islas vírgenes.

En algunas de esas cuevas cercanas al lago permanecería la tribu durante los meses más crudos del invierno, junto a otras comunidades procedentes de otros lugares y que, tradicionalmente, se reunían para pasar los rigores del invierno protegiéndose mutuamente. Durante el buen tiempo se celebrarían los encuentros entre tribus, en los que se compartían los alimentos, se bailaba y cantaba, y se hacían ofrendas a los dioses *manitú*. Los jóvenes tenían oportunidad de conocerse y los jefes establecían pactos y alianzas de protección mutua.

Por aquel entonces, Will no se paró a pensar cuánto le costó a su madre adaptarse a su nueva vida. Él dio por buenas todas las trabas y encontronazos que sufrió al principio por causa del rechazo de algunos niños y de la dureza de esa vida tan diferente a la que había llevado hasta el momento, cuando descubrió la sensación de vivir libre en la naturaleza, bañarse en aguas frías y transparentes, descubrir nidos de pájaros y aprender a reconocerlos, cazar con una honda su propio alimento, tumbarse en la blanda hierba bajo un árbol después de comer y dormirse acunado por el sonido que hacían las hojas de los árboles centenarios, movidas por el viento, sobre su cabeza.

XXVIII

Al llegar al lugar elegido para pasar el resto del otoño y el invierno, a orillas del lago, la tribu se tomó el resto de la tarde de descanso. El clima aún permitía dormir al raso, bien tapados por pieles. Se encendieron fogatas, se recibieron visitas de miembros de otras tribus que les daban la bienvenida, se cazó y se cocinó en abundancia. Una vez calmado el hambre, cantaron y bailaron alrededor de la hoguera hasta bien entrada la noche.

Era la noche más hermosa que William había visto a sus ocho años. El muchacho se apartó de la celebración para acercarse a la orilla del lago. El cielo lucía cuajado de estrellas que se reflejaban sobre las aguas inmóviles como en un espejo.

De repente, allí arriba, uno de aquellos puntos diminutos de luz se movió dejando una estela brillante a su paso. A Will se le agrandaron los ojos y se puso en pie inmediatamente. Quiso avisar a su madre. ¡Había sido tan sorprendente y hermoso, y ella no lo había visto!

En ese momento, una mano gigantesca se posó sobre su hombro y el muchacho contuvo sus ganas de echar a correr. Era el jefe Sachem, al que había evitado desde que lo castigara. El hombre lo miraba con afecto y una sonrisa contenida.

—Eres muy afortunado, joven Tecumseh —le dijo en francés—. Allí arriba, tus antepasados te saludan y velan por ti.

Desde entonces, todos le llamarían así. El nombre inglés de William quedaría relegado para los momentos en los que estuviera a solas con su madre. Para la tribu de los algonquinos y el resto del pueblo indio, él sería Tecumseh: Estrella Fugaz.

Durante los siguientes días, todos se afanaron por montar un campamento que les permitiera vivir con cierta comodidad y privacidad hasta que llegaran los meses más fríos del invierno y se trasladasen hasta las cuevas cercanas. Los hombres cortaron troncos de árboles jóvenes para hacer largas estacas que clavaron de forma circular en la tierra y las mujeres se aprestaron a cubrirlas totalmente con cuero y pieles, dejando solo un agujero arriba para que saliera el humo de las hogueras.

Las tiendas o tipis solían ser de tamaño variado, pero, dado que toda la familia dormía junta, algunas alcanzaban grandes dimensiones. Una de las mayores era la que Kinomw y Will compartían con la familia del *sachem*. Al fin y al cabo, ella era su nieta y pronto empezó a relacionarse con otras mujeres de la familia con confianza. Kinomw hablaba con soltura el algonquino, ya que era el idioma que siempre había usado con su madre, y cuando varias de ellas se mostraron extrañadas por la falta de un hombre junto a ellos, ella tuvo que contarles, a grandes rasgos, su situación, lo que desanimó a algunos pretendientes que contaban con que Kinomw estuviera disponible y su estancia fuera permanente.

No fue una estancia permanente, pero sí se alargó más de lo que ella hubiera deseado.

William-Estrella Fugaz-Tecumseh se ganó, poco a poco, la aceptación de los demás miembros de la tribu, especialmente la de los más jóvenes. No recibió ninguna ayuda especial de su bisabuelo, pero su amor propio y su deseo por aprender lo hizo capaz de desenvolverse con soltura en todas aquellas cosas que sus iguales conocían desde siempre.

Los chicos jugaban libres en los bosques cuando los adultos no les encomendaban tareas, y rodeado de sus mejores *mikmaq*[8], Viento del Este, Ojo de Halcón y Pequeña Ardilla, aprendió a nadar, a bucear, a distinguir las huellas y rastros de los animales y a cazar con una honda fabricada con ramas de los árboles, caucho y cuero.

Las pequeñas heridas eran aliviadas con emplastos y raíces, y, en el caso de las torceduras, roturas de huesos o heridas mayores, recurrían a la Mujer Medicina, una anciana que se encargaba de curar las enfermedades, colocar huesos, coser las heridas o ayudar a las parturientas a traer sus hijos al mundo. Además de su labor como curandera, las mujeres y hombres la visitaban para pedirle consejo de cualquier tipo. Era una anciana muy venerada en la comunidad, al igual que el resto de los ancianos, a los que todos trataban con el mayor respeto.

Era una vida fascinante. Y peligrosa.

Una noche, mientras todos dormían, se escucharon disparos que procedían del recinto donde guardaban los caballos. Por la mañana, el muchacho se

---

[8] *Mikmaq*: Amigo.

enteró de que los blancos habían asaltado a los guardas indios y se habían llevado a la mayoría de los caballos. Habían matado, además, a dos de los hombres que los custodiaban.

Durante varios días se oyeron los llantos de las viudas y de sus hijos. Aquella injusticia inició una etapa de dolor en la comunidad que no se saldaría hasta que los espíritus de los asesinados quedaran vengados. Los enterraron junto a sus pertenencias más valiosas, sus familiares se oscurecieron las caras con carbón y la tribu festejó con comidas y con los juegos favoritos de los fallecidos su partida a los Verdes Valles, donde moraban los espíritus *manitú*.

Tras la ceremonia, se reunieron los jefes de todas las comunidades acampadas en el Ontario, incluyendo a la recién llegada jefa Sunksquaw, líder de los algonquinos del oeste. De común acuerdo decidieron salir tras las huellas de los asesinos, recuperar los caballos y tomar cumplida venganza.

Una expedición partió al amanecer, incluyendo al único hijo varón de uno de los asesinados, quien apenas tenía quince años, pero al que no se le podía negar el derecho a la revancha.

Una semana más tarde regresaron. No pudieron recuperar todos los caballos. Algunos hombres tenían heridas leves, pero todos estaban vivos. De los cinturones de los guerreros pendían lo que a Will le parecieron pieles extrañas. Cuando se acercó a comprobar, no creyó lo que veía.

El Sachem se acercó a él y le explicó de qué se trataba. Era la venganza de los indios sobre los que hacían daño a su pueblo. Cuando un indio mataba a otro indio en una batalla o a un rostro pálido, le arrancaba el cuero cabelludo y se apropiaba de su cabellera. Así se aseguraba de que los dioses no le dieran entrada en el más allá y el espíritu del malvado no conociera la otra vida. No tendría un paraíso adonde ir, lo aguardaría la oscuridad eterna.

Kinomw y William se adaptaron a aquella vida salvaje y libre. Cuando volvieron a Saguenay en primavera, no quedaba apenas rastro de apariencia inglesa en los dos. Habían adaptado su ropa a las estaciones y se habían vestido con cuero y pieles más cómodas y abrigadas que las prendas que llevaron al inicio de su viaje. Permanecieron en Chicoutimi con la abuela Kewohnew durante un tiempo, mientras que el Sachem comerciaba con las pieles que habían cazado. Kinomw leyó y releyó las dos cartas que le habían llegado de su esposo, en las que le decía lo mucho que los añoraba. El ataque a sus tierras había persistido durante días, habían asesinado a varios de sus trabajadores y se había visto obligado a contratar a pistoleros profesionales para que patrullaran la propiedad. Taylor sospechaba la identidad de quienes querían echarlo de sus tierras, pero pretendía recabar pruebas para inculparlos. Si decidía atacarlos a su vez, estaba casi seguro que la espiral de violencia acabaría envolviéndolos a todos y haría imposible el regreso de su familia.

Kinomw había temido leer algo así. Durante los años que vivió con Taylor, comprobó que las tierras de su esposo eran muy codiciadas, y el hecho de que él no comerciara con esclavos, como la mayoría de ellos, les daba un motivo para expulsarlo. Ella le había ofrecido sus tierras en Canadá, aun a sabiendas de que él no las aceptaría. Sabía que él lucharía por lo suyo y eso la enorgullecía, a la vez que le apenaba que aquello supusiera estar separados.

* * *

Cuando William-Tecumseh cumplió diez años, comenzaron a adiestrarlo para la vida adulta de un guerrero. Ya que no tenía un padre junto a él que lo guiara, Sakawa Wakw se ofreció para ser su mentor y prepararlo para que, a los doce años, se enfrentara a la ceremonia del guerrero. Junto a otros niños de su misma edad, entrenaban durante el día a cargo de Sakawa y otros mentores. Por la noche, todos se reunían en torno a la hoguera donde el chamán les explicaba las creencias religiosas de su pueblo: cómo el Gran Espíritu creó al primer hombre a partir de un trozo de madera y la necesidad de vivir en comunión con los animales y con los espíritus de la naturaleza.

Aunque William ya sabía construir y manejar un arco, con Sakawa perfeccionó la técnica, además de aprender a luchar con un cuchillo, un machete y el temido *tomahawk*, un hacha de doble filo, que tenían que aprender a usar como si fuera una extensión de su propio brazo.

Cazar animales más allá de ardillas, aves y serpientes era vital para que un hombre procurara pieles y alimentos a su familia. En primavera, cuando los osos despertaban de su letargo invernal, Sakawa los llevó hasta una cueva. Les advirtió que nunca debían enfrentarse a un oso de frente e hizo escalar a unos cuantos muchachos para situarlos justo encima de la osera. Después tiraron palos y piedras en la entrada y esperaron. La enorme cabeza de un oso asomó cautelosa y, viendo que no había nada contra lo que pelear, salió y se sentó perezosamente mientras se lamía una pata. En aquel momento, Sakawa, William y otros chicos armados con lanzas salieron de los matorrales vecinos y se aproximaron con rapidez. Antes de que el oso pudiera ponerse en pie, Sakawa le acertó en pleno corazón con su lanza. Pese a ello, el oso aún tuvo fuerza para revolverse, arrebatar unas cuantas armas y lanzar a Pequeña Ardilla contra la pared de piedra. Después, el animal cayó muerto.

Llegaron por la tarde al campamento cargados con el oso y con un semiinconsciente muchacho. La curandera le cosió una herida en la cabeza y un desgarro en el hombro que no tuvo demasiada importancia, afortunadamente. El muchacho recibió mimos y honores durante varios días y fue nombrado Garra de Oso, lo que lo llenó de orgullo, pues siempre había odiado su primer nombre, Pequeña Ardilla, que le fue dado con solo unos días de vida por su diminuta constitución.

Kinomw, al enterarse de lo ocurrido, se asustó tanto que resolvió quedarse en Chicoutimi en cuanto tuviera ocasión. Sin embargo, los asaltos cada vez más frecuentes por parte de militares ingleses, que, con la excusa de proteger a los colonos blancos, se asentaban en torno a la ciudad de Toronto e intentaban expulsarlos de sus tierras ancestrales, hicieron que durante unos años las tribus permanecieran unidas a orillas del Ontario, sin regresar a sus tierras de origen.

Cuando William-Tecumseh cumplió los doce años, celebraron su ritual de entrada en la edad adulta. Su madre y otras mujeres de su familia prepararon un exquisito banquete a base de carne de ciervo y ganso, almejas, guiso de cebolla silvestre, *zizania*, calabacín, judías verdes y pasteles de fruta y azúcar, que extraían de la savia del arce.

Tras la comida, que sería la última para Will hasta que su espíritu guía se le apareciera, el chamán, el líder espiritual de la aldea que velaba para que los espíritus les fueran favorables, pronunció unas palabras a favor del muchacho. A continuación, todos bailaron en círculo en torno a él, al son de los tambores.

William bebió de un cuenco que le facilitó el chamán y que lo adormeció. Al despertar, se encontró en una parte desconocida del bosque. Aún no había amanecido. Debería permanecer allí hasta que tuviera su sueño espiritual, en el que su espíritu guía le sería revelado. Sería este el animal, terrestre o ave, que lo acompañaría desde ese momento y para el resto de su vida. Solo entonces podría volver a comer y buscar el camino a casa.

Will no sabía cuánto tiempo tardaría en tener su sueño. Algunos de sus compañeros habían sido muy rápidos y en apenas unas horas habían regresado, otros tardaban días, e incluso alguno no regresó jamás y cuando fueron en su busca lo hallaron asesinado por alguna bestia. Will agarró con más fuerza su machete, el arma que había elegido para defenderse, y se encaminó en busca de un arroyo para beber. El licor que le dio el chamán le había dejado la boca seca.

Encontró un río y siguiendo su curso hacia el norte llegó junto a una pequeña catarata. Las aguas frescas y transparentes lo invitaron a un baño y se sumergió para intentar quitarse el letargo que aún sentía. Tras la cascada descubrió una pequeña cueva donde decidió que dormiría al amparo de los animales salvajes el tiempo que permaneciera allí. Tumbado sobre una piedra, mientras se secaba, contempló el lento movimiento del sol en el cielo. No tardaría en regresar, guiándose por su posición o la de las estrellas, en cuanto pudiera hacerlo. El viento, la inclinación natural de los árboles y el musgo le ayudarían también a orientarse si lo necesitaba. Cerró los ojos y se adormeció un momento.

El sonido de unas pisadas lo sacaron de su duermevela. Se dejó resbalar sin hacer ruido en el río y se ocultó tras unos juncos. Unos cazadores blancos llegaron al poco. Llenaron las cantimploras y tras charlar un rato se marcharon. Deseó poder volver al campamento para informar, pero no le estaba permitido y tampoco parecían peligrosos.

William-Tecumseh exploró el entorno y vigiló a los cazadores durante los siguientes días. Notaba cómo la debilidad iba apoderándose de su cuerpo tras días sin comer. Disponía a su alrededor de comida en abundancia; cuando se sumergía en el río, los peces burlones le hacían cosquillas con sus aletas y podía tocar la sabrosa *zizania* que crecía salvaje en la orilla, pero no incumpliría las normas. Estaba convencido de que su espíritu guía acabaría apareciendo.

Llevaba en el bosque varios días cuando, al tumbarse para beber en el río, notó cómo unas manos fuertes lo apresaban por los brazos y las piernas. Aunque peleó y forcejeó hasta acabar con sus menguadas fuerzas, no logró escapar. Los cazadores lo atraparon, lo ataron y lo llevaron hasta su campamento.

—¿Qué pensáis hacer con él? No es más que un muchacho —dijo uno de ellos.

—Su tribu andará cerca, se habrá perdido. Pidamos un rescate —le contestó uno de sus compañeros.

—Los indios no se pierden —aseveró despectivo el tercero—. Apuesto a que nos estaba espiando y pensaba decírselo a su tribu para que nos arrancaran nuestras lindas cabelleras —escupió—. Yo propongo que lo matemos. Un indio menos en el mundo.

—Pero... ¿estás seguro de que es indio? Sus ojos... —volvió a comentar el primero.

—Hay un montón de razas indias esparcidas por estas tierras, quién sabe. Puede que sea mestizo, tanto da... Acabemos con él...

William intentaba desesperado aflojar las cuerdas. Le habían quitado el machete, pero no el pequeño puñal que llevaba escondido en sus botas. Si consiguiera soltarse...

Uno de los cazadores intentó frenar a su compañero, que se le acercaba con un cuchillo, pero este lo amenazó y lo apartó de un empujón. El segundo permanecía impasible con una mueca de satisfacción en la cara.

—¿Quién eres, pequeño mestizo? ¿Quién te dio la sucia sangre india que corre por tus venas? ¿Fue un perro indio o la puerca de tu madre? —Will forcejeaba sin disimulo para intentar soltarse mientras lágrimas de impotencia le corrían por las mejillas—. No te preocupes, yo te sacaré esa sangre mestiza del cuerpo...

El cuchillo acarició el cuello del muchacho, pero antes de que ahondara en la tierna carne, unos colmillos afilados pertenecientes a una masa de pelo gris se clavaron en la muñeca del cazador. Will escuchó el crujir de los huesos del hombre incluso por encima de sus gritos de dolor. Los otros cazadores dieron unos pasos atrás espantados. Uno de ellos agarró el rifle y apuntó al enorme lobo gris que se ensañaba con el cuerpo de su compañero, pero no fue lo suficientemente rápido. El lobo saltó sobre él y desgarró su garganta, matándolo en el acto.

El tercer hombre, aquel que lo había intentado defender, reculó, tropezó y cayó al suelo. El cuerpo del magnífico lobo gris se tensó, dispuesto a atacar de nuevo:

—¡No! —gritó el muchacho—. Es suficiente.

El lobo clavó sus pupilas sobre las de Will, reconociéndolo como a un igual, y aceptó la orden. Will terminó de deshacer los nudos que lo ataban y se puso en pie. El animal se le acercó y, bajando la cabeza, dejó que el muchacho lo acariciara. Después lo miró una vez más y se alejó.

William recuperó su machete de entre las posesiones de sus atacantes. Dos habían pagado el tributo por intentar asesinarlo y el otro se hallaba tan conmocionado por lo que había visto que no se atrevía a moverse, tan solo miraba a William con ojos de puro terror.

—Entierra a tus muertos —le dijo el chico antes de marcharse.

Will lavó las heridas de sus muñecas en el río y se encaminó a casa.

Llegó al romper el alba. Su madre desmenuzaba sámaras en un cuenco, sentada junto a la hoguera. Le pareció que hacía años que no la veía y la contempló un minuto, encontrándola más cansada y avejentada que nunca. Cuando ella levantó la cabeza y lo vio, un grito escapó de su boca. Se puso en pie y el cuenco cayó al suelo, esparciendo las semillas. Había pasado casi una semana desde que se despidió del muchacho y el terror que había sentido ante la posibilidad de que Will no regresara había sido inhumano. Se fundieron en un abrazo que solo pudo interrumpir la llegada del Sachem.

—No tienes que avergonzarte por haber sido apresado, Tecumseh —le dijo el jefe indio más tarde—. No tenías energías y eran tres adultos. Tú tienes doce años y apenas estás caminando hacia esa etapa. Con el tiempo serás más fuerte y alto que muchos de ellos y te convertirás en un gran guerrero.

—Pero nunca debí dejarme apresar. No los oí acercarse —se lamentó el muchacho.

—Quizás todo eso era necesario para que tu guía se revelara. —William asintió, no muy convencido aún—. Has vivido una extraordinaria experiencia, Tecumseh, pocos jóvenes han experimentado con tanta fuerza el reconocimiento de su espíritu guía. Él cuidará de ti y tú lo harás de su pueblo. No podrás cazar ni dañar a ningún lobo gris de ahora en adelante.

—No lo haré, Sachem.

Esa noche celebraron el regreso de Tecumseh, quien tuvo que contar en muchas ocasiones su aventura en el bosque, cómo fue capturado y salvado de morir por un lobo. Todos lo felicitaron, aunque a él le quedó el resquemor de no haberse podido liberar sin su ayuda. Su madre no apartaba los ojos de él, deseando poder volver a Chicoutimi y comprobar si había llegado alguna carta de su esposo. Sabía lo mucho que Will adoraba la vida que llevaba ahora y temía que lo acabara atrayendo de tal forma que renunciara a regresar junto a ella.

Tras entrar en la edad adulta, William-Tecumseh comenzó a acompañar a los hombres de la tribu en sus misiones e intercambios comerciales. Era una nueva etapa de su vida donde ya no compartía tienda con su madre, sino con otros jóvenes, recibía las atenciones de las muchachas de la tribu y pasaba largos días fuera del campamento. Cazó búfalos en las praderas del sur y tuvo que defender su vida ante el ataque de unos indios iroqueses que pretendían robarles las pieles. Su destreza a caballo le ayudó en la lucha y regresó a casa con algunas heridas y un par de cabelleras colgando de su cinturón.

Al llegar al campamento no encontró a su madre esperándolo como siempre. La buscó en su tipi y la encontró siendo atendida por la curandera. Kinomw tenía fiebre muy alta, yacía amodorrada y no lo reconoció. Las primeras tormentas del otoño la habían sorprendido en el bosque y ella no había buscado refugio, sino que había preferido volver al campamento. William supo que había sido por él, por esperarlo. La tomó de la mano y se quedó junto a ella hasta que se recuperó días más tarde.

Aquella fiebre, sin embargo, se convirtió en algo crónico, algo que en los meses posteriores la atacaba de forma intermitente y la dejaba más exhausta cada vez. Will se mortificaba cada vez que veía los ojos apagados de su madre. Supo que solo había algo que podría devolverles el brillo y la ilusión, y tomó una decisión.

—Entiendo tu resolución, Tecumseh, aunque deberás ir con mucho cuidado y estar preparado para lo peor. La Mujer Medicina dice que las fuerzas de tu madre son limitadas y el camino hasta Virginia es muy largo.

—Llevo las medicinas que ella me ha dado y procuraré que no se canse demasiado, Sachem, pero tengo que hacerlo.

—Eres muy joven, tienes catorce años, y es la primera vez que te enfrentarás al mundo solo, pero sé que estás preparado para ello. Usa los recursos que te hemos enseñado y los que tu crianza entre los blancos te proporcionó, y, si alguna vez decides volver, siempre tendrás un lugar entre nosotros. Serías un gran líder, si te lo propusieras.

—Pero, *sachem*, tú...

—Yo no estaré aquí siempre y mis viejos huesos van pidiendo un descanso. Sakawa ocupará mi lugar y designará a mi sucesor. Él podría guiarte si quisieras.

—Sería un honor para mí, pero no creo que sea posible... —William pensó en su padre y en su hogar en Virginia. Su corazón se hallaba entre dos mundos, pero la vida había elegido por él. Debía llevar a su madre hasta su casa, hacer que sus padres se reencontraran y seguir con la obra de su progenitor al frente de la plantación, pero nunca, jamás, olvidaría los años pasados junto a la tribu.

—Te entiendo, Tecumseh, Estrella Fugaz. Te bauticé con ese nombre no solo porque vieras a una estrella recorrer el cielo, sino porque sabía que tenías el potencial de convertirte en uno de nuestros mejores guerreros y que, sin embargo, los años que estarías con nosotros pasarían tan rápido como el vuelo de esa estrella. Serías una estrella fugaz entre tu pueblo indio. No me equivoqué, pero te entiendo. Tus padres pertenecen al mundo de los rostros pálidos. Ve. Que los espíritus os acompañen y protejan.

Sakawa acompañó a William y a Kinomw hasta el Saguenay. Cabalgaron hasta Chicoutimi y volvió a encontrarse con Kewohnew, quien no pudo reprimir un gesto de dolor al ver a su hija. Sakawa permaneció unas horas con ellos y se marchó llevándose los caballos y deseándoles la benevolencia de los espíritus. En adelante, William se encargaría de cuidar de su madre.

Kewohnew no insistió en que se quedaran. Sabía que lo que mantenía a su hija en pie era la ilusión de volver a Virginia, junto a su esposo. En cuanto estuvo mejor viajaron hasta Quebec, donde tomaron una diligencia a Maine y desde allí un barco los llevó hasta Washington. William escribió a su padre comunicándole su llegada y esperaron unos días a que Kinomw se recuperara del largo viaje. Era muy corto el trayecto que los separaba, pero no estaba seguro de que pudieran lograrlo. Mientras tanto, ella entretenía los días leyendo las cartas que George le había llevado a Chicoutimi durante su estancia con la tribu de su abuelo.

Taylor le hablaba de sus progresos en la plantación y de lo mucho que los echaba de menos. Él no le pedía que volvieran, aún seguían sufriendo asaltos esporádicos, no quería ponerlos en peligro, pero, entre líneas, ella leía lo mucho que su esposo los necesitaba.

Pocos días después de escribir a su padre, este se presentó en el hotel en el que estaban alojados.

En cuanto Taylor Cooper recibió la carta, ensilló un caballo mientras daba algunas instrucciones a su hombre de confianza y cabalgó sin descanso a su encuentro. Taylor y su hijo se fundieron en un abrazo. El hombre lo contemplaba con admiración mientras pensaba en todo lo que había crecido, ya era casi tan alto como él, y lo largo que llevaba su pelo azabache. Will lo guio hasta la habitación donde descansaba su madre. Se sentó en la cama, junto a ella, y la besó suavemente. Ella lo abrazó lánguida, a la vez que lo sentía llorar en silencio junto a su hombro. Le secó las lágrimas con la palma de las manos.

—Ya estamos juntos y no nos volveremos a separar —le dijo emocionada.

Kinomw regresó a la plantación y Taylor reforzó la vigilancia para que nada enturbiara la paz de su esposa. En sus mejores días daba cortos paseos por los jardines y hablaba con las esposas de los trabajadores. Les comentó lo importante que sería que los niños aprendieran a leer y, aunque ellas no lo tomaron en serio, decidió que se ocuparía de ello en cuanto se recuperara. Si lograba recuperarse... Había días en los que se sentía con fuerzas para hacer planes, pero otros, la mayoría, sentía que la vida se le escurría como agua entre los dedos.

Desde la ventana de su habitación vio las primeras flores de Santa Lucía florecer y pudo felicitar a Will por su decimoquinto cumpleaños. «Mi querida Estrella Fugaz», solía llamarlo con cariño.

A finales de verano, la sepultaron en una colina cercana a la casa acompañada de sus flores favoritas. Taylor y su hijo quedaron devastados, cada uno culpándose a su manera por su muerte. Will tuvo que escribirle a su abuela la más triste de todas las cartas. Cuando meses después llegó a Chicoutimi, Kewohnew no necesitó abrirla para saber lo que su corazón hacía mucho tiempo le había susurrado.

Al año siguiente, William ingresaría en la academia militar de West Point. Las vacaciones las pasaría en la plantación Kinomw, junto a su padre. No llegaría a terminar su formación de cuatro años, ya que a los diecinueve tuvo que dejarla para hacerse cargo de la hacienda al fallecer su padre.

XXIX

Campamento del ejército de la Unión,
Carolina del Norte
Marzo de 1864

Nathaniel Braxton notó más preocupado de lo habitual a su amigo William. Hacía un buen rato que manipulaba el rifle para limpiarlo, pero veía que no avanzaba en la tarea. Sus pensamientos se encontrarían en otro lugar. Supuso que la causa sería la carta de Elisabeth recibida hacía unos días.

—¿Qué ocurre, capitán? ¿Malas noticias?

William levantó la vista, dejó el rifle a un lado y se levantó, sacó una petaca del bolsillo y se la pasó a Nathaniel.

—No sabría decirte. Es..., bueno..., Elisabeth está aquí.

—¿Aquí? —Se extrañó el teniente—. ¿Dónde?

—En América, Nat, en Washington.

—¿Quieres decir que ha venido desde Inglaterra? ¡Vaya, Will! ¡Eso son buenas noticias! ¡A tu salud! —Tomó un trago de la petaca y se la pasó a su amigo. Will bebió antes de contestar.

—¿En serio? ¿Buenas noticias? ¿Qué voy a hacer ahora? Ha venido sola, nadie de su familia la acompaña. Y yo no estoy allí para cuidar de ella.

—Cierto, pero ella ya lo sabía, ¿no? Se marchó de Inglaterra sabiendo muy bien lo que iba a encontrar... Will, bribón, debe de estar impaciente por conocerte...

—Nathaniel dio una palmada en la espalda a su amigo—. ¿Acaso tú no lo estás?

«Más de lo que estoy dispuesto a reconocer», se dijo. En cambio, le contestó:

—¿Y de qué me sirve? Hasta que no acabe esta maldita guerra, no podré hacer nada...

El teniente Braxton miró divertido a su amigo, le quitó la petaca de las manos y murmuró:

—Ya veremos.

XXX

Elisabeth depositó las llaves sobre la bandeja y se quitó los guantes. Después cerró la puerta, se despojó del sombrero delante del espejo y se masajeó las sienes. Un molesto dolor de cabeza empezaba a despuntar. Dejó el abrigo en la percha y se dirigió a la pequeña cocina para prepararse una taza de té antes de acostarse. No había cenado, pero no tenía apetito. El día había sido agotador y anhelaba meterse entre las sábanas y dormir.

Tomó la infusión sentada a la mesa junto al balcón. Sobre el mueble, un tintero y una pluma le recordaron que habían pasado meses desde que recibiera la carta de su esposo en la que le pedía que no dejara Inglaterra. Tarde. Ella ya le había escrito contándole su llegada a Washington y le había mandado su dirección. Se la envió tan pronto encontró alojamiento en casa de la señora Coldbridge. ¿Le habría llegado su carta? ¿Cómo le habría sentado descubrir que ya estaba en su país?

Lo más sensato es que permanezcas en Inglaterra hasta que todo esto acabe, le recomendaba William a Elisabeth en la carta que recibió el invierno pasado. Probablemente, William Cooper la tomara por una joven insensata y alocada, que había cruzado el océano por un impulso. Y no, no había sido un impulso. Había tenido muchos meses para pensarlo y lo había considerado una buena decisión. De hecho, ya hacía más de un año que se defendía sola en su nueva ciudad y no se había arrepentido hasta el momento, aunque no tuviera una vida tan cómoda como la que llevaba en su país.

Desde que partió de Bristol había tenido que arreglarse su propia ropa, peinarse y vestirse sin ayuda. Los vestidos más bonitos que trajo permanecían en el baúl. Cierto que no había tenido ocasión de lucirlos, pero tampoco podría ponérselos sin ayuda. Ahora llevaba vestidos más simples, sin ajustados corsés ni ostentosas crinolinas que la estorbaran, y se peinaba con un sencillo moño bajo. Si su madre la viera, la reprendería.

Había aprendido a cocinar, más mal que bien, por lo que prefería comer fuera, en la residencia, cuando era posible. Y ya no salía a cabalgar como cuando era una jovencita despreocupada en Mowbray.

Y a pesar de todo, no volvería a Inglaterra.

Su familia era lo único que añoraba de allí. Y a John.

Su hermano, que seguía organizando cenas con los Cooper-Pembroke, le contaba en sus cartas lo mucho que Amelia y John se interesaban por ella. John incluso le había pedido la dirección para escribirle. Phillip se había ofrecido a ser el transmisor de las cartas de John y su esposa, y había evitado darle sus datos. Había sido una decisión muy inteligente por parte de Phil, pensó Elisabeth, quizás su hermano no imaginaba cuánto.

La lejanía atenuaba el dolor por el recuerdo de John. Ella quería imaginarlo feliz junto a Amelia y el hecho de que él quisiera escribirle no la ayudaba. Sin embargo, no tenía sentido darle más vueltas. John llevaba cuatro años casado por elección propia con otra mujer y ella había decidido no entrometerse ni dejarse llevar por sus sentimientos.

Él ya tuvo su oportunidad. El océano que los separaba debía contribuir a olvidarlo o, al menos, a hacer menos doloroso su recuerdo. En Washington ella llevaba una vida muy distinta a la de Inglaterra. Podía expresar su opinión y era tenida en cuenta. Estaba obteniendo grandes avances en su lucha por proteger a los antiguos esclavos. Se reunía diariamente con los sectores más representativos e influyentes de la sociedad en la capital y conseguía implicarlos en el proyecto que Clara Barton comenzó. Tenía un objetivo y trabajaba por lograrlo, que ya era mucho más de lo que las autoridades y su propio hermano le dejaron hacer en Inglaterra, donde no se la consideraba más que un adorno. ¿Volver a Bristol? Ni en sueños.

Además, William le había contestado que no la obligaría a permanecer junto a él si no era lo que ella deseaba. Eso eran muy buenas noticias. No habría obligación por ninguna de las partes. Podrían rehacer su vida de forma independiente.

Se arrastró hasta el dormitorio y se desvistió. Se metió entre las confortables sábanas dándole vueltas aún a la carta de William. ¿Se verían y acordarían separarse? ¿Sería tan fácil? La imagen de un columpio y un puñado de flores entre unas manos masculinas le vino, de repente, al pensamiento y sintió una extraña desazón. «William Cooper», confesó justo antes de caer en la inconsciencia del sueño. «Quiero conocerte».

Las estaciones siguieron su curso, el verano dio paso al otoño y pronto volverían las fiestas navideñas que Elisabeth pasaría con sus amigos Tremaine, Niall y Wanda, como el año anterior. Nada sabía de William Cooper.

En esos últimos días de octubre, Wanda Coldbri-dge y Elisabeth se habían reunido en un par de ocasiones con John Hay, ayudante del secretario de Estado Seward. El dirigente estaba al tanto de que los proyectos de Clara Barton para acoger a la población negra habían pasado a manos de las dos mujeres y contactaban regularmente. En esta ocasión se encontraban planeando un baile benéfico, que tendría lugar en Nochebuena, con el propósito de recaudar fondos para la causa abolicionista.

Se echaría en falta a gran parte de la población masculina joven que se encontraba en los campamentos del frente, pero todos aquellos de la alta sociedad que no estuvieran sirviendo en el ejército acudirían sin duda: mujeres, militares retirados, políticos, empresarios al servicio del abastecimiento de las tropas...

Era una ocasión estupenda para conocer a los más favorecidos de Washington y hablarles, a los que aún no supieran, del proyecto para el que trabajaban con ahínco.

Un baile en plena guerra podía considerarse algo frívolo y sin sentido, pero ellas habían conseguido que la opinión pública lo viera como una oportunidad de recaudar fondos para la causa abolicionista y una manera de mandar un mensaje de unión y esperanza a los muchachos que celebrarían las fiestas navideñas lejos del hogar.

En esos días de finales de año los ejércitos pactaban treguas y concedían permisos breves a algunos de sus soldados, a aquellos que habían destacado por su servicio y no eran sospechosos de posible deserción. Las penas por fugarse del ejército eran muy duras y en el ejército confederado incluso se castigaba con la muerte. Pese a ello, se producían muchas deserciones en ambos bandos. Y esos hombres vagaban escondidos por los campos arrasados del sur o incluso en la bulliciosa capital, dedicándose al pillaje y al vandalismo.

Esa era la razón por la que los Tremaine y el propio Niall aconsejaban a Elisabeth no salir sola, especialmente por ciertas zonas de la capital. Aquello no era ajeno a ella, quien ya había recibido algún susto y había tenido que oír insultos por parte de gente a la que no agradaba que una joven blanca se preocupara de personas de otro color. Esta forma de pensar le recordaba a la de su cuñada, que dejó de dirigirle la palabra cuando se enteró de que se había casado con un mestizo indio. Pensó en lo mucho que William habría sufrido por no tener el color blanco de los que detentaban el poder.

Sin embargo, corrían nuevos tiempos, Lincoln había abolido la esclavitud y llegaría el día en que el color de piel no sería una barrera entre los hombres. Ella sabía que no sería un proceso fácil para algunos, pero acabarían viendo lo evidente: que todos estábamos hechos de lo mismo, que los sentimientos eran universales, con independencia del color de piel con el que hubieras nacido.

XXXI

Wanda Coldbridge corrió a abrir la puerta. Alguien la golpeaba con una insistencia que le hizo pensar en que tal vez el edificio estuviera ardiendo. Se encontró con su inquilina y amiga Elisabeth, quien parecía haber visto un fantasma.

—¿Qué ocurre? ¡Dios mío, estás pálida! Entra, siéntate. Te traeré agua.

Como un autómata, la muchacha se sentó, pero al momento se puso en pie y se fue tras Wanda, que salía de la cocina llevando un vaso con agua.

—¡Va a venir! —gritó Elisabeth con una expresión que traslucía temor, por un lado, y alegría, por otro.

—¿Quién? ¡Elisabeth! ¡Me estás asustando!

La muchacha tomó el vaso y lo bebió de un trago. Comenzó a andar por el salón, intentando calmarse. Wanda la miró divertida; sin duda, eran buenas noticias, no había visto nunca a Elisabeth tan emocionada. Aguardó a que se serenara para satisfacer su curiosidad, aunque imaginaba que sería alguien de su país quien seguramente vendría a verla por Navidad.

La joven se acercó a ella y la tomó de las manos. Tenía los ojos brillantes y, en vez de la palidez que había lucido al entrar, sus mejillas lucían ahora un saludable color sonrosado. Se mordió los labios antes de decirle:

—William Cooper va a venir.

Se le pasó la mañana volando. Era uno de esos días en los que podía trabajar en la escuela sin interrupciones para visitas concertadas o trabajo de despacho, y tuvo que obligarse a concentrarse, ya que su mente volaba lejos de las cartillas de lecturas y de las sumas de los niños. Cuando llegó la hora de comer, se dio cuenta de que las horas habían pasado y ella no sabía muy bien qué había hecho en ese tiempo.

Se sentó en el comedor junto a Hattie, quien enseñaba a los niños más pequeños y que era hija de unos esclavos libertos que vivían en Washington desde antes de que ella naciera.

—Pareces diferente hoy, Lizzy.

Hattie era la única que la llamaba de esa forma, tal y como lo hacía su familia más cercana y John. Hattie y Elisabeth habían congeniado desde el primer momento. Tras un tiempo trabajando juntas se hicieron buenas amigas y comenzó a llamarla Lizzy. A Elisabeth no le importó. Le despertaba cierta nostalgia, pero también le transmitía serenidad y confianza.

—Supongo que será por los preparativos del baile —le dijo con una amplia sonrisa.

—¿En serio? —le preguntó extrañada—. Nunca te había visto así.

—¡Oh, Dios! ¿Es tan evidente? —Elisabeth se llevó las manos a las mejillas, notó cómo le ardían.

—A ti te pasa algo, Elisabeth Cooper, y vas a contármelo ahora mismo —le advirtió Hattie apuntándola con el tenedor.

Elisabeth suspiró y empujó el plato. No iba a comer nada, se sentía incapaz de probar bocado.

Estaba tan nerviosa que si engullía algo lo acabaría vomitando.

—No sé por qué estoy tan nerviosa, bueno, supongo que sí lo sé y es normal...

—¡Por el amor de Dios, Lizzy! Me tienes en ascuas. ¿Quieres contarme ya qué te pasa? —le pidió, dándole un codazo cariñoso.

—He recibido una carta de William esta mañana. Me dice que no le ha parecido una buena idea que haya venido, que teme por mi seguridad, pero que ya que estoy en Washington..., ¡va a intentar venir en Navidad! —chilló. Las miradas de sorpresa del resto de la mesa la obligaron a bajar la voz—. Ha solicitado un permiso y, si se lo conceden, vendrá a verme los últimos días del año.

—¡Por todos los santos! Es normal que estés tan nerviosa. ¡Oh! ¿Desde cuándo no lo ves?

Elisabeth les había contado a sus amigos una versión endulzada de la realidad. Se habían conocido en su fiesta de presentación y se habían casado por poderes. No les había hablado de las presiones por parte de su padre para que se casaran, ni de su posible separación de mutuo acuerdo tan pronto tuvieran que vivir juntos. Puede que sus amigos pensaran que había sido una boda precipitada, pero si así era nunca se lo habían comentado. El hecho de que ella viajara desde Bristol para estar cerca de él transmitía cierta percepción romántica que no se correspondía con la realidad. Lo cierto era que Elisabeth pensaba que él estaría encantado de solicitar la nulidad en cuanto se vieran obligados a vivir juntos. Y ella no se opondría. Si por ella fuera, él podría mantener el acuerdo al que llegó con su padre y con el padre de John en cuanto a bienes materiales. No le importaría lo más mínimo, siempre y cuando obtuviera su libertad a cambio.

—Hace mucho, Hattie, creo que... cuatro años.
—«Ni siquiera recuerdo bien su rostro», pensó.

—Eso es mucho tiempo, querida amiga. ¿Cuándo llegará?

—No lo sé. Me ha escrito que puede que le concedan un permiso durante los últimos días del año. Tendría que venir desde Carolina, cruzando Virginia. Es muy peligroso. ¿Y si entra en combate antes? ¿Y si...?

—No te mortifiques, todo va a salir bien, ya lo verás... Vais a poder estar juntos.

Elisabeth se sintió incómoda cuando la muchacha la abrazó y la consoló. Ella se había limitado a argumentar los inconvenientes que podrían darse y Hattie los había interpretado como los que una mujer enamorada pensaría ante la situación de un esposo querido. Ella estaba siendo práctica y realista, pero no quiso sacar del error a su amiga. No quería tener que dar demasiadas explicaciones. Suponía que, cuando se separaran, llegaría el momento de las pertinentes justificaciones a todos sus amigos. De cualquier manera, no era el primer matrimonio que, tras casarse precipitadamente, descubría que no tenía nada en común y hacía vidas separadas.

Wanda Coldbridge entró en la clase cuando los niños finalizaban las lecciones de la tarde. Elisabeth recogía y apilaba los libros de lectura y sonrió al verla llegar.

—Estaba deseando hablar contigo —le dijo Wanda, dibujando una amplia sonrisa en su rostro—. Supongo que estarás más tranquila.

—Sí, claro. Al menos lo intento... —susurró más para ella que para que Wanda la oyera.

—¿Crees que podríamos hablar de la organización

del baile? Aunque si lo prefieres lo podemos dejar para mañana. Podrías marcharte a casa ya, tomarte un té y relajarte un rato.

—No podría relajarme, aunque quisiera. Hay mucho por hacer, pero lo más importante está listo. —Elisabeth sacó una libreta del cajón de su mesa y comenzó a ojearla—. El matrimonio Worthington-Smith ha cedido los salones de su mansión. Nuestras cocineras se encargarán de elaborar las viandas y hemos contratado un servicio de camareros. El señor Worthigton insistió en ocuparse de seleccionar las bebidas que se servirán y contratar a los músicos, y hay otras cuestiones como la atención a los carruajes y el guardarropa que también están resueltas...

—¡Magnífico! Las invitaciones también están cursadas y ya están todos expectantes por recibirlas, no se habla de otra cosa...

—¡Oh! Me olvidé de las invitaciones. Dije que iba a ayudarte con ellas...

—No paras de trabajar y has hecho más de lo humanamente posible. No iba a cargarte también con mi tarea. Por cierto, no has dicho nada de la modista...

—¿Qué modista?

—¡Tu vestido para el baile, Elisabeth! Asistirá lo más granado de Washington y alrededores, tendremos que estar vestidas a la altura. No nos harán caso si no nos ven como a iguales. Es terriblemente frívolo y superficial, lo sé, pero así funcionan las cosas.

—Había pensado ponerme algún vestido de fiesta de los que traje de Inglaterra.

—¿Moda europea? ¡Maravilloso! Les encantan los vestidos del Viejo Continente. Serás la comidilla del baile.

—Espero que no —confesó la muchacha, tímida.

—¿Crees que William podrá acompañarte?

—No lo sé. Ni siquiera sé si, al final, le concederán el permiso. Creo que es muy peligroso que cruce Virginia.

—No más que estar capitaneando una compañía. Si llega, dará por buenos todos los peligros pasados cuando te vea.

Elisabeth le sonrió y bajó los ojos, algo azorada. Eso es lo que sucedería entre una pareja normal, pero ellos no lo eran en absoluto. Ellos eran unos desconocidos que se verían como si fuera la primera vez y eso la hacía sentirse nerviosa. Lo detestaba. Detestaba no tener la situación controlada. ¿Qué expectativas tendría William Cooper? ¿Querría dar una oportunidad a su matrimonio o preferiría prescindir de ella? Ni siquiera ella lo tenía claro. Aguardaría a que llegase y vería qué sensaciones le transmitía. Hasta entonces, esperaba no acabar consumida por la desazón.

XXXII

Mientras se ponía los pendientes de perlas frente al espejo, recordó la fiesta de celebración de su puesta de largo. Pensó, ingenua, que aquel baile iba a ser el primero de muchos otros que vendrían... acompañada de John Lytton Cooper. Más de cuatro años habían transcurrido y su vida no tenía nada que ver con lo que ella imaginó entonces, había cambiado tanto que pensar en ello le daba vértigo. Obviamente no iba a ser John quien la acompañara a este baile. Ni a ningún otro. En principio, iba a ir con la señora Coldbridge y su *partenaire*, aunque Niall se había ofrecido a acompañarla en casa de los Tremaine y ella no se había negado.

Le preocupaban las nulas noticias sobre William. No había aparecido. Suponía que, al final, no había podido disfrutar del permiso y que alguna misiva con una explicación por su parte le llegaría cualquier día. Confiaba en que se tratara de eso y no de otras noticias más desagradables.

Retorció los guantes entre las manos. «Lo importante es que se encuentre bien», pensó, pero reconoció una pizca de desilusión. Realmente le hubiera gustado verlo. En los días anteriores, su cabeza había estado repartida entre los preparativos del baile y la posible llegada del capitán. ¿Qué iba a hacer? No podía alojarlo en su casa. No había sitio, solo tenía una habitación, pero... ¿y si él le exigía compartirla? Por una parte, el hecho de pensarlo la escandalizaba, pero, por otra..., no podía comportarse como una mojigata, era su esposo. «Un esposo», se recordó, «del que vas a separarte». Así que lo mejor sería que en cuanto tuvieran la oportunidad hablaran claro y sin tapujos.

Oyó el piafar de unos caballos y el golpeteo de los cascos contra el suelo. Se asomó al balcón y vio un carruaje frente a su puerta. Niall abrió la portezuela.

Ella ya estaba lista. Echó una última ojeada a su peinado ante el espejo. La peluquera que Wanda le había recomendado había hecho un trabajo exquisito. Una serie de pequeñas trenzas laterales recogían el cabello y le despejaban el rostro. Se unían detrás en un recogido de inspiración griega que dejaba sueltos algunos tirabuzones sobre los hombros y la espalda. Pequeñas perlas brillantes se entretejían en su lustroso cabello castaño, que despedía reflejos cobrizos. Se había aplicado un poco de maquillaje, una favorecedora sombra que resaltaba el color de sus ojos ambarinos, algo de colorete y brillo de labios. Se puso una capa de terciopelo blanco sobre el vestido, que había elegido para el baile entre todos los que trajo de Inglaterra.

Era un vestido muy hermoso. Confeccionado con una luminosa seda de color beis, tenía un amplio escote enmarcado por un volante de gasa con bordados dorados. La manga corta quedaba tapada por el volante, y el cuerpo, en sencilla seda, se ajustaba de forma perfecta a la cintura de Elisabeth. La amplia falda, resaltada por el armazón de la crinolina, tenía varias capas de vaporosa gasa a juego con el volante superior. Los zapatos habían sido hechos a medida para ella en Bristol. Tenían un pequeño tacón y eran todo lo cómodos que podía esperarse.

Tomó el bolsito y salió de casa.

Niall la esperaba junto a la puerta del carruaje. Sintió cómo una oleada de calor lo invadía cuando vio a Elisabeth bajar las escaleras. Estaba preciosa.

Aunque a Niall le hubiera gustado acompañarla todo el tiempo, la señora Coldbridge la reclamó en cuanto llegó, para presentarla a sus amistades y conocidos y hablarles de su labor benéfica. Permaneció junto al acompañante de Wanda, un militar retirado con una conversación interminable y abundantes anécdotas de la guerra contra México de 1846. Charló un rato con él y, después, consiguió acercarse a la mesa de los canapés.

Le molestaba el cuello de la camisa y la pajarita. El atuendo obligado para los hombres sin carrera militar era el chaqué y no estaba siendo nada cómodo. Un conocido del Ministerio del Interior le abordó y le presentó a su mujer e hijas. Bailó con una de ellas y, en cuanto pudo, escapó en busca de Elisabeth.

Elisabeth se encontraba en ese momento con John Hay, secretario personal del presidente Lincoln, y William Seward, su secretario de Estado. Seward disculpó al gobernante por no haber podido asistir, problemas domésticos, aludió. Corría el rumor de que Lincoln no se llevaba bien con su esposa, Mary Todd. A Elisabeth le hubiera gustado conocerlo, saber del hombre sobre el que descansaba la responsabilidad de una guerra y el devenir presente y futuro de una nación.

Charlaron brevemente sobre las repercusiones de la guerra en la capital y Seward se mostró interesado en conocer la opinión de los ingleses sobre el conflicto.

Antes de despedirse, al ser reclamado por otros interesados en contar con su presencia, le ofreció a la joven toda la colaboración posible. O'Brien aprovechó el momento para acercarse e invitarla a bailar.

—No puedo creer que la organizadora de tan fastuoso baile no haya salido aún a bailar —le dijo divertido.

—Claro que lo he hecho, pero no me puedo pasar todo el rato bailando si quiero convencer a los asistentes de que colaboren en nuestro proyecto. Y, de hecho, no se me está dando mal la noche —presumió.

—Tremaine tiene razón. Eres una encantadora de serpientes —apuntó zalamero, provocando su risa.

Charlaron mientras se movían al compás de un conocido minué. Niall le contó lo muy incómodo que se sentía con el chaqué de gala y las veces que había pisado los bordes del vestido o la cola de alguna señora, lo que le había valido miradas airadas y golpes de abanico. Elisabeth reía divertida ante las anécdotas del hombre.

Y mientras giraba en torno a Niall en la pista de baile, lo vio.

Era él. No podía estar equivocada. Era inconfundible. Vestido con el impecable uniforme militar azul, las insignias con las barras doradas sobre los hombros, casi tapadas por el cabello negrísimo, y esa estatura... Solo lo había visto una vez, pero lo reconocería donde fuera. Se encontraba charlando con otros militares, veía moverse sus labios, pero sus ojos verdes estaban posados sobre ella y la recorrían con una intensidad abrumadora. De repente, sus piernas se habían convertido en gelatina y comenzó a equivocarse en los pasos. Niall la ayudó a terminar decentemente la pieza. Se sintió muy avergonzada, pero apenas tuvo tiempo de disculparse antes de percibir la presencia del capitán a su lado.

—Elisabeth... —le dijo con una voz suave y profunda que la transportó al pasado. Se dirigió entonces a O'Brien—: Capitán William Cooper, ¿a quién tengo el honor de conocer?

El rostro de Niall era la viva imagen de la sorpresa. Elisabeth había contado en casa de los Tremaine la posibilidad de que su esposo consiguiera un permiso, pero Niall había descartado la idea de su mente, al menos durante esa noche. Su aparición le sorprendió sobremanera. Intentó recomponerse.

—Niall O'Brien, ingeniero a cargo del ferrocarril transcontinental. ¿Es el esposo de Elisabeth, si no me equivoco?

—Así es. —La miró con una sonrisa de admiración en los labios. La joven permanecía escuchándolos en silencio, no menos sorprendida de lo que estaba Niall—. Un trabajo encomiable el suyo, señor O'Brien.

—¿Y lo dice un capitán del ejército en un país en guerra? Nada puede ser tan loable como su dedicación en estos momentos. —A pesar de que quiso ser elogioso, sus palabras fueron dichas con un matiz irónico que no pasó desapercibido a nadie. William captó que su presencia no había sido bien recibida por el ingeniero.

Un vals comenzó a sonar. O'Brien no pudo hacer otra cosa más que desear buenas noches y despedirse de la pareja. Will ofreció su mano a Elisabeth y ella la tomó.

Bailaron en silencio durante unos minutos. Elisabeth intentaba tranquilizar el compás de su corazón alborotado. Oyó que le decía:

—Volvemos al principio, a compartir un baile. Parece que la vida quiere que comencemos de nuevo otra vez.

Aquellas palabras, sorprendentemente, tuvieron un efecto relajante. Lo miró, le sonrió, y ya no apartaron los ojos uno del otro durante todo el baile.

XXXIII

Salieron al jardín poco después. El ambiente tan concurrido y los reclamos de atención para que William, de los pocos oficiales en activo que se encontraban allí, les contara sus impresiones sobre el transcurso de la guerra los habían entretenido más de lo esperado. En cuanto fue posible, se disculparon y, sin que mediaran palabras entre ellos, buscaron un lugar que les permitiera una mayor intimidad.

La cabeza de Elisabeth era un hervidero de ideas y sentimientos encontrados. Quería ser práctica, sensata y racional, exponer la situación y decidir qué querían hacer, tal y como llevaba tanto tiempo pensando, pero todo aquello se le antojaba, de repente, un sinsentido, abducida como estaba por el magnetismo de aquel hombre que la miraba con sus profundos y envolventes ojos verdes.

—Creí que ya no vendría, señor Cooper —acertó a decir mientras paseaban.

Will levantó una ceja y con una sonrisa socarrona aclaró:

—He cabalgado durante dos días enteros para llegar lo antes posible. Lo mínimo que me merezco es que mi esposa me llame por mi nombre.

Elisabeth lo miró avergonzada.

—En realidad, no nos conocemos demasiado...
—se excusó.

—Tienes razón. Tan solo lo que hemos dejado ver en nuestras escasas cartas. Y aceptamos tutearnos. Yo lo prefiero. Si me llamas señor Cooper pensaré que te diriges a mi padre...

Elisabeth reprimió una carcajada. Se encontraba tan nerviosa que se había quitado un guante y lo retorcía entre las manos sin parar. Intentó respirar hondo y serenarse.

—Entonces... —Se detuvo junto a un fragante rosal del jardín iluminado por unas cuantas farolas de gas que dejaban sus rostros en penumbra. Ella veía los contornos de la cara del hombre, perfectamente perfilados, la poderosa mandíbula, el hoyuelo de la barbilla. Dejó de mirarlo en cuanto se dio cuenta de que él posaba su mirada felina sobre sus labios y se recreaba en ellos—. Tenemos que reconocer... —carraspeó— que nuestro enlace fue algo diferente. Nos obligaron las circunstancias. —Ella volvió a mirarlo a los ojos implorando su ayuda para seguir, pero él permaneció en silencio, esperando—. Yo..., yo no puedo obligarlo..., obligarte... No quiero atarte a mí por un contrato que se podría deshacer, si quisiéramos.

—Yo tampoco te ataría contra tu voluntad, Elisabeth. —Aquellas palabras habían sido pronunciadas con un tono de voz tan sensual que Elisabeth no pudo menos que imaginar algo bastante alejado a lo que ella había querido decir. Sintió un calor abrasador, una desazón en lo más profundo de su vientre que no había experimentado antes. Y notó cómo sus mejillas enrojecían avergonzadas por sus pensamientos. Al menos la luz escasa evitaría que William se diera cuenta. Intentó reconducir la conversación.

—Quiero decir que...

—Entiendo lo que quieres decir. Estarías dispuesta a acabar con nuestro matrimonio en este mismo momento. Muy bien, pero yo no habría venido hasta aquí si pensara de la misma forma. Sigo creyendo lo que dejamos por escrito en nuestras cartas, que podemos darnos una oportunidad. Yo estoy dispuesto, ¿lo estás tú?

Directo y sin rodeos. No podía haberlo expresado mejor. Y en ese preciso instante, ella descubrió que su sola presencia había derribado sus miedos y temores, sus expectativas y planes de un futuro en solitario habían quedado relegados en algún sitio, perdidos entre el batiburrillo de emociones que le hacía sentir su desconocido esposo. No quiso dedicarles un minuto más de su pensamiento.

—Sí. Estoy dispuesta a intentarlo —se oyó decir.

Permanecieron durante un buen rato en el baile hasta que decidieron volver a casa. Se despidieron de la señora Coldbridge y del señor O'Brien. Aunque Niall les ofreció el carruaje, ellos decidieron volver caminando. Elisabeth vivía no muy lejos de allí.

Era una noche despejada y fresca. Las estrellas vestían de plata un cielo de terciopelo negro y al pasar junto a las casas se oían las canciones navideñas que cantaban los niños. Parecía como si todo estuviera bien, como si la paz inundara el mundo y las injusticias y las guerras fueran un mal sueño. Pero no era así, el país estaba en guerra, la paz y la felicidad eran ficticias y estos pensamientos la hicieron tiritar. Se arrebujó en su capa. William le ofreció su brazo para que se apoyara y sintió la cercanía cálida, sólida y reconfortante de su cuerpo.

Caminaron un buen rato en silencio acompañados por la música lejana, el sonido de sus pasos y el traqueteo de un ocasional coche de caballos. Elisabeth le pidió que le hablara sobre su viaje y él le contó que había cabalgado con el teniente Nathaniel Braxton desde Carolina hasta el norte de Virginia, casi sin descansar. Nathaniel se había quedado en Richmond con su mujer y su hijo, y él había cambiado de caballo y proseguido el viaje. Le habló de su amistad con el teniente desde que compartieron clases en West Point y de las Navidades pasadas en las que los visitó durante un breve permiso.

Enlazaron conversaciones recordando a antiguos amigos y, casi sin darse cuenta, llegaron hasta la casa de la joven. El trayecto se les hizo demasiado corto, tenían tanto que decirse...

William adivinó el azoramiento de la muchacha, así que le contó que se alojaba en una pensión para militares, donde pudo tomar un buen baño tras llegar y una comida decente. Permanecería allí durante su permiso, no quería incomodarla, y quedaron para verse a la mañana siguiente. Iría a recogerla para almorzar y así tendrían tiempo de dormir lo suficiente, ya que habían permanecido en el baile hasta muy tarde. A Elisabeth no le hubiera importado quedar más temprano, pero reconoció que a él le vendría bien una larga noche de sueño. Y lo despidió con una sonrisa en los labios.

Desde detrás de los cristales del balcón lo vio caminar calle abajo. Mil pensamientos sobrevolaban su cabeza mientras lo contemplaba alejarse. Uno destacaba por encima de todos: él había querido dar una oportunidad a su matrimonio sin vacilar. Y lo más extraño de todo era que... ella tampoco había dudado.

Entre las sábanas frías de su desangelada habitación en la pensión, William siguió pensando en ella, tan hermosa, tan etérea y, sin embargo, tan fuerte y decidida. Había temido encontrarse con una mujer asustada y desvalida, y encontró a una dama conocida en la ciudad por su labor solidaria y por ser una de las organizadoras de lo que sería el evento social más importante de la temporada. Por fortuna, tuvo tiempo de conseguir un uniforme más que decente y asistir al baile. Aunque llevaba dos noches sin dormir, no se lo habría perdido por nada.

Obviamente, ella fue acompañada del ingeniero, con el que parecía llevarse muy bien. Intentó alejarlo de sus pensamientos, molesto, y se recreó en el momento en que la vio. Le recordó al baile de su presentación en sociedad en Mowbray, donde la conoció. Le pareció la muchacha más bonita y vivaz que había visto. Le hubiera gustado bailar con ella toda la noche, escucharla hablar, hacerla reír. Pero él solo era un viajero de paso, un invitado obligado por las circunstancias, sin ningún tipo de posibilidad con una joven como ella. El destino, sin embargo, tiene extraños planes y es capaz de cambiar por completo la vida de una persona. Semanas después, cuando su recuerdo yacía apartado en algún recoveco de su mente, surgió la oportunidad a través de una propuesta de su hermanastro, en la que prácticamente le imponía su matrimonio para apartarla de su hijo. Escuchar aquello no fue muy agradable. Y estuvo tentado de negarse. Por suerte, no lo hizo.

Y ella le ofreció la posibilidad de cambiar otra vez el rumbo de sus vidas, de separarlos. Sin embargo, no tuvo dudas, quería saber qué les deparaba el destino a los dos. Y se sentía feliz porque ella también había aceptado, aquella hada etérea de mejillas sonrosadas, de risa cantarina, de labios que prometían el paraíso.

Se quedó dormido pensando en cómo sería sentir el tacto de su piel, el aroma de su pelo y el sabor de sus besos.

XXXIV

Al día siguiente, William la recogió a la hora convenida. Se había levantado temprano, incapaz de desprenderse de la rutina militar, había desayunado y paseado por las calles de la ciudad, haciendo tiempo. Llegó puntual a casa de Elisabeth, deseoso de volverla a ver.

La llevó hasta un restaurante en Georgetown. Mientras almorzaban, William le contó que conocía la ciudad por el tiempo que estuvo viviendo en ella mientras su madre estuvo convaleciente, tras volver de Canadá. Le habló de los motivos de su viaje, del rechazo de cierta gente de Virginia por su ascendencia india. No se engañaba cuando notaba el respeto por parte de la población al llevar el uniforme. Sabía que no sería igual cuando ya no lo vistiera, no todos aceptaban con naturalidad sus rasgos indios: ojos rasgados, pelo azabache, que llevaba escandalosamente largo, y el tono más oscuro de su piel. Le preguntó a Elisabeth si sería capaz de vivir con ello. La muchacha, en un arranque de ternura, lo tomó de la mano y le sonrió.

Después del postre, William sacó del bolsillo una caja de cartón alargada de un blanco satinado envuelta con un lazo y se la entregó a Elisabeth. Había pasado parte de la mañana buscando ese regalo. Al abrirla, la muchacha descubrió unos preciosos guantes blancos de encaje. No pudo evitar una carcajada. Los guantes que llevara el día anterior habían quedado inservibles por su incorregible manía de quitárselos y retorcerlos cuando se encontraba nerviosa. No había sido demasiado discreta y Will se había dado cuenta. Le agradeció el regalo con las mejillas coloradas por la vergüenza y le prometió cuidarlos mejor.

Los días de permiso pasaron en un suspiro. La mayor parte del tiempo lo pasaban juntos, hasta que William la dejaba en su casa por la noche. Elisabeth lo llevó a conocer a los Tremaine y compartieron alguna tarde de té y cena. Ellos le contaron a Elisabeth que Niall se había marchado durante unos días por motivos de trabajo y les había encargado que lo despidieran de ella, pues no quería molestarla durante esos días con su esposo. La joven se sintió apenada, le hubiera gustado verlo y que ambos, tanto Will como ella, le hubieran deseado un buen viaje. Tenía que reconocer que él era un apoyo fundamental en su vida desde que llegó a América.

En dos ocasiones, William tuvo que reunirse con otros militares en el ministerio y, al salir, la fue a buscar a la residencia donde Elisabeth se encontraba trabajando en la escuela. Ella le presentó a algunos compañeros de trabajo y a sus amigas Wanda y Hattie.

Al verlo, los niños que jugaban por allí se acercaron mostrando su admiración al alto soldado y se atrevieron a tocar con fascinación los botones dorados del uniforme. Will se agachó para ponerse a su altura y, quitándose el sombrero, lo fue poniendo en sus cabecitas ante las risas y los gritos emocionados de los pequeños.

Elisabeth lo miraba embelesada, hasta que notó un ligero pellizco de Hattie por debajo del codo. Se volvió y la muchacha le guiñó un ojo.

—No me habías dicho que era tan guapo tu esposo. Ni que era mestizo.

Elisabeth se tornó súbitamente seria.

—Es la comidilla de la ciudad en estos momentos. Lo supe antes de que me lo presentaras. Eres muy valiente, Elisabeth —le dijo.

—¿Por qué? —le contestó molesta—. ¿Es por su sangre india?

—Los blancos han expulsado a los indios de sus tierras desde que llegaron al continente y cuando termine la guerra lo seguirán haciendo. Y a muchos les interesa que todos crean que son unos asesinos sanguinarios para seguir masacrándolos sin piedad.

—¿Es lo que piensan de William?

—Él es ahora un héroe para ellos, porque se han ganado batallas gracias a su valor. Solo espero por vuestro bien que el día que la guerra acabe no lo olviden y sigan considerándolo uno de los suyos —concluyó con un rictus de amargura.

Elisabeth entendía lo que Hattie trataba de decirle. Ella lo había notado en el baile o mientras paseaba con él del brazo por la calle. La gente lo miraba con una mezcla de temor, rencor o admiración. Él mismo le había dicho que las cosas serían diferentes cuando ya no llevara el uniforme, pero ella no estaba dispuesta a que eso la cohibiera o la hiciera cambiar de opinión con respecto a lo que sintiera por él. Lamentó la situación de Hattie. Ella sabía muy bien lo que significaba que la miraran con odio o temor, lo había sufrido desde niña. «Dios mío», pensó. «¿Cómo puede vivir alguien sintiendo esa hostilidad durante toda su vida?».

Durante los largos paseos de aquellas tardes invernales que pasaron juntos, Elisabeth y William se contaron mucho de sus vidas antes de conocerse y de sus pensamientos sobre el futuro. Él le habló de las verdes colinas de Virginia, de los fértiles valles y de su hacienda Kinomw. Le contó que no había tenido el valor de visitarla en ninguno de sus permisos anteriores por lo mucho que le dolería verla destrozada y le describió sus proyectos para recuperar la plantación cuando todo acabase. A ella le encantó oír cómo él la incluía con naturalidad en sus planes futuros, pidiéndole opinión y explicándole dónde se encontraba cada cosa. No lo contradijo. Era reconfortante sentir que la hacía partícipe de su vida.

¿Llegaría a amarla? Se sorprendió al pensar que era lo que ella deseaba. Ser amada por el capitán William Tecumseh Cooper. Ahora que lo conocía mejor, no quería conformarse con menos. No quería ser, simplemente, una esposa disponible y agradable. Quería algo diferente... Quería sentir sus cinco sentidos sobre ella, que no ocultara aquellas miradas de deseo que la enervaban, y que su corazón latiera tan desbocado como el de ella cuando se encontraban a solas. Quería que la amara con un amor rendido e incondicional. Lo quería todo. Su espíritu, su mente y su cuerpo. ¿Y ella? ¿Estaría ella dispuesta a destrozarse otra vez, a darse por completo, a amar a un hombre al que le ataban unos días y un documento que podía anular? ¿Estaría dispuesta a amar a alguien al que le esperaba un ejército, la guerra?

Habían pasado toda la tarde juntos en la residencia y Elisabeth había disfrutado viéndolo jugar con los niños. Hubiera querido estirar el tiempo y que no llegara la noche, pero allí estaba. Y como cada noche de esa semana, él la acompañaría hasta la puerta de su domicilio para marcharse después. Solo les quedaba una más, la de Año Nuevo, y se marcharía otra vez al sur, a la guerra. Y ella se quedaría con el recuerdo de los días pasados, de su voz profunda y serena, de su presencia cálida y vivificante, de una vida con tanto por conocer y compartir... Y descubrió que todo eso no sería suficiente. No le bastaría pensar en lo que habían tenido durante una semana y ya no tendría, mientras él se iba rumbo a un destino incierto, donde se jugaría la vida. Ella quería más... Lo quería todo.

Se detuvieron a la entrada de su casa. Él hablaba de la cena del día siguiente con los Tremaine, como si a ella le importara todo eso ahora, y no lo pensó. Se acercó a él, se puso de puntillas y agarrándolo por la solapa lo atrajo hasta ella y lo besó. Con suavidad, rozándolo apenas. Entreabrió tímidamente los labios y notó cómo él la tomaba de la cintura, la pegaba a su cuerpo y correspondía a su beso con pasión, devorando sus labios, para después recorrer con la lengua su boca.

Se separaron un instante y él acunó su rostro entre las manos. Su frente reposó sobre la de la muchacha mientras musitaba su nombre con una voz rasgada por deseo: «Elisabeth...». Los latidos del corazón femenino eran tan atronadores que pensó que todo el vecindario los oiría cuando le preguntó:

—¿Quieres subir?

Él suspiró y volvió a besarla.

William se deshizo del abrigo al entrar, algo cohibido, nunca había estado en su casa. En la casa de *su* esposa, pensó con orgullo. Lo colgó de cualquier manera en el perchero de la entrada mientras ella hacía lo mismo con el suyo. La miraba con una pasión que a ella la volvía torpe y vergonzosa. Sin saber muy bien qué hacer, le preguntó si quería un té o alguna otra cosa. Él le contestó que mejor otra cosa y volvió a besarla.

Elisabeth le quitó uno a uno los botones de la chaqueta, azorada. Will se desprendió de ella y se desabotonó la camisa. La luz de la lámpara de mesa que había encendido al entrar le mostró con detalle un pecho amplio, de escaso vello, con los músculos bien marcados. Un medallón dorado, que ella nunca había visto, pendía de su cuello. Más abajo, una ligera línea de vello nacía a partir del ombligo y se perdía por debajo del cinturón. Ignorando la vergüenza, la muchacha antepuso sus deseos y lo agarró del cinturón para atraerlo. Mientras la besaba, notó cómo sus manos se movían por su cintura, bajaban hasta su trasero y subían por la espalda para perderse en los pliegues de su corpiño y modelar sus pechos.

«¡Dios! ¡Cómo estorba el vestido!». Como si William hubiera oído sus pensamientos, empezó a desabotonarle la larga hilera de pequeños botones traseros. Lo hubiera rasgado, pensó él, si supiera que ella no lo iba a tomar por un salvaje. Elisabeth se desabrochó la falda y tiró del cordón trasero de la crinolina. Un revoltijo de armazón y telas quedó tirado a los pies de la muchacha. Él la cogió en brazos, rescatándola de toda esa marabunta de ropas, y ella lo guio hasta el dormitorio. La recostó en la cama con suavidad, conteniendo la excitación que lo consumía. La besó en el cuello, en el lóbulo de la oreja, y bajó hasta sus senos, mordisqueándolos y besándolos por encima de la tela mientras desataba el corpiño que arrojó a un lado. Ella se incorporó a medias y se sacó la enagua de lino que llevaba bajo el corpiño, tímida pero decidida por el deseo que la embargaba. Lo miró a los ojos mientras él la contemplaba cautivado, ardiendo de pasión por su gesto. Comenzó a desabrocharse el pantalón a la vez que se deshacía de las botas de cualquier manera. Ella permaneció mirándolo cubierta solo por un pololo corto que cubría su intimidad y las medias.

No había mucha luz en el cuarto. Ninguno se había molestado en prender una lámpara, pero la luz de la luna que traspasaba las sencillas cortinas del balcón iluminaba sus cuerpos y exponía claramente sus deseos. Elisabeth contempló el cuerpo de Will, el de un guerrero musculado y listo para entrar en combate. Un combate cuerpo a cuerpo, pero muy diferente al de una batalla, se dijo traviesa cuando descubrió, asombrada, partes de la anatomía de un hombre alguna vez imaginadas, pero nunca vistas.

Cuando fue a quitarse las medias, William la detuvo y comenzó a besarle las piernas mientras él mismo se ocupaba de bajarle los delicados pololos de encaje y las medias. Le besó el empeine, el tobillo y volvió a subir cubriéndola de besos. Cuando llegó por encima de las rodillas, subió la cabeza y le dirigió una mirada felina, para continuar ascendiendo hasta donde Elisabeth nunca hubiera soñado.

William se perdió entre sus muslos, tan cerca de su intimidad que sintió su humedad y casi saboreó su dulzor. Pero Elisabeth no pudo soportar las cosquillas que le hacían sus labios, el ligero rastro de barba de su mandíbula y su cabello en una zona tan sensible, y no podía parar de reír y moverse.

—Lo siento —la oyó susurrar entre risas.

Aquello que la hacía reír la avergonzaba y excitaba a partes iguales, a la vez que le despertaba una gran curiosidad. No sabía lo mucho que aquella curiosidad era compartida por William, quien hubiera cambiado cualquier exploración pasada o futura por aquella que se traía entre manos en ese momento y que lo estaba destrozando de deseo. Sobreponiéndose a la necesidad de hacerla suya en ese mismo instante, abandonó, de momento, su acogedora y cálida humedad para besarla. Ella le devolvió los besos, apasionada, abrazándolo mientras mordisqueaba su cuello, su mandíbula y recorría con las manos sus hombros anchos y su poderosa espalda.

La besó en un seno y sorbió con suavidad el pezón sonrosado, provocando que se arqueara pidiendo más. Siguió atacando con fiereza al oír cómo ella susurraba su nombre y le imploraba. Todo su cuerpo era una llama viva que se consumía en busca de un desahogo que no llegaba y que intuía que él le daría. Sintió cómo su mano se acercaba a lo más íntimo de su ser y la acariciaba con suavidad, para después introducir uno de sus dedos. Se arqueó contra él. Aquello le gustaba, pero no era suficiente. Casi lloró de necesidad. Él la oyó gemir. Y dejando una estela de besos por su vientre, posó sus labios justo allí donde lo necesitaba. Su lengua se movió al compás de sus dedos y de repente una oleada de placer la embargó de una forma que nunca antes había sentido. Gimió y gritó, y su cuerpo se cimbreó hasta que ya, vacío, se posó, laxo, sobre las sábanas.

Al abrir los ojos, lo encontró mirándola satisfecho, su cuerpo sobre el de ella, en vilo, sujeto por los fuertes músculos de sus brazos. Ella le sonrió perezosa y por su mirada supo que la noche no había hecho más que empezar. La besó con necesidad salvaje y ella lo agarró del cabello atrayéndolo para que no quedara ni un centímetro de su piel que no estuviera cubierta por la de él. El roce de su piel, del vello de su pecho y de su cuerpo era electrizante. Volvía a necesitarlo. Pero esa vez sería por completo. Se arqueó contra él, moviéndose sinuosa, dejando que su instinto la guiara. Sintió su masculinidad atravesándola. La piel de William se fundió contra su piel. Acero y seda. Suavemente al principio, con ansia y necesidad después.

Ella lo acogió con pasión y con dolor, sintiéndose más viva que nunca, gritando su nombre y solo su nombre, a lo largo de una noche en la que no habría suficientes besos ni caricias para aplacar una necesidad que los empujaba a estar juntos.

William Tecumseh reconoció a una compañera de vida, a la única piel donde querría fundirse, la única que lo haría morir de amor y de deseo, con la que querría revolverse entre las sábanas, eternamente, mientras la escuchaba gritar de placer y suspirar pronunciando su nombre.

Y tras el clímax, descansaron uno junto al otro, las caras enfrentadas, confesándose secretos sin necesidad de hablar, tan solo con la mirada. William supo que no había habido nunca nadie antes que él, pero que eso no le habría hecho perderla ahora que la había encontrado. Y ella descubrió lo fácil que iba a resultar amarlo, después de tantas dudas y sufrimientos.

Un esplendoroso futuro se abría ante ellos si el destino lo permitía.

XXXV

La suave luz del amanecer se colaba por las cortinas y se posaba sobre el rostro de Elisabeth, marcando la sombra de sus pestañas, el contorno de sus pómulos o la sinuosa línea de sus labios. Abrió lentamente los ojos y descubrió la silueta de William a contraluz. Pestañeó y el destello de su sonrisa le trajo el recuerdo de la noche apenas acabada.

—¿No dormías? —quiso saber ella.

—Lo hice un rato, pero me es imposible en cuanto sale el sol.

—Umm..., tendremos que cambiar esa costumbre —le dijo posando un dedo sobre sus labios.

Él la besó en el hombro.

—Me moría por hacer esto, pero no quería despertarte.

—En ese caso, tendrás que ser muy paciente, no soy muy madrugadora —le dijo ella con una sonrisa.

—Entonces, aprovecharé mientras estés despierta. —Y se inclinó sobre Elisabeth para demostrárselo en profundidad.

Más tarde, mientras ella se aseaba, él, que ya había concluido su baño, se encargaba de preparar el desayuno. Lo vio en la cocina entre fogones, descalzo y sin camisa, tan solo con el pantalón. Se acercó por detrás y lo abrazó con ternura sintiendo el calor y la suavidad de su musculosa espalda. Él se dio la vuelta y la acogió entre sus brazos, atrapándola por entero y depositando pequeños besos en su pelo.

—Hueles de maravilla —le dijo.

—Tú también —replicó ella, hundiendo la nariz en su pecho.

—¿Tienes hambre?

—Estoy famélica —contestó liberándolo de su abrazo.

—Entonces, será mejor que te sientes, en la mesa hay café, algo de fruta, beicon y huevos en cuanto termine de hacerlos.

Ella cogió de la alacena un trozo de bizcocho, cubierto con una tela, que le había regalado Wanda el día anterior y rebuscó en un cajón hasta encontrar dos tenedores.

Devoraron la comida en silencio, sentados uno frente al otro. Al terminar, Elisabeth no pudo reprimir un suspiro de satisfacción.

—Es el mejor café que he tomado nunca, y los huevos..., deliciosos. Todo estaba riquísimo. ¿Dónde aprendiste a cocinar?

William le contó que, cuando huyó de la hacienda Kinomw siendo un niño, su madre lo llevó a Canadá donde vivió hasta los catorce años entre los algonquinos, la tribu de su abuela. Allí aprendió a cocinar, entre otras cosas. Lo que comenzó siendo la respuesta a una pregunta simple acabó siendo un recuerdo detallado por parte de Will de aquellos años en los bosques salvajes del norte. Elisabeth lo escuchaba embelesada y le hacía preguntas, deseosa de saber más. William le habló de su abuela y del padre de esta, el Sachem de la tribu, de lo mucho que llegó a quererlos y de lo que admiraba al anciano jefe que le dio su nombre indio.

—Te-cum-seh —dijo ella vacilante, recordando que así firmó él una de sus cartas.

—Tecumseh —repitió él corrigiendo la pronunciación.

—Suena bien. ¿Qué significa?

—La primera noche que pasé en el lago, me senté en la orilla admirado por la vastedad de las estrellas y su reflejo en el agua. Nunca había visto nada tan hermoso. Me levanté de un salto, entre sorprendido y fascinado, al ver uno de aquellos puntos de luz cobrar vida y recorrer el cielo hasta ocultarse tras las montañas. El Sachem, al que no había oído llegar, me puso una de sus manos en el hombro y me bautizó con el nombre indio de Tecumseh, Estrella Fugaz. Cuando me despedí de él, años después, me dijo que yo había sido como aquella estrella en sus vidas. Resplandecí durante un tiempo y luego... desaparecí, los abandoné —concluyó con nostalgia.

—Estrella Fugaz. —Elisabeth paladeó el nombre entre sus labios—. ¿Te arrepientes de haberte marchado?

—No, ¿cómo podría hacerlo? Cumplí el deseo de mi madre de volver a casa junto a mi padre.

—Y... ¿no quisiste regresar?

—No. Mi deber estaba en Virginia, quise continuar con el legado de mi padre. Nunca me sentí tentado a dejarlo todo y marcharme a Canadá. Soñé muchas veces con la libertad de aquella vida, pero... ya no sería igual. Ahora mi responsabilidad no sería la de un muchacho. Tendría que enfrentarme a los penseliwa, los rostros pálidos y a otras tribus, y estoy cansado de luchas y matanzas. Quiero regresar a Virginia, a mi casa y, sobre todo, a ti, Ninawind, mi hogar, mi familia —le dijo tomando su rostro entre las manos y besándola con infinita ternura.

Las lágrimas de Elisabeth le mojaron el rostro y él acercó su silla para abrazarla. Ella tampoco quería separarse de él y la guerra la obligaba a hacerlo. Se sentó sobre sus rodillas y lo besó lentamente, saboreando cada segundo de su unión. Después se levantó y, tomándolo de la mano, lo condujo de nuevo hasta la habitación. En la puerta, Will se detuvo y le preguntó preocupado:

—¿Estás segura? ¿No estás... dolorida?

Ella le sonrió pícara y contestó:

—He descubierto que cada vez molesta menos y agrada más..., y quiero comprobarlo de nuevo.

Riéndose a carcajadas por el azoramiento de la muchacha tras decir aquello, la levantó en brazos mientras ella escondía avergonzada la cara en su cabello y lo besaba mimosa, incapaz de resistirse por mucho tiempo a su magnetismo animal y a la atracción que sentía por su cuerpo y su alma.

Las celebraciones de aquella noche del 31 de diciembre de 1864 fueron más austeras que otros años. No hubo fuegos artificiales ni fiestas multitudinarias. Elisabeth y Will fueron a misa con los Tremaine y cenaron en su casa. Hablaron del marido de Jane, que se encontraba luchando a muchas millas de allí, en la franja oeste, y del que no recibían noticias desde hacía varios meses. La ausencia del esposo y la marcha de William dejaban una impronta triste en aquel día que habría sido alegre si las circunstancias hubieran sido otras. Se marcharon pronto. Durante todo el camino de vuelta, Elisabeth se preguntaba cómo iba a soportar la ausencia de Will. Nunca se había sentido tan desolada.

XXXVI

Poco después del amanecer, William y Elisabeth, bien abrigados, salieron de casa rumbo a la estación, donde el capitán tomaría un ferrocarril que acercaría a centenares de soldados hasta el recién recuperado, de manos confederadas, apeadero al sur de Virginia. Eso le ahorraría muchas horas de caballo y frío, y le había permitido permanecer junto a Elisabeth algunas horas más.

Subieron andando la avenida Pensilvania. Al fondo se recortaba la silueta recién terminada del Capitolio, rodeada de andamios, un edificio que simbolizaba una nación unida y joven, donde los gobernantes velarían por el pueblo y elaborarían leyes para ellos. Por desgracia, esa unidad había sido quebrada por algunos estados que no consentían la libertad para todos.

En aquel preciso momento, los jóvenes contemplaron, junto a miles de ciudadanos que se habían concentrado en los alrededores del Capitolio, cómo el símbolo más importante del gobierno de la nación lanzaba un mensaje a todos sus ciudadanos. La gigantesca figura de una estatua que representaba la libertad era izada desde unos andamios colindantes y colocada sobre la cúpula del Capitolio, simbolizando la vocación de libertad del nuevo país, animando a desterrar y abolir la esclavitud.

Contemplaron la magnífica obra arquitectónica, rematada por la imponente estatua en bronce de la diosa Atenea adornada con plumas en el cabello, que recordaban a las usadas por los nativos norteamericanos, y en cuanto estuvo fijada en su pedestal, la multitud rompió en aplausos y una salva de cañonazos celebró el acontecimiento. Desde los fuertes cercanos a la capital se respondería con el sonido de más salvas de artillería a lo largo de toda la mañana. William y Elisabeth se abrazaron, sintiendo que aquello que casualmente habían presenciado era un recordatorio de su obligación en esos momentos: la lucha por la libertad, por preservar la unidad de una nación en la que todos fueran libres y tratados por igual. Él, desde el campo de batalla; ella, desde su ayuda a los refugiados. Aquello fue como un pequeño y necesario impulso de ánimo, que les recordó que había valores e ideas por encima de las vidas particulares de cada uno y que su sacrificio merecía la pena.

Permanecieron un rato abrazados, resguardándose del frío en el calor del cuerpo del otro. La helada caricia de un pequeño copo de nieve sacó a Elisabeth de su ensueño. Una ligera nevada comenzó a caer.

Se apresuraron por llegar a la estación, que lucía en sus muros las señales de los morteros del ataque contra la capital, que tuvo lugar durante los primeros días de la guerra. Poco a poco, el edificio se fue abarrotando de soldados, a los que se les acababa la licencia de Navidad, y sus familias.

Elisabeth tenía el corazón en un puño; a su alrededor se agolpaban decenas de hombres uniformados que llevaban en brazos a sus hijos pequeños y mujeres emocionadas, conteniendo las lágrimas seguramente, como lo hacía ella.

El ferrocarril arribó y con sus pitidos anunció la hora de partir.

En el andén, tomados de las manos, Will y Elisabeth se miraron a los ojos durante unos instantes, justo antes de que el jefe de estación pasara por su lado haciendo sonar la campana que anunciaba la puesta en marcha. No necesitaron palabras para decirse lo mucho que significaban el uno para el otro. Will la abrazó y besó y, tomando su mochila, que había recogido de la pensión el día anterior, le dijo justo antes de subir al tren:

—Te quiero.

El corazón de Elisabeth perdió un latido.

—¡Vuelve! —le gritó cuando el tren tomaba ya velocidad y arrancaba a William de su lado.

El ferrocarril se perdió en la lejanía y, lentamente, la estación fue recuperando su quietud y soledad. Las familias se marcharon con los corazones encogidos por la despedida. Elisabeth, con las piernas temblorosas, no se sentía con fuerzas para regresar a casa todavía. Sentada en un banco, había fingido una sonrisa cuando alguien le preguntó si se encontraba mal y necesitaba ayuda. ¿Mal? Nunca había estado tan mal en su vida, pensó. ¿Podía ser eso posible? Desde que John la abandonó había vivido golpes muy duros, pero eso era...

John. Recordaba lo mucho que sufrió por su rechazo. Ella creyó que lo amaba y que su vida había quedado destrozada cuando la abandonó. ¡Qué chiquilla tan tonta había sido! Claro que lo había amado, pero aquello no tenía nada que ver con lo que sentía ahora, con ese devastador incendio en su cuerpo y en su alma cuando pensaba en Will, cuando oía el sonido de su voz, cuando lo contemplaba dormido y se recostaba junto a él para sentir su corazón latiendo junto al suyo... Ni siquiera había pensado en John durante todos estos días, reconoció. ¡Qué lejano le parecía ahora su recuerdo!

Y, sin embargo..., John había sido la causa de lo que ahora la atormentaba. William le había declarado su amor, le había dicho que la quería, y ella no le había correspondido. Vuelve, le pidió. Desde el fondo de su alma, el sufrimiento por el rechazo de John, al que había confesado su amor tantas veces para luego traicionarla, había hecho que sus palabras se atascaran en la garganta, cobardemente, que murieran entre sus dientes sin que William las pudiera oír. El temor a darse, a confesar sus sentimientos, le había impedido gritarle a Will que ella también lo amaba y que lo esperaría, oh, sí, claro que lo esperaría. Él volvería a ella cuando todo acabase y ella no necesitaría de vanas palabras para demostrarle todo lo que lo quería.

Y mientras retornaba a casa caminando y los copos de nieve caían a su alrededor, se prometió esperarle todo el tiempo que fuera necesario. Elisabeth sabía que él regresaría junto a ella tan pronto como pudiera. Su amor no era el fruto de dos niños caprichosos, sino algo verdadero, que había enraizado en sus almas tan fuerte que nada lo destruiría. Sonrió, a pesar de las lágrimas que anegaban sus ojos y se desbordaban por sus mejillas.

TERCERA PARTE

No solo los vivos son asesinados en la guerra.
Isaac Asimov

Aunque bajo la tierra
mi amante cuerpo esté,
escríbeme a la tierra,
que yo te escribiré.
Miguel Hernández

XXXVII

Washington D. C., 10 de febrero
Aiken, 11 de febrero de 1865

Elisabeth acunó entre sus brazos al pequeño Oscar y lo meció mientras le cantaba bajito una nana. Había pasado por un episodio de fiebre y catarro y, aunque ya estaba mejor, aún se encontraba molesto y destemplado. La joven había acudido a verlo tan pronto se había enterado y había aceptado la invitación a cenar con los Tremaine después de su insistencia. En realidad, estaba tan agotada que hubiera preferido irse a la cama y descansar, pero sabía que en el fondo no lo haría y se pasaría la noche mirando al techo o en un desordenado duermevela. Desde que William se marchó, gastaba las horas trabajando sin descanso. Le pidió a la señora Coldbridge que le asignara tareas físicas que le exigieran tener cuerpo y mente ocupados para distraerse e intentar no pensar. Llegaba a casa exhausta, pero, a pesar de ello, no conseguía dormir bien.

Durante la cena, Jane le contó que había recibido una carta de su esposo tras muchos meses sin noticias suyas. La muchacha estaba radiante al conocer que su marido se encontraba bien y que le habían asignado un puesto en la intendencia de un fuerte, por lo que no tendría que volver a jugarse la vida, al menos de inmediato. Elisabeth la entendía. Desde que se despidiera de Will en la estación no había vuelto a saber de él. Y a sus oídos solo llegaba el eco de batallas encarnizadas. El sur agotaba sus últimos recursos materiales y humanos en batallas desesperadas, feroces, en las que parecía querer arrastrar en su caída a tantos unionistas como pudiera.

Elisabeth les habló de la carta que había recibido de su hermano, en la que le contaba que todos se encontraban bien y que Amelia estaba esperando un hijo de John. Era una noticia maravillosa. Le alegró muchísimo que pudiera cumplir su deseo de ser madre y que formasen una familia feliz. Escribiría tan pronto como pudiera a Phillip para que le transmitiera sus deseos.

Era curioso cómo había cambiado su perspectiva hacia John después de conocer a William. Su amor-odio por él se había transformado en gratitud al permitirle conocer al capitán. Creyó que le había destruido la vida al abandonarla por otra y, sin embargo, el destino le había dado la oportunidad de encontrar a un hombre admirable, al verdadero amor de su vida.

Definitivamente le escribiría a Phillip y le contaría lo acertado de su matrimonio, lo feliz que William la hacía y lo mucho que lo echaba de menos ahora que se había tenido que marchar. Le escribiría también a su abogado, el señor Geoffrey, para decirle que no debía preocuparse, que todo estaba bien, que su padre no se equivocó cuando la unió a William Cooper.

Regresó de sus pensamientos cuando Victor Tremaine comentó la visita de Niall O'Brien hacía unos días. Le extrañó que hubiera regresado y no se hubiera tomado la molestia de visitarla.

William Cooper y Nathaniel Braxton compartían algo de licor y tabaco mientras las sombras de la noche caían sobre el campamento. Cada uno estaba al mando de una de las unidades que conformaban las tropas comandadas por el mayor Hugh Judson.

Judson, siguiendo las instrucciones del general Sherman, había empezado a marchar sobre Carolina del Sur y había puesto en práctica el ataque denominado «tierra quemada», que consistía en destruir y saquear edificios públicos y cultivos, respetando a la población, pero haciendo imposible el reabastecimiento de las tropas sureñas.

Cruzaban Aiken cuando se toparon con las tropas confederadas de Joseph Wheeler. Wheeler, curiosamente, no les plantó cara, sino que se atrincheró junto con sus hombres en la cercana población de Augusta. Judson decidió entonces hacer un alto, montar un campamento a las afueras y esperar al amanecer para atacar.

William y Nathaniel habían coincidido en que lo más sensato hubiera sido atacar de inmediato y no postergar la decisión, dando tiempo al enemigo de atrincherarse y elaborar una estrategia. Judson no había querido oír sus opiniones.

—Me huele muy mal todo esto —comentaba el teniente Braxton—. No sabemos qué nos encontraremos mañana cuando entremos en la ciudad.

—Hemos perdido una oportunidad. Ahora nos están esperando —reconoció el capitán Cooper—. Si Judson tuviera al menos un buen plan para mañana...

—¿Judson? Olvídalo. Se le da bien lo de arrasar todo lo que encuentra en su camino, pero no es un buen estratega. Apuesto a que toda su estrategia se limita a entrar disparando.

—Si es así, nos van a cazar como a conejos... —sentenció William, comprobando cómo la imagen de su amigo iba difuminándose en la creciente oscuridad y solo la punta rojiza de su cigarrillo destacaba—.

Nathaniel, quiero que..., si algo me ocurriera, informaras a Elisabeth y... le dijeras que vuelva con su familia y... que la quise con toda mi alma.

—Will, lo haría si fuera necesario, como sé que tú también harías lo mismo por mí. Es mejor no pensar en ello ahora y confiar en que Judson tenga un buen plan para mañana.

—Si al menos hubiera aceptado nuestra propuesta de esperar a las tropas de Sherman...

—No lo hará, Will. Sabe que la guerra está prácticamente terminada y le quedan pocos momentos para ganar reconocimiento y saborear el éxito. Es un hombre ambicioso, no le importa arriesgar a sus hombres si con eso consigue la alabanza de sus superiores.

—Es fácil hacerlo mientras permanece resguardado en el campamento y manda que sus hombres se expongan a una emboscada.

Algo se movió entre los arbustos. Fue un sonido leve, un roce, pero puso en tensión a los hombres. Amartillaron sus colts y revisaron el perímetro, pero no pudieron encontrar nada. Pudo haber sido un animal, el viento..., aunque William tenía la sospecha de que alguien los había oído.

De regreso a la tienda para intentar descansar unas horas, el capitán escuchó risas en una de ellas. Se asomó y reconoció a Jebediah Jones, el muchacho al que encontró herido en la orilla del río y al que había salvado la vida, enfrascado en una conversación con sus compañeros de tienda.

—Soldado —inquirió—, ¿qué significa todo esto?

—Capitán. —El soldado Jones se cuadró, seguido de inmediato por todos los demás—. Estamos tan nerviosos que no podíamos dormir.

—Entiendo... ¿Y eso les hace gracia?

—Oh, no, señor. Tiene que ver con Ewell —dijo mirando a los demás y aguantando la risa.

Ewell era un soldado veterano que había perdido una pierna en México y, a pesar de ello, se había alistado como voluntario en el ejército. Decía que no conocía otro tipo de vida. No lo habían retirado aún porque todas las ayudas eran pocas y se movía con soltura pese a su pata de palo.

—¿Qué le ocurre a Ewell? —preguntó el capitán, impaciente.

—Le dispararon esta mañana en la pierna, señor. En la de palo. Y dijo muy ufano que era buena cosa tener una pata de palo porque las balas no dolían nada.

Los hombres aguantaron las risas. También William tuvo que hacerlo. Entendía el nerviosismo de sus soldados, pero debían estar descansados para lo que se les avecinaba a la mañana siguiente.

—Está bien, déjense de charla y descansen. No quiero que molesten a las otras tiendas. Intenten dormir un poco.

Salió de la tienda y se encaminó hacia la suya. Les había dado un buen consejo y tenía el firme propósito de seguirlo también. Si era posible.

Al amanecer, los hombres se encontraban preparados. Rostros ansiosos, cansados, preocupados, mantenían la posición al tiempo que el mayor Judson se lo tomaba con calma. Había citado al teniente Braxton y al capitán Cooper en su tienda y, mientras desayunaba con la mayor tranquilidad, les había ordenado abrir la marcha. Iban a ser los primeros en inmolarse.

Judson no quiso oír las advertencias de William. Este sabía que no tenía nada más que perder y expuso sus impresiones, le advirtió de que sería una cacería, los soldados de Wheeler los masacrarían en cuanto entrasen en el pueblo. Judson les instó a que derribaran a cuantos más mejor. Esa era toda su maldita estrategia, pensó Will, sacrificar a sus hombres para encontrar el terreno despejado cuando llegara.

Eran las ocho de la mañana cuando entraron en Augusta. Los soldados de Braxton y Cooper con sus líderes al frente iban abriendo la marcha. Parecía un pueblo fantasma. Nadie en las calles. Ni un solo ruido. Los hombres fueron desperdigándose, explorando las callejuelas aledañas. Todo era muy extraño, parecía como si todos se hubieran marchado. Will vislumbró unas sombras sobre los tejados.

—¡Es una trampa! —gritó, pero no hubo tiempo para reaccionar. Los confederados se hallaban repartidos por los tejados de las casas y alrededor del pueblo formando una perfecta V. Comenzaron a disparar, a la vez que cerraban la formación, dejándolos atrapados dentro. Cazados como conejos. Judson se dio cuenta y dio la orden de retirada, pero solo él y unos cuantos de sus hombres más próximos pudieron escapar poniendo rumbo a Montmorency.

William, Nathaniel y el resto de los soldados se vieron rodeados por una lluvia de balas que caían desde todas partes. Corrieron a refugiarse bajo el alero de las casas; rompieron puertas y cristales de las ventanas para entrar. Dentro también los esperaban. Iba a ser una masacre.

William y Nathaniel se defendían desde un callejón, después de eliminar a los enemigos confederados que lo ocupaban. Desde allí, procuraban abatir a los tiradores que aniquilaban impunemente a sus soldados. Sus disparos no pasaron desapercibidos y pronto se convirtieron en un foco a exterminar.

Nathaniel fue el primero en caer. Recibió un balazo

en la garganta que lo ejecutó al instante. William lo vio doblarse hacia atrás y, antes de que tocara el suelo, supo que estaba muerto. Se expuso al fuego enemigo para recuperar su cuerpo. Lo atrajo junto a él, escondiéndolo tras los toneles que no habían servido para protegerlo. Las balas seguían silbando a su alrededor, pero William sabía que todo estaba perdido. Era cuestión de minutos que todos estuvieran acompañando a Nathaniel. Pobre Nathaniel. Pobre Olivia. ¿Quién le daría la triste noticia?

¿Y quién le diría a Elisabeth lo mucho que él la amó, hasta su último aliento?

Percibió unos pasos en su espalda, notó un dolor agudo en la base del cráneo y sintió cómo la oscuridad lo devoraba.

Despertó bruscamente algo más tarde, cuando un azote de agua helada cayó sobre su cabeza. «Tienes la cabeza dura, yanqui», escuchó que le decían. «Deberías estar muerto». William intentó incorporarse. Lo hizo con mucha dificultad. Tenía las manos atadas a la espalda. Le ardía la cabeza con un dolor insidioso y penetrante, y notaba un reguero de algo espeso y caliente por la espalda y el pecho. Era sangre. Por suerte, parecía seca. Le habían golpeado la cabeza, pero estaba vivo. Cuando su visión borrosa empezó a aclararse, comprobó qué había sido de sus hombres, de la tropa del mayor Hugh Judson. Apenas una decena de soldados habían sobrevivido, algunos heridos, y habían sido hechos prisioneros.

William no supo si los ejecutarían o los llevarían al campo de prisioneros más próximo: Andersonville, en la cercana Georgia. Por lo que había oído, quizás fuera mejor una muerte rápida que la lenta que recibían los huéspedes de la infame prisión.

* * *

Algunas horas más tarde, las tropas del general unionista William Sherman llegaron a Augusta. Consiguieron ocupar la ciudad y poner bajo arresto a los soldados confederados que aún permanecían allí. La masacre se hubiera evitado si Judson no hubiera pretendido triunfar en lo imposible, si no hubiera sacrificado a sus hombres en vano para hacer méritos. Ahora nada devolvería la vida a los caídos. Cientos de vidas desperdiciadas en lo que se conocería como la batalla de Aiken, centenares de miles en los últimos cuatro años de guerra.

Hicieron una lista con las bajas, tomando nota de sus nombres para avisar a las familias, y les dieron cristiana sepultura. De los hombres que no se encontraban en la lista y se suponía que habían sobrevivido, no quedaba rastro.

XXXVIII

Washington D. C., 9 de abril
Andersonville, 10 de abril de 1865

Elisabeth contuvo la respiración al ver entrar a Niall en el aula. Los alumnos estaban jugando fuera, en el patio, y ella se encontraba curando la herida en la rodilla de un pequeño revoltoso, y aunque intentaba aparentar tranquilidad, lo cierto era que tenía los nervios a flor de piel.

Las últimas noticias hablaban de una batalla definitiva entre el general Lee, confederado, y el general unionista Ulysses S. Grant en Appomatox, Virginia. El general Robert E. Lee, al límite de sus fuerzas, había intentado una victoria *in extremis* que devolviera la confianza a sus extenuados soldados, pero había acabado convirtiéndose en una pesadilla ante la llegada de más tropas de apoyo por parte del ejército de la Unión. La opinión pública estaba al tanto de las últimas noticias por el celo de los periodistas de guerra que informaban con valentía y escrupulosidad de los últimos avances en las contiendas, gracias al uso del telégrafo y los correos de posta.

Al ver llegar a Niall, supo que algo importante había sucedido.

—Elisabeth...

La joven pensó en William, de quien hacía meses no tenía noticias, y lo interrogó con la mirada.

—Lee se ha rendido —añadió sonriente.

Elisabeth se tapó la boca con las manos y lo que iba a ser un grito de alivio se convirtió en un gemido. Abrazó a Niall y sin soltarlo le preguntó:

—¿Es el final de la guerra, entonces?

—Eso parece —le contestó.

Elisabeth no pudo contener las lágrimas y permaneció un rato abrazada a él, estremecida por el llanto, sintiendo una mezcla de alivio y temor por William. Su corazón latía desbocado ante la perspectiva de volver a verlo, pero le angustiaba pensar en todos esos meses en los que había estado en el ejército, luchando, y no había sabido nada.

Wanda Cooldbridge los informó de lo que sabían sus amistades en el gobierno. Al parecer, tanto el presidente de la Confederación, Jefferson Davis, como su general, Robert Lee, habían decidido la rendición total y absoluta. La Confederación dejaba de existir, agotada, desangrada, y los Estados Unidos volvían a fusionarse. La esclavitud estaba prohibida en todos los estados y se tomarían medidas para la recuperación de los estados sureños a través de las leyes del gobierno de la nación y bajo su supervisión y vigilancia.

La guerra había terminado, la pesadilla tocaba a su fin.

«El único indio bueno es el indio muerto».

Era lo que le había dicho el capitán del ejército confederado Henry Wirz a William Tecumseh Cooper cuando lo vio llegar, junto a los demás prisioneros. Desde entonces, lo había apaleado y torturado tantas veces que llegó a desear la muerte. Wirz había combatido contra los comanches y otras tribus en el oeste y había desarrollado hacia los indios, independientemente de su tribu de origen, un odio visceral.

El salvajismo con el que trataba a sus propios soldados lo había hecho merecedor de ser apartado del
ejército y destinado a dirigir una prisión donde se
sentía encerrado, sin posibilidad de conseguir méritos ni escalar puestos, y eso había contribuido a em-
peorar aún más su carácter, pagando su frustración y
su rabia contra los indefensos prisioneros. El hambre, las enfermedades, el agua emponzoñada, la nula
atención médica y las torturas habían matado a miles de prisioneros en Andersonville, y era la prisión
confederada más temida, de lo que Wirz se sentía
orgulloso.

Al principio, William había tenido mucho cuidado
con el agua y la comida. Prefería morir lentamente de
hambre que de una enfermedad fulminante. Así tal
vez conseguiría más tiempo para planear una huida.

Sin embargo, cuando Wirz empezó a practicar
con él sus refinados medios de tortura, el mundo dejó
de importarle. Su vida se redujo a los periodos de dolor en la sala de interrogatorios y los de inconsciencia
tendido en su camastro en uno de los hediondos barracones.

El soldado Jebediah Jones había sobrevivido a Aiken, compartía barracón con él y decenas de hombres, e, impotente, le limpiaba las heridas con un
trapo sucio, día tras día, cuando lo traían a rastras
tras su encuentro con Wirz. William yacía encogido,
tenía varias costillas rotas, heridas que supuraban y
quemaduras, cuando llegaron a por él, de nuevo, los
esbirros de Wirz.

Esa tarde, Jones los encontró especialmente nerviosos. Intentó resistirse, evitar que volvieran a lle-
várselo, pero lo golpearon y arrastraron a Will, quien
apenas podía tenerse en pie. El soldado estaba seguro de que su capitán no podría aguantar mucho más.
Por instinto, se aseguró de que seguían en su bolsillo

las cartas y el medallón que William le había entregado para que se lo hiciera llegar a su esposa, por si no regresaba.

En el calabozo, dejaron a Will sobre una silla, sin encadenarlo como otras veces. Cuando el capitán Wirz entró, William no se molestó en levantar la mirada.

—Los perros unionistas estáis de enhorabuena —le escupió—. Ese cobarde de Lee se ha rendido. Habéis ganado la guerra.

Will levantó la cabeza despacio, mirando a Wirz con su único ojo sano. El otro era una bola inflamada y cerrada. Wirz se le acercó y, tirándole del pelo bruscamente hacia atrás, le advirtió:

—Tú no lo disfrutarás, muchacho. Ni ninguno de los que estáis aquí. He dado orden a mis hombres de que ejecuten a todos los bastardos unionistas antes del amanecer. No llegarán a tiempo de rescataros. Pero no te preocupes. A ti te tengo reservada una ejecución especial. Serás el primero.

Cruzaron la puerta de la empalizada, Wirz a caballo y William detrás, atado a una soga por la cintura, caminando a duras penas, seguidos por un soldado, también a caballo.

El campo de prisioneros ocupaba varias hectáreas de barracones y tiendas, sin apenas letrinas ni desagües. Lo rodeaba una empalizada de madera y, alrededor de esta, un bosque de abetos había proporcionado la madera para los primeros barracones. Cuando Henry Wirz se hizo cargo de la prisión, dejó de construirlos e hizo que los propios prisioneros construyeran chozas con ramas y harapos. La mayoría de ellos dormían al raso y eran los primeros en sucumbir a las enfermedades y al frío en invierno.

Will respiró profundamente al salir de la prisión. Afuera, el hedor no era tan fuerte y podía oler el aroma del bosque. Evocó recuerdos de su temprana juventud, de su vida en los bosques, de su familia y de Ninawind, Elisabeth. Pensar en ella era un rayo de luz entre tanta miseria y sufrimiento.

Wirz detuvo el caballo junto a unos árboles y sujetó la cuerda del prisionero. El soldado que lo acompañaba avanzó hasta situarse debajo de un abeto con poderosas ramas y lanzó la soga sobre una, probando su resistencia. Satisfecho, ató un extremo e hizo un nudo corredizo en el otro. Miró a su jefe y este asintió con una mueca despiadada que pretendía ser una sonrisa.

El soldado se bajó entonces del caballo y tiró de la cuerda de Will hasta llevarlo junto a él. Lo ayudó a subir. Desde el otro caballo, Wirz lo apuntaba con una pistola.

—Tendría que haber colgado a todos los malditos yanquis en este bosque —le dijo—. Habría sido una bonita bienvenida para tus compañeros. Como me temo que no tendré tiempo suficiente, bastará con un rápido disparo. Sin embargo, tú, sucio mestizo, tendrás el privilegio de recibirlos colgado de un árbol mientras los animales carroñeros celebran un festín con tus huesos. Tus espíritus guerreros no te dejarán entrar en el paraíso con esta muerte tan poco honorable, ¿verdad? —Rio.

El soldado situó al prisionero bajo la soga y le dio el nudo corredizo al infame Henry Wirz, quien acercó su caballo para colocarlo en el cuello de Will.

Un espeluznante aullido se oyó desde lo profundo del bosque. Wirz sintió cómo se le erizaba el vello de la nuca y abría los ojos espantado por el terror. Los caballos se encabritaron, y momento de distracción fue aprovechado por William, quien empujó con todo el peso de su cuerpo a Wirz y consiguió tirarlo del caballo. Ambos cayeron. Sintió un dolor profundo en el hombro, y el recordatorio de sus costillas rotas a patadas le cortó la respiración. Pero, sobreponiéndose como pudo, cogió el extremo libre de la cuerda que lo ataba por la cintura y se defendió del soldado, atrapándolo por el cuello mientras lo usaba como escudo para parar la bala que Wirz, que ya se había recuperado de la caída y había sacado la pistola, le había dirigido. William empujó al soldado moribundo contra él y consiguió desestabilizarlo durante unos segundos, que aprovechó para golpear la mano que sujetaba el arma, haciéndola caer.

Wirz se deshizo del cadáver del soldado y se enzarzó en una pelea contra el prisionero, a quien las heridas de las torturas pasadas le pasaron factura. Lo golpeó repetidamente en el suelo hasta dejarlo medio inconsciente, y buscó la pistola. Al no encontrarla, rebuscó en la bolsa del caballo y sacó un cuchillo. Antes de volverse para ejecutar a William, una mano atenazó la suya y lentamente volvió la hoja contra su propio cuello. Sintió el terror de una muerte cercana cuando recibió un tajo en el cuello, y se le vaciaron los intestinos. Cayó de rodillas, sujetándose la garganta mientras se ahogaba en su propia sangre. Antes de que se sumiera en la eterna oscuridad, pudo ver cómo el capitán William Cooper lo agarraba del pelo y bajaba el cuchillo. Al final, el indio se iba a cobrar su venganza.

Mientras William mantenía la cabeza del capitán confederado en vilo, dispuesto a arrancarle la cabellera, vio a un enorme lobo gris avanzando entre los árboles. El lobo se detuvo a pocos metros de Will, se miraron durante unos instantes e, inclinando la cabeza en señal de respeto, el hombre musitó: «*Meegwetch*». Gracias.

Will decidió que no valía la pena privar a Wirz de su vida eterna. El paraíso no sería su destino. Había matado y torturado a tantos hombres que lo esperarían las llamas del infierno. Pensó que era el lugar en el que el asesino merecía pasar la eternidad. Soltó el cabello de Wirz y su cuerpo cayó desmadejado en el suelo.

Aulló como un lobo y el animal le respondió antes de perderse entre los árboles.

Limpió el cuchillo en la tela de su desgastado pantalón y lo guardó. Escuchó entonces disparos en el interior de la prisión e imaginó que la matanza habría comenzado. No iba a dejar que sus compañeros murieran acorralados como ratas. Echó a andar en dirección a la empalizada. Apenas unos metros lo separaban de la entrada cuando vio asomar desde una de las torres a un soldado con el uniforme gris de la Confederación. Le apuntaba con un arma. Disparó.

Sintió un dolor punzante en la cabeza y un velo rojo, primero, y después negro, tiñó su visión antes de desplomarse en el suelo.

XXXIX

Washington D. C.
16 de abril de 1865

A lo largo de los días desde que el sur firmó la rendición, Washington había recibido con los brazos abiertos el regreso a casa de sus soldados. Los desfiles y festejos se sucedieron. Elisabeth asistió a todos cuantos pudo, por si William se encontraba desfilando de vuelta, pero los días pasaban y aún no había regresado.

Y en la mañana del 16 de abril, tan solo unos días después de que se firmara la paz, los ciudadanos estadounidenses despertaron con la noticia del asesinato de su presidente.

Abraham Lincoln había asistido la noche del viernes 15 al Teatro Ford junto a su esposa para ver la última comedia musical de moda. Apenas se había sentado en el palco cuando un simpatizante sureño entró y le disparó en la cabeza a bocajarro, y tras forcejear con un invitado, al que disparó e hirió, logró darse a la fuga.

Lincoln sobrevivió, sin volver a la consciencia, unas horas. Murió de madrugada en su casa, acompañado de su esposa y de los miembros más cercanos de su gabinete.

La noticia se extendió la mañana del sábado como la pólvora, creando un clima de desaliento y desesperanza en la ciudad. Lincoln, el hombre que había luchado por la libertad de los esclavos, por mantener a la nación unida y que no creía en la revancha contra el sur, sino en la cooperación entre los estados, había muerto. Muchos se sintieron desamparados, abandonados, huérfanos. ¿Qué iba a ser de ellos ahora?

En la residencia donde Elisabeth trabajaba, la sensación de desconsuelo permaneció durante mucho tiempo. Muchas mujeres habían bautizado a sus hijos con el nombre de su libertador y se sentían inseguras. Se vivieron días amargos, un nuevo gabinete se estaba formando, y ellos ahora no eran una prioridad.

El cuerpo de Lincoln desfiló por las calles de Washington seguido de una marabunta de militares desharrapados, sucios y desnutridos que regresaban al hogar, y ciudadanos de toda condición que quisieron rendirle un postrero homenaje. Sus restos fueron transportados en tren hasta Illinois y honrados en todos los estados por los que pasó.

Clara Barton regresó del frente, donde se había ocupado de organizar la ayuda médica, para despedirse del presidente. Tras presentarle sus respetos, acudió a visitarlas a la residencia.

Clara, Wanda y Elisabeth almorzaron juntas y hablaron largo y tendido sobre lo acontecido en aquellos dos años desde la última vez que se vieron. La prioridad ahora era formar un gobierno estable que siguiera apoyando sus proyectos, pero estos tenían que adaptarse a los tiempos. Wanda y Elisabeth lo estaban haciendo bien. La residencia no podría mantener indefinidamente a sus inquilinos y, poco a poco, habían ido encontrándoles trabajo a las familias que lo habían solicitado. El objetivo era que las clases y la ayuda prestada hubieran dado su fruto y se encontraran restablecidos, fuertes y capaces de enfrentarse a una sociedad desconocida para ellos hasta entonces, una sociedad en libertad.

Clara les habló de la necesidad actual de dar cobijo y ayuda a los soldados que regresaban del frente, malheridos o lisiados. Había que conseguir devolverles la salud a los enfermos y ocuparse de los que no podrían trabajar. Los hombres jóvenes se recuperarían y serían el motor de una nación que necesitaba abundante mano de obra, reconstruyendo el sur o cultivando y ocupándose de las tierras al oeste. Muchos seguirían la carrera militar, ya que se necesitaban soldados que combatieran a los peligrosos pieles rojas al oeste de la nación.

Elisabeth se sintió ofendida. No pudo evitar dirigirse a Clara con un gesto amargo e irritado. Su marido, le dijo, era un mestizo, el nieto de una piel roja, como ella los había llamado de manera despectiva, y había puesto su vida al servicio de la nación. No había vuelto y quizás había sido asesinado por luchar por aquella nación que se deshacía impunemente de otros como él, que lo único que querían era vivir en libertad en sus tierras como antes de la llegada de los hombres blancos.

La joven sollozó con amargura, con el corazón quebrado por la pena. Clara la abrazó y le pidió disculpas. Nunca, ni en un millón de años, hubiera pensado que Elisabeth estuviera casada con un mestizo. Había dicho las palabras sin pensar. Reconoció que tenía razón. Y se interesó por saber del capitán Cooper. Elisabeth le contó a qué regimiento pertenecía y todo lo que sabía de su paso por el ejército. Lo último que supo era que se encontraba sirviendo en Carolina del Norte. Clara la tomó de las manos y le prometió que haría lo imposible por localizarlo.

* * *

Algunas semanas después, Clara se presentó en casa de Elisabeth, acompañada por Wanda. Las invitó a sentarse y ella se dejó caer en una silla. Las piernas apenas la sostenían. Se retorcía las manos temiendo lo peor.

—He conseguido encontrar un rastro del capitán Cooper —la informó después de un rápido saludo. Sabía que la muchacha estaba expectante y no quiso hacerla esperar—. Hay documentos que constatan que su regimiento estuvo sirviendo al sur de Carolina el pasado febrero, bajo las órdenes del mayor Judson. Entraron en batalla en Aiken y muchos no sobrevivieron. —Clara evitó decir que había sido una masacre. Elisabeth la escuchaba con el corazón en vilo, conteniendo la respiración. ¿Cómo se preparaba uno para lo peor?—. Tu esposo no constaba entre los fallecidos. Supuse que habría sobrevivido y habría sido capturado y llevado a prisión. La más cercana era la de Andersonville, en Georgia. Mandé que lo investigaran y, efectivamente, su nombre, rango y regimiento constaba entre los que ingresaron a mediados de febrero. Al parecer, el 9 de abril se produjo un levantamiento por parte de los presos y muchos fueron asesinados. Aunque, conociendo la fama del director de la prisión, Henry Wirz, del que no se sabe nada, sospechamos que una ejecución a sangre fría tuvo lugar. Por fortuna, se produjeron deserciones por parte de soldados confederados y los prisioneros se defendieron, por lo que se salvaron un buen número de hombres...

Clara permaneció en silencio durante unos momentos. Alargó la mano para coger el vaso de agua que Wanda le ofrecía. Esta le ofreció otro a Elisabeth, pero ella negó con la cabeza. Necesitaba saber. Clara prosiguió, tras dejar el vaso en la mesa.

—No consta listado alguno de los hombres que

sobrevivieron o murieron. Muchos de los que se salvaron huyeron y regresaron a sus casas. Otros esperaron al ejército unionista y enterraron a los muertos. No nos consta que Will estuviera entre estos últimos, pero tampoco sabemos con seguridad qué le pasó...

Las lágrimas corrían libres por el rostro de Elisabeth. No constaba su muerte. Había esperanza. Pero si no había muerto..., ¿dónde estaba? ¿Por qué no regresaba junto a ella?

—¿Es posible... que estuviera herido? —preguntó.

—Llevaron a los heridos al hospital de campaña más cercano y posteriormente los enviaron a sus casas. No hay constancia de que el capitán Cooper ingresara. Me he encargado de hablar con la persona que se ocupó de dirigir el hospital.

—¿Entonces? ¿Dónde está? —preguntó entre sollozos—. ¿Muerto y tirado en cualquier lugar, sin que nadie se haya molestado en darle sepultura, ni de decir una oración en su nombre o de informar a sus seres queridos?

Clara no quiso decirle que eso, desafortunadamente, era lo que había ocurrido con miles de hombres desde que empezó la maldita guerra. Ella había visto en primera persona el amanecer en un campo de batalla. Centenares de cuerpos de uno y otro bando asesinados, con espantosas heridas, las caras imberbes, infantiles casi, los ojos abiertos cuajados de lágrimas mirando a un cielo que ya no amanecería para ellos. Ellos intentaban recabar los nombres de cada uno, si era posible, darles cristiana sepultura, escribir a las familias, pero sabía de batallas en las que el ejército vencido no tenía asistencia sanitaria más que la proporcionada por algún médico y unos cuantos voluntarios, a todas luces insuficiente para encargarse de enterrar a los fallecidos, y estos acababan en fosas comunes.

Elisabeth lloraba en silencio, arropada por una solícita Wanda.

—Solo queda rezar —le dijo Clara intentando consolarla—. Si ha sobrevivido, pronto volverá a casa. Si no lo ha hecho…, tendrás que resignarte y aprender a vivir con ello, Elisabeth. No estarás sola. Cuenta conmigo y con Wanda para lo que necesites.

Elisabeth levantó la cabeza que apoyaba sobre el hombro de la señora Coldbridge al oírla. Un destello de luz pareció iluminar su mirada.

—Volverá… a su hogar —musitó.

XL

Elisabeth intentó no dejarse impresionar por el ambiente decadente de la ciudad de Richmond: edificios destruidos por los cañones o quemados hasta los cimientos; soldados harapientos, a los que faltaban partes del cuerpo, tirados en las aceras; chiquillos escuálidos; miseria y ruina por doquier.

Se suponía que el gobierno, presidido por el flamante presidente Andrew Johnson, había aprobado un plan de recuperación para el sur, pero no parecía haber llegado hasta Virginia por el momento. Todo lo que había visto de ese estado era destrucción y pobreza. Se preguntó cómo encontraría la hacienda Kinomw. Ardía en deseos de llegar, aunque no sabía muy bien dónde se encontraba. Contrataría un guía. Le pagaría bien a cualquier hombre que supiera conducirla hasta ella.

Tras las noticias de Clara Barton, supo qué era lo que debía hacer. William regresaría a su hogar, regresaría a Kinomw, y ella iría a su encuentro. De nada habían servido las recomendaciones de Wanda y los preocupados Tremaine de que no viajara sola a Virginia. Nada podría impedir que fuera hasta la preciada plantación de su esposo, su hogar ahora. Will le mostraría los campos azules llenos de fragantes flores de Santa Lucía, los magníficos árboles que salpicaban sus tierras, los frutos del algodón listos para su cosecha. Pasearían cogidos de la mano, ella lo escucharía atenta y cuando se encontrara cansada se sentaría en el columpio que él le construiría y le pediría que la meciera.

Detuvo el hilo de aquellos pensamientos, que la ilusionaban y la torturaban por igual, al divisar la casa que estaba buscando. Tiró de las riendas y el caballo detuvo el faetón en su puerta. Bajó y llamó con los nudillos.

Algunos segundos más tarde la puerta se abrió. Una mujer rubia, de tez y ojos claros, enmarcados por unas profundas ojeras, la recibió. A Elisabeth le impresionó su vestido negro, de duelo, y el rictus de tristeza en su semblante.

—¿Olivia Braxton? —inquirió.

—Soy yo —contestó la mujer, algo sorprendida.

—Mi nombre es Elisabeth Cooper, soy la esposa de William Cooper —aclaró.

Un destello de reconocimiento en sus pupilas y una sonrisa le indicaron a Elisabeth que era bienvenida. La invitó a pasar, pero antes le aconsejó que llevara el caballo, el carro y sus pertenencias al establo trasero. No eran buenos tiempos para confiar en la honradez humana.

Un poco más tarde, las dos charlaban ante una taza de té. Un niño de unos cinco años jugaba en el jardín, después de haber saludado educadamente a la invitada.

Elisabeth lo contempló con ternura mientras daba las gracias a su madre por permitirle salir a jugar. Olivia había perdido a Nathaniel. Nada ni nadie podría devolvérselo, pero, al menos, le quedaría el consuelo de su hijo, mientras que a ella... Sacudió la cabeza para despejar esos pensamientos insidiosos. Se obligó a prestar atención a lo que Olivia le contaba.

—Nat y Will eran muy buenos amigos desde West Point. Mi esposo me hablaba de él cuando venía de permiso en vacaciones mientras estudiaba. Nat y yo nos comprometimos durante el último curso en la academia y nos casamos cuando terminó. Siempre le apasionó la carrera militar. —Suspiró—. Poco después de comenzar la guerra me escribió contándome que se había reencontrado con uno de sus mejores amigos y que eso era lo único bueno de la guerra. William pasó un par de días de permiso con nosotros durante las Navidades del 63. Me alegró muchísimo volverlo a ver y saber que se había casado, aunque era bastante reservado con respecto a eso, tengo que decir. —Le sonrió con afecto—. Solo nos dijo que estabas en Inglaterra y que te había conocido allí. Supuse que te traería cuando todo terminara y que te acabaría conociendo y llegaríamos a ser buenas amigas, que las circunstancias serían distintas.

—Will también me habló de vosotros... —«De la bonita familia que formabais», se abstuvo de decir—. Por eso quise conoceros antes de irme a Kinomw y pedirte que si tuvieras cualquier información sobre su paradero o bien supieras algo que pudiera servir para localizarlo...

—Oh, querida —la cortó—, ¿no tienes ni idea de qué le sucedió?

— No, ¿sabes algo? —se apresuró en preguntar.

Olivia respondió con un deje de tristeza:

—Sé que Nathaniel cayó en Aiken y allí fue enterrado. Me escribió el secretario de Sherman comunicándome la noticia, y me mandó los galones de su uniforme. Es terrible que no sepas a qué atenerte, Elisabeth, pero... han pasado ya varios meses...

—Por eso me voy a casa, Olivia. Will volverá a Kinomw. Debo irme. —Se levantó—. Me queda todavía un buen trecho...

—No te vayas, Elisabeth —le suplicó—. Es tarde y no sabes cómo llegar. Quédate esta noche con nosotros y mañana le diré a mi vecino que te acompañe. No deberías haber venido sola, hay muchos hombres vagabundeando por ahí, es muy peligroso.

Elisabeth recordó el revólver que Wanda le había procurado y que llevaba junto a ella en el carro. Los caminos estaban llenos de hombres y familias que la miraban con odio o lástima al verla pasar, pero ella no se había detenido más que una vez hasta llegar a Richmond. Pensó que no tendría sentido llegar de noche o arriesgarse a perderse.

—Me quedaré si me prometes que mañana temprano hablarás con tu vecino. —Se sorprendió al oír lo amenazantes que habían sonado sus palabras—. Olivia, no quiero ser desagradecida, es que, conforme me aproximo a Kinomw, siento como si estuviera acercándome a él. No sé si me entiendes...

—Claro que te entiendo, querida. Has tomado la mejor decisión. Mañana hablaré con el señor Harris. Estoy segura de que no tendrá ningún inconveniente en indicarte el camino. Ahora te enseñaré tu habitación y podrás asearte y descansar un rato. Te avisaré a la hora de la cena y hablaremos un poco más si lo deseas.

Elisabeth le ofreció su sonrisa más sincera a la mujer. Podía ver lo sola que se encontraba y lo mucho que ansiaba hablar de su marido y de tiempos mejores que ya no se repetirían.

—Claro, estaré encantada. En cuanto al señor Harris, le pagaré lo que pida.

—No creo que sea necesario, pero de todas formas le vendrá bien, no hay donde trabajar en Richmond, los campos están arrasados, no hay alimentos, la gente ni siquiera tiene un hogar donde vivir ni dinero para reconstruir sus casas. Lo único que nos mantiene son los carros de los vendedores ambulantes con sus mercancías a precios prohibitivos... y los repartos de arroz y harina gratuitos por parte del gobierno.

—Temo ser una entrometida, pero... ¿cómo lo haces con un niño pequeño? ¿Cómo puedes... sobrevivir?

—He empeñado mis joyas y tengo algún dinero..., y mis suegros me ayudan cuando pueden. Aunque supongo que en algún momento el Estado nos compensará a las viudas de militares —dijo con voz quebrada.

Elisabeth la abrazó mientras le aseguraba:

—No dejaré que paséis penurias ni tú ni el niño. Kinomw no está muy lejos, solo tienes que avisarme y vendré. Dispongo de algunos ahorros, podré ayudarte.

Olivia pensó que la señora Cooper era bondadosa... e ingenua. Evidentemente, no sabía en qué estado se hallaban las plantaciones en Virginia. Tendría suerte si no se la encontraba calcinada hasta los cimientos, o bien ocupada por extraños.

A la mañana siguiente, Elisabeth se despidió de Olivia y de su hijo y se puso en marcha, acompañada por el vecino Harris, un hombre de unos sesenta años, de poca conversación, al que oía despotricar, entre dientes, de tanto en tanto, del *maldito* gobierno unionista que había hundido al sur. Su trato hacia ella, sin embargo, fue muy correcto. Ella supuso que su pronunciación inglesa y el ser la esposa del propietario de una plantación no la hacía sospechosa de abrazar ideas unionistas. Contuvo las ganas de plantarle cara en más de una ocasión y pensó que si Olivia se lo había recomendado no sería peligroso en el fondo.

La guerra había terminado, pero las ideas y los hombres que la originaron aún existían. Quedaba mucho por hacer todavía hasta que la nación olvidara sus rencores. Las heridas estaban demasiado frescas.

El sol de agosto no daba tregua, pero por nada del mundo se hubiera parado a descansar bajo la sombra de los árboles del camino. Dejaron, a ambos lados del sendero, campos y edificios que habían sufrido con contundencia el salvajismo de la guerra. Conforme dejaba uno atrás y se enfrentaba al mismo panorama en el siguiente, se iba apoderando de ella el pesimismo. Temía lo que encontraría al llegar.

Llegaron a Kinomw pasado el mediodía.

Elisabeth se protegía con un sombrero de paja de ala ancha y su acompañante se enjugaba la frente y la nuca con un pañuelo cuando este pronunció:

—Es aquí. Hemos llegado.

Una verja entreabierta de hierro oxidado le dio la bienvenida. A ambos lados, una endeble valla de alambre y madera, que había vivido tiempos mejores, se prolongaba a un lado y a otro del terreno hasta donde le alcanzaba la vista.

El hombre se bajó y abrió la verja por completo para que el carro pudiera pasar.

El corazón le latía acelerado cuando el caballo traspasó la verja y trotó por el camino. Los frondosos árboles le tapaban la visión de la casa hasta que, tras girar suavemente en un recodo del camino, la mansión apareció al fin. Estaba entera. Los cañones no se habían cebado con ella. Era tal y como William se la había descrito, un magnífico edificio de ladrillo de dos plantas, estucado en color blanco, con un espacioso porche al que se accedía por una amplia escalinata y al que bordeaban altas columnas.

Al acercarse, Elisabeth comprobó que los morteros la habían respetado, pero años de decadencia y, posiblemente, de rapiña la habían dejado en un estado lamentable. Las paredes mostraban agujeros de bala, la pintura se caía a pedazos, las contraventanas estaban desportilladas, los escalones de la entrada presentaban desniveles, el suelo de madera del porche se combaba...

Dos figuras salieron a recibirlos con cierta prevención. Un hombre y una mujer negros de avanzada edad sortearon las tablas desniveladas de la entrada y bajaron la escalinata. El señor Harris detuvo el carro junto a ellos.

—Buenas tardes —saludaron con cierto temor—, ¿qué desean?

Elisabeth bajó del carro antes de que su acompañante pudiera ayudarla y, acercándose a ellos, replicó:

—Buenas tardes. Soy Elisabeth Cooper, la esposa de William Cooper, ¿está mi esposo en casa?

Los ancianos se miraron atónitos, mudos por el asombro.

XLI

Llevaba casi dos meses en la hacienda y cada día tenía que poner a prueba su coraje, su paciencia y su capacidad de aprender ante los múltiples problemas que se presentaban a diario. Kinomw era una plantación abandonada cuando llegó, en la que vivían Felicity y Cicero, dos fieles criados que habían permanecido allí escondidos durante todo el tiempo que duró la guerra. Al principio, eran muchos los trabajadores leales a William que se quedaron a defender la plantación, y así lo hicieron cuando recibieron en una ocasión la visita de una brigada confederada. Los agujeros de bala en las paredes y el incendio de los establos y de las casas de los trabajadores así lo atestiguaban.

Cuando llegó el ejército de la Unión, creyeron que la mansión estaría perdida, pero el saber que era el hogar del capitán unionista William Cooper la salvó de la quema y la respetaron. Sin embargo, apareció la hambruna y, una tras otra, las familias acabaron marchándose al norte. Y solo Felicity y Cicero permanecieron sin moverse de unas tierras que habían sido su único hogar y, sobre todo, aguardando el regreso del hijo del hombre que los compró y los liberó cuando eran unos niños.

Los dos ancianos no dieron crédito cuando un caluroso día de agosto una muchacha de extraño acento se presentó en la puerta afirmando ser la esposa de su querido William. Con infinita paciencia y lágrimas en los ojos, la muchacha les contó, después de despedir a su acompañante, sentada en la cocina ante una taza de té, la historia de un matrimonio por poderes, de un encuentro en Navidad y de una promesa de amor a un hombre que marchó a la guerra y del que no sabía nada. Ella había mantenido la esperanza de que él la estaría esperando. Se derrumbó sobre la mesa y lloró un mar de lágrimas amargas sin darse cuenta de que los ancianos también acompañaban su llanto en silencio.

Esa noche se dejó auxiliar por Felicity, quien la acompañó a una habitación, la arropó y le llevó una sopa de algo que parecían raíces. Extrañamente, por primera vez en mucho tiempo, durmió de un tirón toda la noche. Cuando despertó a la mañana siguiente, decidió que no podía permitirse una lágrima más, que tenía mucho por hacer antes de que Will regresara.

Cicero y Felicity la pusieron al día acerca de los impuestos y embargos que pesaban sobre la propiedad. Si las deudas no se pagaban pronto, perderían la hacienda.

Elisabeth tendría que regresar a Richmond para hablar con el representante del gobierno y el banco. Pasó una mañana en el despacho de Will buscando los documentos que necesitaría, intentando no desmoronarse al sentirlo entre aquellos objetos que él había usado a diario. En un cajón encontró la carta con el contrato matrimonial que William había firmado y ella había ratificado, obligada por su padre. Tenía el sello de un abogado que la representó en Washington, por lo que el contrato estaba legalmente oficializado. Recordó que el señor Geoffrey le contó en Mowbray que, si Cooper no lo había certificado en Washington por olvido u omisión, su matrimonio podía ser anulado con facilidad y cuánto deseó entonces que hubiera olvidado hacerlo.

Por suerte, William había cumplido con los requisitos y ahora ella podría encargarse de pelear en nombre de su esposo con el máximo amparo legal. Su *esposo*, paladeó aquella palabra. Le hubiera dado igual que él no hubiera sellado el contrato matrimonial. Ella se sentía unida a él por lazos más fuertes que los que representaba una firma en un documento.

Elisabeth hizo valer en Richmond sus derechos y los de su marido, un combatiente unionista del que no se sabía el paradero. Tuvo que soportar las miradas de compasión que le dirigieron y aceptar unas disculpas que le supieron a humo. De todas formas, los impuestos acumulados sumaban una cantidad que se llevaría gran parte de la herencia de su padre. No importaba. Negoció con el banco para poder pagarlo a plazos. Con el resto del dinero intentaría poner en funcionamiento de nuevo la hacienda y reparar lo más urgente de la casa. Iba a ser un trabajo arduo que hubiera disfrutado en compañía de Will, pero, sin él, era como una pesada losa sobre sus hombros.

Otro de los problemas urgentes de la hacienda era la falta de víveres. Felicity y Cicero sobrevivían con lo que él conseguía cazar en los bosques al norte de la plantación o pescar en un riachuelo cercano. Un minúsculo huerto le proporcionaba algunas verduras, pero habían sido tantas las veces que lo habían asaltado soldados de paso hambrientos, que no se habían molestado en mantenerlo en funcionamiento.

Con frecuencia, soldados con uniformes grises de la Confederación llegaban hasta su puerta pidiendo algo de comer. Eran hombres famélicos, algunos casi niños, otros lanzaban miradas lujuriosas a la dueña de la casa, pero a nada se atrevían ante la presencia de un Cicero armado con un rifle. Aquellos hombres podían saber de su marido, alguno quizás lo hubiera herido. Ella los alimentaba con lo poco que tenían a cambio de información. Ninguno sabía nada. Cuando ella les hablaba de Andersonville, se persignaban y negaban con la cabeza.

Elisabeth tenía muy claro que la plantación no se pondría en pie sin la ayuda de más manos. Visitó a Olivia en Richmond y a su vecino, y le ofreció trabajo. Antes de que aceptara, le advirtió que conviviría con trabajadores negros en términos de igualdad y que, si no estaba dispuesto, no se molestara en presentarse. Harris bufó, resopló y, finalmente, aceptó con una risa irónica y un apretón de la mano que la mujer le había tendido. Ella le dijo que le daría trabajo a otros que estuvieran dispuestos a plantar algodón y a hacer otras tareas con las mismas condiciones. No permitiría que el color de una persona se usara para ventaja de unos e inferioridad de condiciones para otros.

Harris llevó a su hijo. «Los blancos preferían morirse de hambre que trabajar en una plantación», dijo, «y a las órdenes de una mujer». Cicero contrató a dos muchachos afrodescendientes; uno de ellos, que era especialmente habilidoso para las reparaciones, comenzó reparando el tejado para que las lluvias, que llegarían pronto, no les cogieran desprevenidos.

Poco a poco, fueron llegando más hombres atraídos por el trabajo y la paga. Era el momento preciso para preparar la tierra y sembrar la cosecha que recogerían en invierno y les permitiría ir subsistiendo hasta la primavera. Limpiaron de maleza la tierra y la araron en profundidad con la intención de que se aireara lo suficiente para que las semillas de nabo, acelgas, coles y borrajas, que plantarían antes del invierno, germinaran.

Cicero volvió a encargarse del huerto y de los animales que Elisabeth compró a precio de oro: una vaca, un par de cerdos, gallinas, patos... La escasez de todo hacía subir los precios de forma desmesurada y Elisabeth comprobaba con temor cómo el dinero en el banco disminuía espectacularmente.

A finales de octubre, recibió la inesperada visita de Niall O'Brien. Había pensado en él y se había sentido apenada al no tener noticias suyas. Los Tremaine le escribían regularmente y el irlandés nunca lo había hecho. Cuando ella se marchó a Virginia, el ingeniero no se encontraba en Washington y extrañaba saber de él. Le alegró sobremanera su visita, y lo más sorprendente era que Niall no venía solo. Lo hacía acompañado de Olivia Braxton y su hijo.

Durante la cena, Niall le dio una explicación detallada.

—Pensé que te habías vuelto definitivamente loca, Elisabeth. Cuando los Tremaine me contaron que te habías marchado sola a Virginia. Estuve a punto de levantarme e ir en tu busca. Y lo hubiera hecho si hubiera sabido dónde estaba Kinomw. Por fortuna, pude tranquilizarme cuando Frances me enseñó tu carta en la que decías que habías llegado bien y no estabas sola. Sin embargo, quería asegurarme de ello y tracé tu mismo recorrido que me llevó hasta la casa de Olivia. Les diste a los Tremaine su dirección.

—Sí, les dije que quizás pasaría un tiempo en casa de Olivia, antes de ir a la hacienda, para que se quedaran más tranquilos.

—Oh, Elisabeth —intervino indignada Olivia—.

¿Cómo pudiste mentirles? Me hubiera encantado que pasaras un tiempo en mi casa.

—No les mentí. Les dije que quizás, no les aseguré nada —se defendió entre risas—. Te aseguro que era imposible para mí permanecer quieta, conociendo que Kinomw estaba tan cerca. Hubiera sido una huésped terrible. Lo importante es que ahora os tengo a los dos a mi lado. ¿Cómo es posible?

—Yo estaba dispuesta a hacerte una visita en cuanto pudiera. Tenía todo preparado. Pensaba en venir con el señor Harris o su hijo cualquier día, pero entonces Niall vino a verme, preguntó por ti, me dijo de qué te conocía y me habló del capitán Cooper. Cuando supe que se dirigía a tu casa, no lo pensé... —Se tapó la cara con las manos ocultando su sonrojo—. ¡Dios mío, señor O'Brien, Elisabeth! Habrán pensado que soy una inconsciente, dejándome guiar por un desconocido, pero lo cierto es que me pareció un caballero.

—Y lo es, Olivia. No tienes nada que temer del querido Niall. —Lo miró afectuosa—. Es uno de los hombres más caballerosos y nobles que he conocido. Me ha estado cuidando como a una hermana desde que llegué a América. Le estoy tan agradecida...

Una expresión dolorida transformó el semblante del ingeniero durante unos instantes, para recomponerse al poco y mostrar una sonrisa que tenía mucho de fingida, aunque solo él lo supiese.

—Entonces, ha sido todo un acierto encontrarle en mi camino, señor O'Brien —le interpeló Olivia, consiguiendo distender un momento que estaba siendo penoso para él.

—El afortunado he sido yo, señora Braxton —le aseguró.

* * *

Elisabeth disfrutó de su compañía durante casi dos semanas. Aunque estaba muy ocupada, procuraba sacar tiempo para comer con ellos, pasear o charlar. Se ofrecieron a ayudarla con las mil y una cosas que había que hacer; ella se negó tajante, pero no le hicieron mucho caso y se encontró con un Niall en mangas de camisa arreglando la bomba del agua, las tuberías del baño, o colocando en su sitio a golpes de martillo los tablones de la entrada. Por su parte, Olivia tampoco se quedó atrás y, tan pronto como su hijo se distraía jugando o dormía la siesta, se la veía en la cocina ayudando a preparar la comida para los trabajadores o elaborando exquisitos bizcochos de calabaza.

Los atardeceres en Kinomw eran espectaculares. Elisabeth solía dar un último vistazo a los campos antes de que cayera la noche y disfrutaba de la puesta del sol. Poco a poco, iba conociendo y abarcando el inmenso terreno que constituía la plantación. Los bosques de robles centenarios al norte, el arroyo que lo cruzaba y que se desviaba hasta casi llegar a la fachada posterior de la casa, cerca del huerto; los campos de cultivo, las cabañas nuevas que los trabajadores estaban construyendo para cuando llegara el momento de la siembra y recogida del algodón y trajeran a sus familias; los álamos que daban sombra al camino de entrada y lo que un día fue un jardín, según le contó Felicity, y que ahora estaba invadido por la maleza frente a la fachada de entrada. Elisabeth se acordó de las flores azules, la preciosa flor de Santa Lucía. No había visto ninguna desde que llegó.

Niall la acompañó en uno de esos paseos al caer la tarde. Ella le enseñaba con orgullo los pequeños progresos que iba haciendo y le contaba lo mucho que quedaba por hacer. En sus palabras le transmitía la ilusión de compartir ese trabajo con Will algún día, lo importante que era para ella que su esposo se diera cuenta de lo mucho que amaba su hogar. Él le había hablado con amor de Kinomw, le había transmitido el deseo de compartirla juntos, de que ella llegara a quererlo como a su hogar, y así lo sentía.

Niall la escuchaba con infinita tristeza. Ella creía que Will regresaría algún día. En su cabeza no había lugar para otro pensamiento que no fuera que el capitán estaba vivo. Habían pasado muchos meses desde que la guerra terminó. Los batallones regresaron. Los campos de prisioneros fueron liberados. Los combatientes de uno y otro bando se afanaban por retomar sus vidas, o por comenzar una vida nueva en el caso de muchos confederados. William Cooper tenía un expediente militar del que sentirse orgulloso, reconocimientos, un hogar al que regresar, una esposa que lo amaba y a la que él amaba también, Niall estaba seguro. ¿Por qué no había vuelto, entonces?

Intentó esbozar una sonrisa ante la charla de Elisabeth, pero no quería oírla. Era doloroso pensar que un día se despertaría y, de repente, se daría de bruces con la cruel realidad. O quizás no fuera así como llegaría a asumir la muerte de Will, tal vez lo fuera interiorizando paulatinamente, día tras día, para acabar conformándose con los recuerdos de lo que tuvieron. Deseó abrazarla y reconfortarla, decirle que todo estaría bien, que el dolor pasaría, pero ella no estaba preparada aún. Y quizás nunca lo estuviera.

El tiempo que Olivia y Niall estuvieron en la hacienda fue como un bálsamo que suavizó la herida abierta de Elisabeth. Amanecía, organizaba, trabajaba, se alimentaba, seguía trabajando, anochecía y volvía a la cama diciéndose que el día siguiente sería el momento de su regreso, que no tardaría mucho más. Sus amigos rompieron esa rutina, y eso le vino bien, pero Niall necesitaba volver al trabajo y Olivia a su vida en Richmond. Aprovecharía la marcha de Niall para que este la acompañara hasta la ciudad.

Se despidieron apesadumbrados, prometiendo verse en cuanto pudieran.

Unos días después, llegaron las primeras lluvias. Los árboles de la entrada la sorprendieron con una variedad de colores marrones, amarillos y naranjas en sus hojas de una belleza espectacular. Desde que ella llegó en el verano, los había visto mudar, día tras día, del verde más brillante a un bello popurrí de colores otoñales. Pronto llegaría el invierno, pensó, mientras echaba una ojeada más, una de tantas, al camino de entrada, flanqueado por los altos árboles, y que lucía desierto. Suspiró.

XLII

Kinomw
Noviembre de 1865

Mecido por el trote monótono del carruaje, el hombre daba ligeras cabezadas mientras miraba sin ver el paisaje desde la ventanilla. Llevaba casi dos días de camino desde Washington, descansando poco y mal, y se sentía impaciente por ver a Elisabeth de nuevo. Lamentó el aspecto desaliñado y cansado que tendría, pero estaba seguro de que eso no le importaría a ella. A buen seguro le causaría una tremenda impresión tenerlo delante y oír lo que había venido a decirle, y no se detendría en valorar su aspecto. Había viajado muchas millas con el corazón en vilo, desde que tomó una decisión que, estaba seguro, ella aprobaría. No pidió que las circunstancias fueran estas, pero la vida los había conducido hasta este punto. ¿Quién era él para oponerse a los designios del destino? ¿Acaso era posible negarse a la increíble oportunidad que les brindaba?

El cochero bajó del carruaje y abrió la cancela de la hacienda. El viajero entrecerró los ojos para leer el dintel de la entrada: *Kinomw*. Un nombre indio. Muy apropiado.

Al llegar a la puerta principal, abrió la portezuela y se bajó, estirando sus músculos tensos. Tomó su sombrero y una pequeña maleta de viaje donde guardaba importantes documentos. Tendría que llevarlos a su destino más pronto que tarde, pero por nada del mundo se iría sin ella. La llevaría de nuevo a casa.

Un chico blanco y un anciano negro salieron a recibirle. El chico se dirigió al cochero, mientras que el anciano, mirándolo descaradamente de arriba abajo, le preguntó a quién debía anunciar a su señora.

—Dígale que John Lytton Cooper ha venido a verla.

El criado arrugó el ceño al oír su nombre y lo guio hacia el interior de la mansión. John esperó en un salón de regulares dimensiones al que se accedía por una puerta doble situada a la derecha del *hall* de la entrada. Su primera impresión fue que la estancia había vivido momentos mejores, sin duda, aunque era una habitación regia con paredes forradas de madera a media altura, papel verde con motivos dorados hasta el techo, floridas escayolas y amplios ventanales. Los muebles aparentaban haber sufrido visitas en absoluto cuidadosas. Indeseables de ambos bandos habían utilizado la vivienda como alojamiento de paso.

Contemplaba el precioso sendero de la entrada bordeado de árboles desde la ventana que daba a la fachada exterior, cuando oyó el sonido de unos pasos en el pasillo y se volvió. Allí estaba Elisabeth.

Era ella, no había cambiado físicamente durante aquellos casi tres años sin verse, aunque no llevara los exquisitos vestidos que lucía en Inglaterra. Iba vestida con un sencillo vestido marrón de algodón y tenía el pelo recogido en un moño bajo. Aunque seguía luciendo igual, percibió, sin embargo, un gran cambio más allá de su apariencia física. Reconoció que no contemplaba a la muchacha que dejó marchar en Bristol. Aquella muchacha se había convertido en toda una mujer, que había luchado sola, se había defendido y había tenido que superar muchas vivencias dolorosas. Se alegró de estar allí. Ya no tendría que volver a pasar penurias. Él la acogería entre sus brazos y no permitiría que nunca más estuviera sola.

—John... ¿Cómo es posible?

Él abrió sus brazos y ella corrió a abrazarle. Se despegó de su cuerpo mucho antes de lo que a él le hubiera gustado.

—¿Qué haces aquí, tan lejos de Inglaterra? ¿Ha ocurrido algo? ¿Estáis bien? —le preguntó preocupada.

—Tu madre y tu hermano están bien. Laurence y Anna también. Te he traído algunos paquetes que me pidieron que te diese en cuanto supieron que venía a Washington. Sin duda, pensaban que Louisa estaba a un par de horas de la capital. —Rio—. Este país es enorme, Lizzy. ¡Llevo dos días metido en ese maldito carruaje!

Elisabeth se sintió contagiada de la alegría casi infantil de John. El sonido de su risa y la forma en la que él la llamaba Lizzy eran reconfortantes, traían a su memoria tiempos pasados en los que ninguna responsabilidad recaía sobre sus hombros y la vida parecía más sencilla.

—He venido a Washington para negociar un acuerdo con el gobierno de Johnson —explicó—. Su gabinete reclama a Inglaterra una suma astronómica en concepto de indemnización por haber permitido que se construyeran barcos confederados en nuestras costas. Es una cantidad desorbitada. Nos pide, además, los territorios ingleses de Canadá y tomará medidas si no llegamos a un acuerdo, así que he formado parte en una negociación entre miembros del gobierno británico y del gabinete de Johnson para lograr un pacto que Inglaterra se pueda permitir. Creo que llevo una solución conveniente para el gobierno inglés

—dijo señalando su maletín—, hemos acordado una suma que mi banco tendrá que avalar.

—Te has convertido en alguien muy importante, John —le dijo, pero en su voz no había ni rastro de admiración, más bien sonó apesadumbrada—. Amelia debe de estar muy orgullosa.

John tragó saliva y sus ojos perdieron el brillo.

—Amelia ya no está, Elisabeth. Murió al dar a luz a nuestra hija.

—Oh, cuánto lo siento... Pobre Amelia... Deseaba tanto darte un hijo...

—En su lecho de muerte me pidió que llamara a nuestra hija Amelia Elisabeth. Me dijo que así siempre recordaría a las dos mujeres que había amado.

Un gran pesar se instaló entre ellos. Elisabeth estaba segura ahora de que Amelia lo supo, de que siempre había sabido lo que existió entre los dos.

—Al menos dime que llegaste a amarla, John. Dime que me olvidaste y la hiciste feliz —le suplicó.

—Sí, llegué a quererla —reconoció—. ¿Cómo no iba a hacerlo? Amelia siempre fue muy dulce y comprensiva conmigo. Creo que de alguna forma supo que nos queríamos y, pese a todo, lo aceptó y nunca me lo recriminó. Pero... yo nunca te olvidé, Elisabeth.

—Ya todo eso pasó... Eso pertenece a otra vida.

—No, claro que no —le contestó vehemente, acercándose a ella—. Mis sentimientos por ti se han mantenido intactos. No he venido solo a negociar con el gobierno, eso ha sido una excusa... He venido a por ti.

Ella dio un paso atrás.

—Estoy casada, John, no lo olvides, y amo a mi marido.

—Así que... te enamoraste del mestizo —masculló entre dientes—. De acuerdo. Lo acepto. Acepto que te vieras sola y que creyeras que era tu deber y tu única opción. Podré vivir con ello. ¿Qué podría recriminarte yo, si prácticamente te empujé a sus brazos? Pero ahora... estamos solos. Tú y yo. La vida nos ha dado una segunda oportunidad.

—No sé muy bien qué intentas decir... Yo sigo casada, te lo he dicho, y...

—¿Y dónde está tu marido, Elisabeth? —la cortó, tajante—. ¿Por qué te aferras a una sombra? Hace muchos meses que la guerra terminó. Ya debería estar en casa. ¿Dónde está? —le preguntó elevando la voz y mirando a su alrededor—. ¿Por qué empeñarse en negar lo evidente?

Elisabeth negó con la cabeza.

—Me he puesto en contacto con el Ministerio del Interior en Washington. Quería estar seguro antes de dar el paso. Te hubiera propuesto acompañarme a Inglaterra de cualquier manera, pero quería saber a qué atenerme. No hay constancia de que William Cooper siga vivo. Es uno de tantos miles de desaparecidos que se llevó la guerra. Tienes que asumirlo. No es un caso aislado. Hay miles de viudas como tú, Lizzy. —Intentó acercarse a ella para abrazarla, para reconfortarla. Sabía que había sido muy duro, y odiaba haber sido el que le hablara claro, pero las circunstancias eran esas y cuanto antes lo aceptase mejor.

Elisabeth estaba consternada. Su rostro era la viva imagen del dolor y negaba con la cabeza. Se apartó de él.

—No.

—Lizzy, por favor...

—No. No quiero oírte. Mi esposo no ha muerto. Yo lo sabría si hubiera sido así, ¿me oyes?

—No lo entiendo, de veras. ¿Cómo puedes sentirte tan atada a alguien al que apenas conoces?

—Porque, cuando se trata de la persona correcta, es fácil saberlo. Solo necesitas ver cómo te trata y escuchar tu corazón. Él pudo apartarme de su lado desde el primer momento. Le dije que yo no sería un lastre, que era libre de rehacer su vida si lo deseaba. Y, sin embargo, vi en el brillo de sus ojos que quería intentarlo, que me valoraba, y acepté. Pensé que valdría la pena, y no me equivoqué. Nos quisimos tanto... en tan poco tiempo... Volverá, John... No contemplo otra opción.

—Lizzy, mi querida Lizzy, ¡cuánto dolor! Te has enamorado de él..., pero tienes que reconocer que ya no está. Lo superarás... Eres fuerte, tomaste la decisión correcta y te marchaste de Bristol en su momento, pusiste un océano entre los dos. Ahora debes volver a tomar otra decisión, pero esta será más fácil, yo te ayudaré. Te llevaré a casa. Te cuidaré. Nunca más estarás sola y... recordarás nuestro amor. Formaremos una familia.

Las palabras de John eran como el canto de una sirena, tan atrayentes... Sentirse de nuevo arropada, querida. Sentir que alguien la liberaba de su pesada carga y se ocupaba de ella. Volver a casa. Formar una familia. Tener hijos... de John.

En un pasado, que ahora le parecía remoto, había soñado con formar una familia junto a él. Tener a su cargo a la hija de Amelia sería un privilegio, pero...

No.

Aquello ya pasó. Sus hijos serían de William o no serían.

—Ya tengo una familia, John. Mi familia está aquí, en Kinomw. En el hogar de mi esposo, con él... —amagó un sollozo— o sin él. Ya nada me ata a Inglaterra. Mi madre eligió su vida, mi hermano..., tú. Yo he elegido también. Y he decidido quedarme.

—Pero... ¡estás loca! No aceptas la realidad. No eliges el camino correcto.

—¿Correcto? ¿Para quién? ¿Para ti?

—¿No me perdonarás nunca?

—Yo ya te he perdonado, John. No te guardo rencor y te sigo teniendo mucho cariño. Pero ya no te amo y no deseo volver. Mi vida está aquí. Siento que no lo entiendas.

—¿Dejarás que regrese solo? ¿Es tu última palabra? ¿No querrás... pensarlo?

—Es mi última palabra. Y no necesito pensar nada. —Le sonrió, pese a que sus palabras la habían herido profundamente—. Abraza a mi familia y dale un enorme beso a tu hija de mi parte, me hubiera gustado conocerla. Será una niña preciosa por dentro y por fuera si se parece a su madre. Cuídala mucho.

Se dirigió hacia la puerta. No tenía intención de permitirle ni un segundo más en su casa.

—Deberías volver antes de que anochezca. Podrás descansar en Richmond. Está solo a un par de horas.

John la siguió hasta el porche, cariacontecido. Después de tanto tiempo pensando en ese encuentro, de tantas horas de viaje, ella lo echaba sin darle oportunidad de convencerla, sin permitirle pasar un segundo más a su lado.

Bajó los escalones de la entrada.

—Es una despedida definitiva, entonces... —le dijo él, antes de subir al carruaje.

—Que tengas buen viaje, John. Continuaremos siendo amigos si quieres. Y nada más.

John asintió con una mueca de fastidio, mientras abarcaba con su mirada la mansión y volvía a fijar su vista en ella, con los labios apretados y los ojos brillantes.

—Buena suerte, mi querida Lizzy.

Subió al carruaje y permaneció asomado a la ventanilla, sin quitarle la vista de encima, todo el tiempo que pudo hasta que su imagen se perdió en la lejanía, como si esperara que cambiara de idea en el último momento.

Nunca, jamás, había estado Elisabeth tan convencida de una decisión. Suspiró cuando el carruaje enfiló el sendero hacia la salida. «Mi hogar está en Kinomw, con William o sin él...». Recordó sus palabras y su corazón perdió un latido cuando reconoció haber expresado por primera vez sus temores en voz alta. No, no debía pensar en ello. No debía perder el frágil hilo de esperanza que la mantenía viva.

Cuando el coche de caballos cruzó el portón de salida, se alegró de entrar en casa.

XLIII

Kinomw
Diciembre de 1865

Después de recoger la cosecha de invierno y preparar la tierra para la siembra del algodón en la próxima primavera, Elisabeth había despedido a la mayoría de los hombres y se había quedado con los indispensables: el señor Harris, su hijo y pocos más. Apenas quedaba ya dinero en el banco y se veía obligada a hacer economías para poder pagarles y que le quedara lo suficiente para comprar las semillas de lo que consideraba podía ser la salvación de la hacienda. Seguía existiendo una gran demanda de algodón. Ella había contactado con empresas textiles del norte que le comprarían una cosecha futura, pero en esos momentos solo disponían de rábanos, coles y patatas, a los que estaba dispuesta a sacar un buen provecho. Se quedarían con los imprescindibles para el consumo en Kinomw y el resto lo venderían en el mercado de Richmond.

Los escasos trabajadores de la hacienda y ella misma se afanaban a diario por arrancarle sus frutos a la tierra. Al poco de llegar, Cicero la había orientado acerca de lo que podían cultivar en Virginia y qué crecería rápido. Probablemente no ganarían mucho dinero, pero podría alimentarlos y mantenerlos hasta la cosecha del algodón del próximo año.

Elisabeth recordó sus visitas a los campos de cereales cultivados por los arrendatarios de su padre, en los que se limitaba a solucionar algún problema económico, sin que sus manos se mancharan jamás de tierra. ¡Qué distinta su situación en Kinomw, donde, como una trabajadora más, sudaba bajo el sol abrasador o se congelaba en las heladas mañanas invernales mientras recolectaba! Y, sin embargo, no se quejaba. Se sentía libre, dueña de sus deseos, con un proyecto de futuro, con un objetivo. Se habría sentido feliz e ilusionada si por las mañanas no se despertara sola en la cama, sintiendo un enorme agujero en el pecho que se iba agrandando día tras día conforme la esperanza se alejaba de ella.

En una ocasión, Cicero le había traído un calendario de Richmond para que fuera apuntando los periodos de siembra y de cosecha. El anciano se sentaba a su lado y, con una expresión maravillada, la veía apuntar datos, letras y números, mientras le contaba los manejos de una plantación.

Elisabeth disfrutaba cuando, a la caída del sol, después de un día de duro trabajo, se sentaba en la cocina para cenar junto a Felicity y Cicero. ¡Cuánto esfuerzo le había costado que mudaran sus hábitos y cenaran juntos! Para los ancianos aquello era una situación impensable, pero ella no soportaba sentarse en el inmenso comedor, sola. Acabó convenciéndolos, y después de cenar le encantaba escuchar hablar a Cicero sobre los cultivos y, sobre todo, deleitarse con las anécdotas de Felicity sobre la infancia de Will.

William. Su presencia se sentía en toda la casa, a pesar del estado en que la encontró. Soldados renegados la habían ocupado durante días, destrozando y robando a su antojo, mientras Felicity y Cicero permanecían ocultos temiendo que los mataran. Al poco de llegar, se fue ocupando de limpiar y arreglar lo que era salvable. Aún quedaba mucho por hacer porque tuvo que ocuparse de los cultivos. Suponía que, una vez recogida la cosecha de invierno, tendría más tiempo para ocuparse del interior antes de que llegara la primavera y tuviera que dedicar todos sus esfuerzos a la siembra. Recuperó documentos, libros y ropa que le traían el recuerdo de Will.

Arregló su habitación con lágrimas en los ojos, sacudió el colchón, lavó las cortinas y la ropa de cama, colocó su ropa en el armario para que todo estuviera listo cuando llegara. Y cerró la puerta. Desde entonces no la había abierto, incapaz de soportar el dolor de verla vacía, día tras día.

La mañana empezaba apenas despuntaba el sol, con un desayuno a base de café de achicoria y pan de maíz. Trabajo y más trabajo hasta la hora del almuerzo, después volvía a ocuparse dentro o fuera de casa, donde fuera necesario. Al caer la tarde, un baño la ayudaba a recomponer su cuerpo y una cena ligera al amor de la estufa en la cocina, oyendo a Cicero y Felicity, la ayudaba a recomponer su espíritu. Y en las noches, sus rezos y sus pensamientos eran para Will. Día tras día.

A veces, la necesidad hacía que tuviera que viajar hasta Richmond y entonces se entretenía unas horas con Olivia y su hijo. Recientemente, había tenido que ir a comprar unos suministros y había aprovechado para mandar una carta a los Tremaine, en la que se disculpaba por no poder atender su amable petición de pasar las Navidades junto a ellos. Ir y volver de Washington le llevaría varios días y no estaba dispuesta a alejarse tanto tiempo. En esas fechas visitaría alguna tarde a Olivia, quien iba a cenar con la familia de su esposo en Nochebuena, y el resto del tiempo permanecería en Kinomw.

Algunos días después de enviar la carta a los Tremaine, recibió correo. Un hombre a caballo con el distintivo oficial del correo gubernamental llegó hasta su misma puerta. Tuvo que firmar su recogida y, con el corazón latiéndole a mil por hora y manos temblorosas, leyó el remitente: Clara Barton. Las piernas se convirtieron en gelatina y a duras penas pudo llegar hasta el salón. Cicero y Felicity, que la seguían, contemplaron su rostro lívido y, a regañadientes, pues entendían la necesidad de intimidad, salieron del salón, cerrando la puerta tras ellos.

Washington, 1 de diciembre de 1865

Querida Elisabeth:
Espero que te encuentres bien de salud al recibo de la presente. Yo me encuentro bien, muy atareada como sabes, lo que me impide acercarme a hacerte una visita en estos momentos como me gustaría, pero quiero que sepas que te tengo muy presente en mis oraciones y pensamientos diarios.

Seré breve e iré al grano. Sabes que nunca dejé de indagar acerca del paradero de tu esposo, sin resultado alguno. Sin embargo, hace pocos días llegó hasta mis oídos la reclamación de un soldado del Ejército Negro de la Unión. Por una parte, pedía ayuda para encontrar a su hermana, de la que se separó al inicio de la guerra, y por otra te buscaba a ti, a la esposa de William Tecumseh Cooper. En su poder constaban unas cartas y un medallón que te hago llegar.

Según nos contó y pudimos comprobar, el soldado Jebediah Jones había servido en el Quinto Regimiento de Infantería de Virginia a las órdenes de tu esposo. En la batalla de Aiken habían sido capturados por los rebeldes y llevados hasta el campo de prisioneros de Andersonville, en Georgia. Lamentablemente, allí sufrió castigos a manos del director de la prisión, el confederado Henry Wirz, quien el día de la rendición de los estados sureños tomó la despiadada decisión de ejecutar a los prisioneros unionistas.

Sin embargo, antes de poner en práctica su plan, reclamó a William. Tu esposo le pidió entonces a Jebediah Jones que te entregase las cartas y el relicario que te adjunto. El soldado vio salir a Wirz, seguido por William, que iba atado, en dirección al bosque cercano. No volvería a ver a ninguno.

Algunos soldados confederados comenzaron a disparar contra los prisioneros, otros huyeron. Aprovechando el caos, los prisioneros se sublevaron, luchando por sus vidas, y lograron reducir a los pocos, aunque armados, rebeldes. La mayoría esperó a que llegaran las tropas federales, otros prefirieron volver a sus casas. Jones salió en busca del capitán, pero no encontró rastro alguno de él o de los confederados que se lo llevaron.

Organizó una partida de búsqueda al día siguiente, sin éxito alguno.

El soldado Jones asegura que a Wirz lo movía una intención criminal contra William. No se encontró su cuerpo, pero posiblemente atentara contra él y se diera a la fuga para evitar que los unionistas lo atraparan y juzgaran por sus delitos.

Siento mucho comunicarte estas noticias, mi estimada niña, pero no puedo ocultar la verdad. Ahora no lo apreciarás, pero ante una vida de dudas y sufrimientos, una verdad desgarradora puede ser, con el tiempo, el mejor consuelo.

Cuenta con mi apoyo para lo que necesites. Intentaré visitarte lo más pronto posible.

Procura el consuelo entre las páginas de la Biblia. Dios nos pone a prueba, pero recuerda que William ya está a su lado y querría que tú vivieras libre de penalidades, con el alma en paz.

Tu estimada amiga,
Clara Barton

Las últimas líneas fueron manchas de tinta borrosas en la retina de la joven. Lágrimas de dolor y desconsuelo se agolpaban en sus ojos. Lo que comenzó siendo un tenue sollozo se convirtió en un llanto desgarrador mientras sentía que se asfixiaba, que la vida se le escapaba en cada aliento, que su corazón estallaría en mil pedazos, que no podría soportar tanto dolor. El fin de sus esperanzas.

Del sobre, sujeto por unas manos temblorosas, cayeron sobre la alfombra las cartas y el relicario que Will siempre llevaba al cuello y que él le había mostrado con las imágenes, diminutos retratos, de su padre y su madre. Él le había prometido que se haría uno especial con su foto y ella se había reído de su idea. «Demasiados colgantes», le había dicho. Así que él la besó inmisericorde durante minutos para acallar sus risas y acabó prometiéndole que ella llevaría el de sus padres y así él luciría el de ella. Lo amó más que nunca.

Hincó las rodillas en el suelo para recoger las cartas y el medallón, y, acunándolos entre las manos, aulló de rabia, de pena, hasta que el dolor la hizo doblarse sobre sí misma y convertirse en un ovillo.

Cicero y Felicity entraron de inmediato. No necesitaron preguntar para saber. Felicity la abrazó, conteniendo el llanto, y Cicero se quedó de pie a su lado, con los labios apretados, los ojos al techo, mientras dejaba fluir libremente las lágrimas.

XLIV

Clara Barton y Wanda Coldbridge la visitaron poco antes de Año Nuevo. Por respeto a ellas, se permitió levantarse de la cama, donde pasaba la mayor parte del día, y las acompañó con el mejor ánimo que pudo los días que estuvieron juntas. Les enseñó la hacienda, les habló de los proyectos que a William le hubiera gustado llevar a cabo, y de los que no estaba segura si sería capaz de sacar adelante ahora, y les pidió que la ayudaran a confeccionar un par de vestidos negros con unos retales de tela que Cicero le había ido a buscar a Richmond.

Mientras cosían, Wanda y Clara intentaban distraer a la muchacha. Hablaron de la contribución del gobierno a la recuperación de los estados sureños, de conocidos comunes en Washington, entre ellos muchas familias a las que habían acogido y cuidado mientras que Elisabeth trabajó en la residencia, y del temible grupo de encapuchados que se había creado en Tennessee y que constituían el terror de la población negra, ya que asaltaban, torturaban y mataban a cuantos afrodescendientes se encontraban en su camino al caer la noche. Se disfrazaban con prendas blancas y una capucha para no ser reconocidos y se hacían llamar el Klan. Las autoridades estaban teniendo verdaderos problemas para atraparlos, puesto que iban enmascarados y muchos blancos los amparaban.

Antes de que las mujeres regresaran a Washington, le pidieron a Elisabeth que las visitara lo antes posible. Ella se limitó a mostrarles una sonrisa triste y asintió levemente. Mientras el carruaje se llevaba de vuelta a sus amigas, se preguntó qué sentido tenía hacer planes, si el destino siempre se empeñaba en desbaratarlos.

Algunos días después, terminadas las fiestas navideñas, se presentó en casa de Olivia.

Su amiga le abrió la puerta con una sonrisa, pero al ver su expresión y el vestido negro, se echó a llorar en sus brazos.

Olivia llevó al pequeño Nathaniel a casa de sus vecinos Harris, preparó té y se sentó junto a Elisabeth toda la tarde, escuchando las noticias sobre William. Mientras Elisabeth se desahogaba, Olivia se percató del rostro ligeramente más afilado y las profundas ojeras de la mujer. Si alguien podía entenderla era ella. La guerra se llevaba a los hombres, pero ella siempre había pensado que serían otros, y que Nathaniel sobreviviría, como si fuera indestructible... ¡Qué ilusa había sido! La noticia de su muerte cayó como una losa sobre su pecho y durante mucho tiempo no supo dónde estaba. Su hijo pequeño, el recuerdo viviente de su esposo, le dio las energías que necesitaba para seguir viviendo; sin embargo, Elisabeth se encontraba sola.

Olivia estaba considerando marcharse al oeste a casa de su hermana, pero lo descartó en el mismo momento en que vio el vestido de luto de la muchacha, no podía irse ahora, al menos por el momento. No la dejaría tan sola.

—¿Qué piensas hacer ahora, Elisabeth? —Ella la

miró desconcertada, como si no entendiera la pregunta—. Me refiero a que... ¿has pensado volver a Inglaterra, con tu familia?

—No... —Pareció dudar—. No. Yo... tengo que plantar el algodón y... no puedo estar así, no puedo seguir adelante si no concluyo esto, Olivia. —La miró a los ojos con una clara determinación—. Lo he pensado mucho. Todos estos días y todas las noches. No puedo dejar a mi marido tirado en el bosque, abandonado a la intemperie, al frío del invierno y al sol del verano. Voy a viajar a Andersonville. Tengo que verlo con mis propios ojos. Voy a buscar su cuerpo en el bosque o donde sea. Aunque me lleve meses o años. Aunque tenga que cavar con mis propias manos cada palmo de tierra. Lo encontraré y lo llevaré a casa. A su hogar, con sus padres y conmigo. Y solo entonces decidiré qué hacer. Cuando él descanse cerca de su Ninawind.

La sorpresa que mostró Olivia ante la decisión de Elisabeth quedó reducida a mera anécdota cuando esta la expuso en la hacienda. Reunió a los más cercanos de sus trabajadores y les dijo que, en cuanto mejorara ligeramente el tiempo, ella partiría hacia Georgia y cuál iba a ser su propósito. Todos se quedaron boquiabiertos. Antes de que pudieran reaccionar, comunicó su decisión de dejar al frente de la hacienda a Felicity y Cicero, y les encargó las tareas de la siembra y del cuidado de la plantación; Harris sería el capataz, aunque siempre bajo la supervisión del anciano sirviente.

Asimismo, los informó de que, en caso de que a ella le ocurriera algo, la plantación se dividiría en tres partes: una para los fieles Cicero y Felicity, otra para Olivia y su hijo, y una tercera, de exactamente igual medida, para Kewohnew, la abuela de William, de la que dejaba instrucciones sobre cómo contactar. Kewohnew decidiría qué hacer con su herencia, pero, en caso de que la anciana ya hubiera fallecido, su parte se subdividiría y repartiría entre los anteriores dueños.

Cicero intentó un amago de protesta, pero Elisabeth la atajó con una mirada. Le dijo a Harris que si no tenía inconveniente se llevaría a su hijo como acompañante. En Georgia tenía pensado contratar algunos exploradores e intentaría contactar con el soldado que supo de las últimas circunstancias de William para que los acompañara también. Estaba segura de que Clara le facilitaría su localización, así como cualquier ayuda de los militares destacados en la zona.

Su vehemente determinación logró acallar las protestas y las dudas de Harris y Cicero, que veían aquello como una empresa casi imposible. Era loable que quisiera recuperar el cuerpo de su esposo, pero... ¿qué probabilidad tenía de lograrlo tantos meses después de su fallecimiento y sin tener constancia del lugar exacto del mismo? Era una locura, pensaron, pero también un supremo y último acto de amor por el hombre al que tanto había querido.

Durante los siguientes días, Harris y Cicero trabajaron mucho más unidos de lo que habían estado nunca. El posicionamiento sureño de Robert Harris lo hacía prácticamente un enemigo de la población negra, pero este había descubierto que sus ideas se basaban en tópicos heredados y sin sentido. Nunca había trabajado tan a gusto y con tanto ánimo como entre afroamericanos, que conocían incluso mejor que él los secretos de la tierra y siempre estaban dispuestos a echarle una mano o perdonarle una salida de tono.

Cicero le confesó a Robert que no dejaría que Elisabeth se marchara con la sola compañía de su joven hijo. Le parecía que el muchacho no era aún lo suficientemente adulto para imponer respeto y estaría mal visto que viajaran solos. Hablaría con Elisabeth para convencerla de que le permitiera acompañarlos. Cicero le consultó su opinión a Robert y este no pudo estar más de acuerdo. El hecho de que el sirviente los acompañara le daba mucha más tranquilidad. Terminaron la conversación con un apretón de manos.

Durante las semanas siguientes, Elisabeth se enfrascó en una febril correspondencia con Clara Barton para que localizara al soldado al que Will le dejó sus pertenencias. Comunicó las nuevas del fallecimiento de William a los Tremaine y a Niall O'Brien y se dedicó a preparar los documentos necesarios de la herencia, por si fuera necesario.

Elisabeth no pensaba ya en planes futuros, se limitaba a vivir al día, pero, por encima de eso, estaba su única determinación en esos momentos, que era dejar en funcionamiento la hacienda, tal y como William hubiera querido, y salir a buscarlo para traerlo a casa.

Ella, ingenuamente, había creído que el hecho de acudir a la plantación, a su hogar, le habría servido a William como la luz de un faro en una noche de tormenta. Su resplandor lo atraería donde fuera que estuviese. Sus pensamientos, su alma enamorada, le darían ánimos para superar los horrores y la distancia. Y acabaría regresando a ella.

Había vivido engañada todo este tiempo. Sintiéndolo como si estuviera vivo, como si su luz no se hubiera apagado, y no se dio cuenta, no quiso darse cuenta, de que todo aquello no había sido más que la esperanza de volverlo a ver, de volverlo a sentir, de oír su voz, una vez más, al menos una última vez.

Lo traería a casa. Tardase lo que fuera y costara lo que costase. Aunque tuviera que dejar su vida en el intento. De nada la valoraba ya. Prefería encontrarse con él en el más allá que vivir una vida anhelando su presencia, buscándolo por los rincones de la casa, en el olor desvaído de su ropa, en los ojos de Felicity cuando hablaba de él.

Cuando Wanda fue a visitarla, le había hablado de su viudedad, de que el tiempo acabaría suavizando las heridas, de buscar otros alicientes que la entretuvieran y le hicieran la vida menos infeliz. Ella no sabía si eso sería posible en su caso. Se sentía tan hundida que no tenía fuerzas. Felicity la animaba a continuar al frente de Kinomw, pero Elisabeth no encontraba el empuje ni la ilusión que necesitaba semejante empresa. Quizás, si lograba encontrar su cuerpo y tener una tumba donde acudir a hablarle y a rezar, encontraría una motivación. Por el momento, sus días eran apáticos, amargos y estaban sumidos en morbosos pensamientos.

Los días comenzaron a alargarse, lentamente. El hielo y la escarcha de las mañanas fueron desapareciendo. En el aire se olía la llegada inminente de la primavera.

Elisabeth estaba preparada para partir. Y una mañana, a pocos días de la fecha elegida, Elisabeth descubrió entre la maleza que abarrotaba y asfixiaba el jardín unas diminutas manchas azules. Apartando hierbajos y zarzas, se acercó a ver qué eran aquellas motas azules desperdigadas y descubrió, maravillada, cómo unas diminutas flores de Santa Lucía pugnaban por salir pese a la asfixiante broza.

Sonrió al cielo. Sintió que aquello era una señal. Lo encontraría y lo traería a casa. Y ella se quedaría en Kinomw hasta que llegara la hora de reunirse junto a él, en la tierra, en cuerpo, cenizas a las cenizas, y en el más allá, alma con alma.

Dedicó toda la mañana a desbrozar el jardín. Las flores los estarían esperando cuando regresaran, tal y como él le prometió.

XLV

Dolor. Agudo, penetrante, acerado.
El sonido de unas voces. La inmovilidad. Oscuridad.
Un destello de luz. Parpadeo y el sol hiere mi vista.
Siento que me muevo, pero mis piernas no responden. Por
entre los párpados entornados descubro las copas de los
árboles en movimiento, el brillo del sol entre sus hojas
movidas por el viento. Hay belleza en las imágenes, pero
este dolor se ceba y, de nuevo, la oscuridad se cierne sobre
mí. Bienvenida.

Durante varios días y noches, los exploradores creek pensaron que solo habían alargado la vida y el sufrimiento del hombre unas pocas jornadas más y que acabaría enterrado muy lejos de donde lo hallaron.

Quedaban algunos días de camino hasta su poblado y cuidarlo y transportarlo los retrasaba considerablemente. Respiraba con cierta normalidad, aunque en un primer momento pensaron que estaba muerto. No parecía tener heridas demasiado graves en el cuerpo: quemaduras y algunas costillas rotas, pero el disparo en la sien lo había sumido en una inconsciencia de la que no había despertado en días. A duras penas tragaba el agua que le obligaban a beber, aunque no aguantaría mucho más sin comer. Sin embargo, no se hubieran atrevido a dejarlo abandonado a su suerte. No podían hacerle eso al *custake emas'kv*, «hijo de la loba».

Pese a su constitución delgada, era un hombre alto y tenían que turnarse para llevarlo en una angarilla que habían construido con ramas. Tras unos días de marcha, comenzó a recobrar la consciencia durante apenas unos segundos, al principio. Para cuando llegaron al campamento, semanas después, el hijo de la loba ya caminaba sobre sus pies, aunque no hablaba y su espíritu parecía ausente.

Al principio creyeron que no entendía su lengua. No era uno de los suyos, era un mestizo que luchaba en la guerra de los rostros pálidos, pero descubrieron que, sorprendentemente, comprendía lo que se le decía.

El jefe Wotko lo recibió en su tienda cuando estuvo más recuperado de sus heridas, aunque apenas hablara. Cuando lo hacía se tomaba su tiempo. Wotko le dio la bienvenida. Los creek eran un pueblo amable, originarios de Georgia, donde habían vivido durante siglos. Los ingleses les prometieron respetar sus territorios, pero en 1830 el gobierno se apropió de sus fértiles tierras, donde ellos cultivaban y cazaban, y los empujó al oeste, hacia Oklahoma.

Habían adoptado muchas costumbres de los colonizadores e incluso llevaban sus ropas, mezcladas con las propias; comerciaban con ellos y no eran raros los matrimonios entre indias y norteamericanos. Tenían una mentalidad abierta y pacífica.

El hombre entendía la mayoría de lo que decían, aunque no era su lengua materna. Cuando el jefe le preguntó cuál era o de dónde venía, no supo qué contestar. Reconoció que desde que despertó había intentado desesperadamente recordar su nombre y qué le había sucedido. Con angustia, se dio cuenta de que no sabía cómo se llamaba ni por qué era capaz de entender la mayoría de sus palabras o qué hacía vestido de soldado. Los recuerdos anteriores a su despertar habían desaparecido.

Los hombres que le salvaron la vida lo llamaban Custake Emas'kv y él había adoptado ese nombre, sin saber cuál era el suyo antes de que lo hirieran ni las circunstancias que lo habían llevado a elegir la vida militar. ¿Había abandonado su tribu por alistarse en el ejército? ¿Dejaba a una familia atrás? Un indio no dejaría desamparada a su esposa e hijos para pelear una guerra con los rostros pálidos. ¿Acaso era un solitario, un mercenario, al que nadie esperaba? Le daba vueltas una y otra vez a esas cuestiones.

Cuando se sintió lo suficientemente fuerte como para participar de la vida diaria en el poblado, salió a cazar con otros hombres. La carne de la caza servía de alimento y las pieles que no necesitaba el poblado se vendían a los blancos. Reconoció sentirse a gusto en esa vida deambulante, durmiendo bajo las estrellas, viviendo de la naturaleza. Sintió haber vuelto a sus orígenes, a un hogar largo tiempo conocido, pero que en el fondo no era el suyo. ¿Cómo se llamaban sus padres? ¿Dónde estarían? ¿De quién habría heredado sus inusuales ojos verdes?

La herida en la cabeza que había estado a punto de matarlo le había borrado sus recuerdos. Intentaba recordar algún retazo de su vida pasada, alguna pista que le permitiera descubrir quién era, adónde pertenecía, en vano.

Los días pasaban, la primavera dio paso al verano, y esporádicamente algún gesto, alguna escena, le traía el breve destello de un recuerdo que apenas permanecía unos segundos en su memoria. Había hablado con el curandero, quien conocía otros casos de pérdida de memoria, provocados casi siempre por un fuerte golpe en el cráneo, o bien una herida, como era su caso. Algunos recuperaron la memoria con el tiempo, otros crearon una nueva vida y nuevos recuerdos, y los anteriores quedaron sepultados para siempre. Custake Emas'kv no quería aceptar esa opción. Ansiaba conocer. Algo dentro de él le decía que tenía que regresar a donde quiera que perteneciera, que habría alguien esperándole. Tal vez fuera solo la necesidad de no ser un paria, pero conforme pasaban los días se sentía más incómodo en su propia piel, con su mente quebrada.

Tras unos meses viviendo con los creek, el jefe le ofreció quedarse definitivamente junto a ellos. Era un hombre joven y fuerte y un buen cazador, le daría a una de sus hijas, podría fundar una familia. Custake Emas'kv le pidió tiempo. Necesitaba pensar, decidir qué haría. La guerra de los blancos había terminado hacía meses. Si alguien lo estuvo esperando, ya lo habría dado por muerto. ¿Qué podía hacer él? ¿Vagabundear por todo el país a la espera de que alguien pudiera reconocerlo y decirle quién era? ¿O comenzar una nueva vida junto a la hija de Wotko, quien le prometía agradables noches, familia y estabilidad?

Esa sería la opción más sensata. Se casarían en invierno y ya no se preocuparía por recuperar su memoria, sino en crear nuevos y agradables recuerdos junto a su esposa india. Pero, entonces…, ¿por qué, al mirarla, su rostro se volvía borroso y sentía que no era lo correcto? ¿Por qué las dudas lo mantenían despierto de noche y ansiaba recordar?

Llegó el otoño y algunos árboles comenzaron a perder las hojas. La tribu empezó a prepararse para el invierno, que pasarían instalados en sus casas de madera al amor de la lumbre. Tendría que tomar una decisión antes de la llegada del invierno. Si, finalmente, se casaba con la hija de Wotko, debería preparar su cabaña.

Sentado junto a la cascada, pensó que lo más sensato sería fundar un hogar con los creek, pero sabía que, si lo hacía, nunca les pertenecería en cuerpo y alma. Su cuerpo estaría allí, pero su mente seguiría intentando desentrañar el limbo de su pasado. Tomó una determinación. Hablaría con el jefe creek, le agradecería todo lo que había hecho por él y se marcharía antes del invierno.

En el preciso momento en que tomó la decisión, una paz infinita serenó su espíritu. Algo le decía que había hecho lo correcto. Usando la mano a modo de cuenco, tomó un sorbo de agua y la cascada borboteó con un sonido alegre y cristalino que a él le recordó el de una risa femenina y le trajo el recuerdo de una joven de cabellos rojizos y piel clara a la que abrazaba mientras la música flotaba a su alrededor.

Ninawind. Ella era la que lo había mantenido anhelante todo el tiempo. Por fin, un recuerdo se había filtrado entre la espesa niebla de su mente. Ella lo esperaba. No sabía quién era ni dónde la encontraría, pero estaba seguro de que ella era su destino.

Habló con el jefe y este le dio su bendición. Aunque le hubiera gustado tenerlo como pariente, no iba a intentar convencerlo, su determinación estaba clara. Él era el protegido de la loba, no podía oponerse a sus deseos. Los hombres que lo rescataron fueron testigos de cómo la loba intervino para que el rostro pálido no lo matara. Lo dejó ir, con pesar.

El protegido de la loba comenzó su viaje desde Oklahoma hasta Georgia durante el duro invierno.

Volvería al lugar en el que perdió su identidad. Preguntaría a otros soldados. Confiaba en que, poco a poco, otros recuerdos acabarían apareciendo ante sus ojos. Le tomara el tiempo que le tomase, la encontraría.

XLVI

Habían sido unas semanas de actividad febril, preparando el desplazamiento a Andersonville, escribiendo cartas, telegramas, solicitando la colaboración de los militares para una empresa que, Elisabeth no se engañaba, sería ardua. La mayoría la tomaban por una pobre viuda enajenada, otros la instaban a conformarse y aceptar el destino de su esposo: pudrirse tirado en cualquier parte, lejos de su hogar.

Ella no estaba dispuesta a aceptarlo. Invertiría todo el esfuerzo necesario para encontrarlo y traerlo hasta su hogar, donde descansaría junto a los suyos.

Y entonces, solo entonces, ella se permitiría el descanso. No se encontraba con fuerzas ni ilusión para continuar al frente de Kinomw, aunque sabía que era lo que a él le hubiera gustado. Quizás se metiera en la cama y no volviera a levantarse jamás. Eso sería agradable. Cerrar los ojos y dejar de pensar. Apartó esos pensamientos, aún tenía mucho por hacer antes de descansar, y corrió hasta la habitación de Will para echarle un último vistazo. Hacía tanto tiempo que no entraba...

Paseó la vista por la estancia, la detuvo en su cama, abrió el armario, acarició su ropa y recorrió la estantería llena de sus libros predilectos. Tomó *La cabaña del tío Tom*, de Harriet Beecher Stowe, la novela que, de alguna manera, había sido el desencadenante de lo que había ocurrido, el libro que en 1852 mostró al resto del país lo que era la esclavitud y cómo vivían los esclavos, abriendo los ojos a una realidad que había pasado desapercibida hasta entonces para aquellos que no vivían en el sur.

La guerra había cambiado a la sociedad. La esclavitud había sido abolida. Y los que se habían opuesto a esa abolición habían hecho pagar un precio enorme al país. Un precio en vidas, en dolor, en sangre y en lágrimas. Ella daba fe. Lo guardó en su bolsillo. Lo llevaría consigo en el viaje.

Bajó las escaleras y se despidió de Felicity con un abrazo. Olivia había ido a visitarla hacía unos días con su pequeño y también lo había hecho. Había escrito hacía poco a los Tremaine y a Niall, y estaba segura de que les dolería que no se hubiera despedido personalmente de ellos, pero la entenderían. Estaba convencida de que Niall se hubiera empeñado en acompañarla si hubiera podido. No sabía cuándo volvería a verlos.

Junto a la entrada, un carromato cargado de enseres, herramientas, alimentos y todo lo necesario para un largo viaje y una estancia indefinida la esperaba dispuesto a partir. Se despidió del señor Harris y otros trabajadores, y se dispuso a subir al carro.

Cicero y Horace, el hijo del señor Harris, ya estaban preparados. Cicero, subido al carromato, le tendía la mano para ayudarla, y Horace, que se encargaba de los dos caballos de tiro, subiría tras ella.

Algo la hizo detenerse y observar el camino.

Alguien había atravesado la verja de entrada y caminaba hacia la casa.

El sol resplandeciente de la mañana jugaba con su visión. Se puso una mano sobre los ojos a modo de visera. Creyó ver una silueta masculina conocida, andando a paso rápido por el sendero.

Dejó atrás el carro y a todos los que habían acudido a despedirse, y comenzó a andar hacia él a paso vivo. Echó a correr cuando vio que él lo hacía.

No podía ser.

No era posible.

Al final, su mente había terminado por rendirse y le hacía ver visiones. Un espejismo. Lágrimas traicioneras le impedían ver con claridad y sentía escalofríos por todo el cuerpo. Se detuvo cuando apenas los separaban unas cuantas yardas. El corazón le latía con tanta violencia que pensó que acabaría explotando, los oídos le pitaban y un zumbido ensordecedor se apoderó de su cabeza. Sintió una agradable lasitud mientras sus rodillas se doblaban y sus ojos se cerraban mostrándole una última imagen de aquel que le era tan querido.

La imagen de William, con el cabello azabache increíblemente largo, una camisa a la usanza europea y unos pantalones de piel, como había visto que llevaban los indígenas, invadió su retina antes de que ella se dejara vencer por la inconsciencia.

Will la acogió entre sus brazos antes de que cayera al suelo. La llevó en volandas hasta la casa, mientras Cicero y Felicity gritaban aleluyas, maravillados, pues creyeron que estaba muerto y había resucitado como un Lázaro bíblico.

Acomodó a Elisabeth sobre el sofá y Felicity le acercó unas sales. Cuando la muchacha despertó con Will junto a ella, necesitó que los ancianos le confirmaran que lo que veía era cierto, que su cabeza no le había jugado una mala pasada y no era más que un ensueño de su mente. Tocó y pellizcó a William sin cesar, y le pidió que él también la pellizcara. Él la tomó de las manos, le acarició el pelo y dibujó con un dedo el contorno de su rostro mientras les contaba que había sido herido en la cabeza y había perdido la memoria. Un grupo de indios creek lo habían acogido hasta que había empezado a recordar. Durante todo el invierno, anduvo deambulando de un lugar a otro, recordando retazos de su vida hasta que, por fin, el rompecabezas fue encajando y supo dónde estaba su familia, su hogar. Y voló hasta ella.

Elisabeth se echó sobre él y se fundieron en un apretado abrazo mientras lágrimas de felicidad recorrían sus mejillas, mitigando los sinsabores y las penalidades pasadas.

Cicero y Felicity se retiraron, tomados de la mano, para dejarlos solos.

Permanecieron mucho tiempo abrazados en silencio, sintiendo la respiración y los latidos del otro, dejando que meses de angustia y soledad, de dolor y desgarro, se suavizaran al contacto de la persona amada.

Will acarició su cabello y comenzó a besarla suavemente en la mejilla hasta atrapar sus labios. Se detuvo en ellos durante unos instantes y ella no pudo evitar que una explosión de sollozos interrumpiera el mágico momento. Lo había anhelado tanto... y casi murió por la pena de no volverlo a sentir.

Comprendió lo que ella sentía y maldijo el día en que una bala le quitó sus recuerdos y una parte de su vida. Y de la de ella. No podía volver atrás en el tiempo, pero se prometió que la compensaría. La compensaría con un amor sincero y honesto todos y cada uno de los días de su vida. Intentaría borrar los malos recuerdos, los sufrimientos...

Dedicaría su vida a hacerla feliz.

Más tarde, subieron a la habitación y encontraron el baño ya preparado. Mientras William se bañaba, le contó a Elisabeth, con más detalle, lo que le había sucedido. Cuando salió de la bañera y se secó, se tumbaron en la cama, uno junto al otro, y le tocó el turno de oír, con tremendo dolor, el relato de cómo ella había mantenido la esperanza de que estuviera vivo durante mucho tiempo. Sin embargo, las cartas y el medallón fueron lo que la convencieron de que Will habría fallecido, pues sabía que no se desprendería de ellos por nada en el mundo.

Muchas cosas se quedaron por decir cuando la necesidad por el otro se hizo patente. Frente a frente, el calor de la piel cercana, el recuerdo de las caricias y el deseo de sentir a la persona amada acallaron las palabras, que se convirtieron en dulces susurros de placer cuando las caricias conquistaron los labios, la piel y los sentidos. Se amaron lentamente, sin prisas, reconociéndose de nuevo hasta que una cadencia instintiva aceleró sus respiraciones, sus deseos, sus anhelos y sus gemidos para conducirlos hasta la dicha más absoluta, hasta la comunión de dos cuerpos y dos espíritus que se habían amado y se amarían hasta el último aliento.

XLVII

En las noches y los días que siguieron al retorno de William, el mundo se paralizó, las obligaciones dejaron de existir y emplearon cada segundo de su tiempo juntos en desdibujar el profundo dolor, el vacío que llevaban arrastrando desde hacía muchos meses y que había sido como una piedra atada a su cuerpo que los había ido hundiendo lentamente.

Las horas se llenaron de caricias y relatos, de lágrimas y besos, de pesadillas y esperanzas. De día hablaron del tiempo que sufrieron separados y de lo que estaba por venir, un futuro cargado de ilusiones y anhelos. De noche, en sus pesadillas, Will había gritado creyendo que aún se encontraba bajo el poder del maníaco Wirz, y Elisabeth había llorado de soledad, hasta que los susurros tranquilizadores del otro los habían devuelto al mundo real.

Las heridas del alma comenzaban a sanar poco a poco, la angustia y el desamparo que la falta de su mitad les causó empezaban a desaparecer, y cuando el temor asomaba de nuevo, bastaba con alargar la mano y sentir el calor de la piel querida en las yemas de los dedos para recordar que la pesadilla había pasado, que la vida les había concedido una segunda oportunidad.

Al cabo de algunos días, la pareja decidió, no sin esfuerzo, que ya habían abandonado lo suficiente la plantación y a los perplejos trabajadores, y se obligaron a salir de la alcoba donde habían permanecido recuperando algo del tiempo perdido y, sobre todo, tomando conciencia de que ya nada iba a separarlos.

Acompañado por Elisabeth, William recorrió la propiedad, maravillado ante la labor de su esposa. Reconoció el inmenso esfuerzo de ella para devolver la vida a una hacienda abandonada, con cargas económicas, llena de maleza y con mil y una necesidades urgentes. Lo más inmediato era la siembra del algodón y a ello se pusieron los hombres con William al frente. Impidió que Elisabeth se dedicara al extenuante trabajo en el campo y acordaron que se dedicaría a las reparaciones en la casa, ayudada por Horace Harris.

A Will le reconcomía que Elisabeth se empleara en trabajos que nunca antes había tenido que hacer y que hubiera gastado el dinero de su herencia en la plantación. Él hubiera preferido que su esposa se hubiera limitado a dirigir la intendencia doméstica, como una *lady* inglesa o una dama sureña hubieran hecho antes de la guerra, pero, ante las circunstancias, tuvo que reconocer que no era el momento de andarse con remilgos. La situación no les permitía estar mano sobre mano, y Elisabeth, a la que nunca le había gustado el papel de mujer florero, encontraba cierta felicidad en irse a la cama tras un día de trabajo bien empleado en Kinomw. Era gratificante ver cómo, poco a poco, la hacienda recuperaba el aspecto de sus mejores tiempos y que ella había participado en aquel milagro. Finalmente, Kinomw se estaba convirtiendo en un hogar construido entre los dos.

* * *

Fue un auténtico placer para Elisabeth escribir a sus amigos, Clara, Wanda, Victor y Frances Tremaine, Niall y Olivia, informándoles de sus nuevas sobre Will. Los invitó a visitar la plantación en verano, después de la siembra, por si sospechaban que había perdido definitivamente la cabeza y no acababan de creerla, pensó en una nube de felicidad. William mandó unas cuantas cartas también, una de ellas al soldado Jebediah Jones, informándole de su vuelta al mundo de los vivos y ofreciéndole trabajo en la plantación, para él y su familia, si querían.

La primavera estalló en todo su esplendor y los jardines aledaños a la mansión se llenaron de flores azules de Santa Lucía. Will esparcía unas cuantas en la cama cada vez que se levantaba temprano y dejaba a Elisabeth durmiendo, o sobre la mesa del estudio cuando preveía que ella entraría a escribir. Era su manera de decirle que la pensaba, que la echaba de menos, aunque se separaran por poco tiempo. Había comenzado a hacerlo desde que ella le contó que la carta que recibió, hacía ahora varios años, con las flores azules había supuesto el inicio de su interés por él, el primer atisbo de ilusión ante su matrimonio. Elisabeth se henchía de felicidad cuando encontraba a su paso las flores: sobre la cama, en el estudio, en la cocina. Su vida había cambiado tanto desde aquellas primeras cartas que casi no se reconocía en aquella jovencita que pensaba que todo su mundo se reducía a Melton Mowbray y poco más.

Elisabeth andaba atareada preparando la habitación que Olivia y el pequeño Nat iban a ocupar en su inminente visita, cuando William la llamó al porche.

No dejó que traspasara la puerta de entrada sin antes cerrar los ojos, pues tenía una sorpresa para ella. La condujo con cuidado por las escaleras y cruzaron el jardín delantero hasta llegar a los árboles frente a la casa. Le pidió que abriera los ojos y ella pudo descubrir el precioso columpio que le había construido y decorado con flores. Muy cerca de allí, una mesa y un par de bancos de madera lo acompañaban. Los ojos se le llenaron de lágrimas recordando la promesa que él un día le hizo en una carta y que creyó que nunca vería cumplida. Él no la había olvidado y el cielo había permitido que regresara a ella para cumplir lo prometido. Lo abrazó, intentando contener las lágrimas, hasta sentir que el latido acompasado de su corazón la serenaba.

Aquella tarde tomaron el té sentados en los flamantes bancos, y se divirtieron columpiándose hasta que el sol comenzó a ocultarse, en un cielo de colores naranjas y violetas, y cuando la bóveda celeste se volvió de un intenso y oscuro azul, contemplaron la aparición de las primeras estrellas.

Con ella sentada sobre su regazo, William le contó, entonces, leyendas indias sobre las estrellas y ella lo escuchó con una sonrisa, mientras pensaba que la única estrella que le importaba era Tecumseh, una estrella fugaz de la que aprendió lo que era amar de verdad y que desapareció de su vida durante demasiado tiempo, pero de la que ya no se separaría.

XLVIII

Kinomw
Mayo de 1866

Olivia y Nat llegaron acompañados de Niall, lo que supuso una muy agradable sorpresa. Ambos habían mantenido el contacto, preocupados por Elisabeth, y se habían escrito regularmente tras su estancia en Kinomw el año anterior. La magnífica nueva de la aparición de William los había unido aún más y Niall había hecho lo imposible por estar con ellos cuando Olivia fuera a visitarlos. Le resultaba incómodo, de alguna manera, encontrarse con ellos solo, y cuando Olivia le había comentado que iría a verlos, encontró una oportunidad excelente para hacerlo junto a ella. Su trabajo no le había permitido avisar con el tiempo suficiente, pero estaba seguro de que Elisabeth y William lo acogerían sin problema. Y así había sido.

Ambos estaban encantados de volver a ver a Olivia y a Nat, la esposa y el hijo del añorado amigo de Will, y a Niall, el hombre que fue un gran apoyo para Elisabeth mientras estuvo en Washington.

Celebraron su llegada con una pequeña fiesta al aire libre junto a algunos de los vecinos más cercanos que habían sido amigos de Will desde mucho antes de que la guerra comenzara. Horace y otros hombres de la hacienda, que tocaban el violín, el banjo o la armónica, compusieron un pequeño grupo musical y tocaron alegres piezas como *Dixie* y otras más nostálgicas como *Just Before the Battle, Mother*, que recordaron la guerra y las pérdidas que esta trajo.

Bailaron y se divirtieron como no recordaban desde hacía mucho. A Elisabeth le encantó perderse entre los fuertes brazos de William, mientras le comentaba la bonita pareja que hacían Olivia y Niall, quien había insistido en sacarla a bailar después de ver cómo el sonriente rostro de Olivia comenzaba a mostrar huellas de melancolía.

Elisabeth descubrió con placer que la confianza entre ambos crecía mientras estaban en Kinomw. El pequeño Nat fue el protagonista de gran parte del tiempo que pasaron juntos, y tanto Niall como William se disputaron su atención, pero percibió cómo Olivia prestaba especial atención al trato que Niall le dispensaba a su hijo. Elisabeth intuía que algo se estaba gestando entre ella y el irlandés, aunque quizás ellos ni siquiera fueran conscientes, y les deseó lo mejor. Ojalá descubrieran lo mucho que podían quererse y compartir, y dejaran de viajar solos por el camino de la vida, para hacerlo acompañados y enamorados.

El día anterior a su marcha de Kinomw, William y Niall fueron a ver los caballos de un vecino y ellas decidieron tomar el té frente a la casa, mientras Nat disfrutaba del columpio.

—Voy a echaros tanto de menos... —le dijo Elisabeth—. Espero que volváis pronto a vernos o amenazo con iros a buscar a Richmond.

Olivia dibujó una sonrisa relajada en su semblante. Últimamente, Elisabeth la había notado algo nerviosa y le agradó verla más tranquila.

—Ha sido tan reconfortante estar junto a vosotros estos días, haber vuelto a ver a William, sano y salvo, y que me hablara de Nathaniel... Nunca encontraré la forma de agradecerle las tranquilizadoras palabras de Will sobre él, sobre sus últimos días, pero... no puedo quedarme anclada al pasado, y precisamente quería hablarte de ello. Llevo mucho tiempo posponiendo un viaje y creo que ya es el momento de hacerlo. Tú has recuperado a tu marido, Dios le bendiga, y los abuelos de Nat se marchan a vivir a Washington, así que ya no podrán visitarnos con la frecuencia de antes. —Dejó la taza sobre la mesa y cruzó las manos sobre el regazo—. Mi hermana está en California con su marido y sus cuatro hijos, y está deseosa y desesperada por que vaya a verla. —Rio—. Le debo una visita desde hace mucho tiempo, me necesita, Elisabeth, y yo también la echo de menos, es mi única familia y Nat ni siquiera la conoce. Voy a ir a verla y me quedaré por un tiempo, el que sea necesario. Oh, Elisabeth, créeme, yo sí que voy a echaros de menos...

—Mi querida Olivia —Elisabeth le sonrió con un deje de tristeza. Pensó que la vida era una cadena de pérdidas y renuncias, pero que, aunque Olivia no estuviera a su lado, estaría junto a su familia—, tienes que ir si te hace feliz, es tu hermana. Y cuando decidas volver, aquí estaremos. Podrás contar con nosotros para lo que necesites.

Olivia asintió.

—Lo sé —musitó.

—¿Cómo viajareis hasta allí? —preguntó Elisabeth inquieta.

—Iremos en tren durante la mayor parte del trayecto... con Niall. Él se ha ofrecido a acompañarnos hasta mi destino. Yo..., quizás no sea lo más correcto, pero he aceptado. Se que puedo confiar en él y a su lado me siento protegida y acompañada. Es un hombre íntegro, sé que se comportará correctamente y adora a mi hijo.

—No tienes que justificarte, Olivia. No podrías viajar en mejor compañía.

—Me ha dicho que va a establecerse en California hasta que se termine de construir el tramo oeste del ferrocarril. Le es mucho más cómodo permanecer allí que ir y volver de Washington. Aquello es un territorio enorme, aunque, entre nosotras, espero que lo haga cerca de Fresno, donde viven mi hermana y mi cuñado, me agradaría verlo de vez en cuando. Es..., sería una forma de teneros más cerca.

—Estoy segura de que a él también le gustará veros a menudo. Me he fijado en lo bien que se lleva con Nat.

Olivia se mordió el labio con suavidad y suspiró. Pareció querer decir algo, pero no se atrevió. El silencio se instaló entre ellas durante un tiempo. Al fin, confesó:

—Echo terriblemente de menos a Nathaniel y no imaginas el dolor que siento cuando pienso que mi hijo crecerá sin su padre. Le hablo de él a diario y le muestro su retrato vestido con el uniforme azul que acabó matándolo, pero por mucho que se lo recuerde, él ya no está. Sé que mi hijo necesita una figura masculina que le enseñe a manejarse en este mundo tan salvaje, pero no sé si yo estaré preparada alguna vez para amar a otro hombre. Así que me refugio en las faldas de mi hermana y mi cuñado para que me ayuden con Nat. —Elisabeth intentó protestar, pero Olivia la cortó tajante—: No, no puedo daros esa carga a vosotros. No, con todo lo que habéis pasado. Tenéis que luchar por la plantación y por los hijos que llegarán. —La tomó de las manos—. Te escribiré en cuanto llegue y te mandaré las señas. No os olvidaré, Elisabeth, ¿cómo podría hacerlo?

Se despidieron pocos días después. Prometieron que seguirían en contacto. Olivia por carta y Niall intentaría visitarlos de nuevo, si el trabajo se lo permitía, junto a Victor y Frances Tremaine, quienes habían anunciado su visita para el otoño.

XLIX

Desde finales de septiembre y durante todo el mes de octubre, todos en la hacienda Kinomw se habían empleado a fondo en la recogida del algodón. La cosecha había sido espléndida, como pocas desde hacía muchos años. La venta del algodón ayudaría a pagar deudas, impuestos, salarios, reparaciones e incluso daría para hacer buenas inversiones en maquinaria y nuevos cultivos. Los buenos frutos cosechados les daban un respiro después de muchos meses de incertidumbre.

Al finalizar la recogida, celebraron una fiesta en la hacienda a la que asistieron todos los trabajadores. Algunos regresarían a sus hogares, aunque la mayoría permanecería en Kinomw para encargarse de la cosecha de invierno. Una de las primeras tareas que Elisabeth acometió al llegar a la hacienda fue la construcción de algunas casas para los jornaleros, y desde entonces el número de viviendas había crecido sin parar y ya eran unas cuantas familias las que vivían allí de forma permanente. Elisabeth estaba pensando en habilitar una de las casas como escuela para niños y mayores. Probablemente ella no podría encargarse a diario de atenderla, por lo que pensaba escribir a su amiga Hattie Wilson, quien trabajó con ella en la escuela de Washington durante la guerra, y ofrecerle un empleo. Si por alguna circunstancia no podía ocuparse, le pediría referencias de alguien que pudiera hacerlo, aunque le encantaría volver a tenerla cerca.

Will se despidió con afecto de Jones. El soldado acudió a verlo tan pronto como se enteró de su milagrosa aparición, maravillado de encontrarlo vivo, y decidió quedarse para la cosecha. Estaría un tiempo con la familia de su hermana Loretta, a la que había localizado en Washington, y regresaría tras las fiestas navideñas.

Los Tremaine acudirían a visitarlos en un par de semanas. Niall había mandado una carta excusándose por no poder acompañarlos, pero no podía ausentarse del trabajo después de que hubieran surgido complicaciones en la construcción del tramo de ferrocarril desde Omaha a Sacramento, debido al relieve de Sierra Nevada, donde era necesaria la construcción de varios túneles de gran dificultad. Les mandaba recuerdos de Olivia y Nat, a los que veía a menudo, y les contaba, orgulloso, lo mucho que el pequeño había crecido.

Tomaron un relajante baño caliente en la soledad de la alcoba, una vez que la celebración hubo acabado, exhaustos después de todo un día de preparativos y atenciones como buenos anfitriones. Dentro de la tina, Elisabeth descansaba su espalda sobre el pecho de Will y reposaba la cabeza sobre su hombro. El ligero rastro de barba del hombre rozaba su mejilla izquierda y le producía una agradable sensación del placer por venir. Suspiró. Lo notaba singularmente callado esa noche.

—¿No vas a contármelo? —le preguntó mientras

acariciaba sus fuertes brazos, que reposaban sobre la tina fuera del agua.

—No puedo ocultarte nada, por lo que veo. —Rio y la besó en el cabello—. Pensaba en una propuesta que me hicieron en Richmond esta mañana. Sabes que los vecinos no terminan de aceptar al delegado del gobierno federal, aunque lleva al frente más de un año. No aprecian todo lo que el hombre está haciendo por reconstruir la ciudad y mantener un clima pacífico.

—Sé que lo está haciendo razonablemente bien, Will, pero puedo entender que la gente no lo acepte. Es difícil dejarse gobernar por quienes los vencieron y piensan distinto a ellos.

—Deben comprender que no era posible una nación basada en la esclavitud, el sufrimiento y la sangre de otros hombres. Y el gobierno no dejará que Virginia, ni ningún otro estado, se autogobierne hasta que no demuestre que es capaz de hacerlo siguiendo los principios constitucionales.

—Estamos de acuerdo, pero todo esto requerirá de un tiempo de adaptación progresivo. No se puede cambiar la mentalidad de un hombre, de una ciudad, de un día para otro. Recuerdo los primeros días del señor Harris en la hacienda junto a los trabajadores afroamericanos. Ahora me divierte recordarlo, pero en aquellos momentos parecía siempre a punto de explotar. Todos los días, al acabar, me echaba en cara que lo hacía porque necesitaba el dinero, y yo me limitaba a recordarle que tenía que guardar las formas y comportarse correctamente, como cualquier otro trabajador. Si hubiera habido más peones disponibles en ese momento, lo hubiera echado sin dudar. Pensaba que cualquier día estallaría la tragedia. Y, sin embargo, al final de la cosecha de invierno me dijo que nunca había conocido a gente tan trabajadora y «sin necesidad de látigo». ¿Puedes creerlo? Me soltó un: «Probablemente haya estado equivocado y la libertad aliente las ganas de trabajar». Y míralos ahora, a Cicero y a él, parecen amigos de toda la vida.

—Eres maravillosa. —La abrazó—. Creo que con quien tendría que hablar el delegado sería contigo.

—No, gracias. Si van por ahí los tiros, te aseguro que tuve bastante. Pero... ¿quieres decirme de una vez de qué propuesta me hablas?

—El delegado Cox me ha propuesto formar parte de su gobierno. Al parecer, el gabinete federal en Washington le ha dado buenas referencias de mi paso por el ejército y, sobre todo, ha valorado que nuestra plantación sea un ejemplo de convivencia, según sus palabras. Cree que mi presencia en el gobierno podría influenciar a los ciudadanos para que comenzaran a aceptar el cambio y entendieran que, definitivamente, la integración es positiva, necesaria y supone el futuro de Richmond y del estado de Virginia.

—Will..., es una gran responsabilidad, hay tanto por hacer... También aquí en Kinomw.

—Lo sé. No voy a dejar de ocuparme de Kinomw bajo ningún concepto, ni de ti, mi Ninawind. Le he prometido pensarlo durante unos días, pero creo que ya lo he decidido. Aunque voy a rechazar un puesto permanente en el gobierno, sí me ofreceré para asesorarlo en todo lo que pueda. Habría que ocuparse de la reconstrucción de la ciudad, la falta de alimentos, el respeto y la convivencia pacífica entre negros y blancos... Otra de las cosas que me preocupan son los lisiados de guerra que vagabundean de un lado a otro sin trabajo. Hay que ocuparlos de alguna manera. Hayan ganado o perdido la guerra, no se les puede dejar desamparados. A pesar de su minusvalía, hay muchas cosas que podrían hacer. No pueden limitarse a malvivir, más de la mitad acabarán alcoholizados, bebiendo para olvidar su tragedia, ¿y qué será de sus familias? Tendremos que encontrar una solución para ellos.

—Entonces..., no aceptarás un puesto en el gobierno local, pero acabarás igualmente implicado. —Se volvió para mirarlo a los ojos, aunque sabía cuál iba a ser su respuesta.

—¿Me querrías igual si te dijera que no me importa lo que les pase? —le preguntó mientras le sujetaba la barbilla—. Yo podía haber sido uno de ellos.

—No, ni lo menciones. Ya tuvimos suficiente. —Le pasó los dedos suavemente por entre su brillante cabello negro—. Te amo por cómo eres y me siento orgullosa de cada paso que das. Te apoyaré, tomes la decisión que tomes.

—¿Te he dicho hoy cuánto te quiero? —Acercó sus labios a los de ella y los besó con dulzura—. Me da miedo pensar qué hubiera pasado si no te hubiera conocido, si no hubiera aceptado ese inesperado contrato matrimonial, o si tú no hubieras viajado hasta Washington y nos hubiéramos encontrado.

—Yo creo que estábamos destinados, Will. Tú y yo habríamos acabado juntos. No quiero pensar en otra cosa. —Tiritó—. ¡Dios! El agua ya se ha enfriado demasiado para mi gusto, ¿piensas quedarte ahí toda la noche? —Le sonrió, pícara, mientras se incorporaba. Y, tomando una toalla, se comenzó a secar de una manera tan sensual que no dejaba lugar a dudas sobre sus intenciones.

Él se levantó tras ella, incapaz de contemplarla durante mucho tiempo sin actuar, y la agarró por la muñeca, pero ella consiguió zafarse y, metiéndose deprisa entre las sábanas, le arrojó la toalla. William comenzó a secarse con parsimonia, sin dejar de mirarla.

—Sabes que no tienes adónde huir, ¿verdad? —le advirtió burlón.

—Lucharé hasta mi último aliento —le aseguró y se mordió los labios, sintiendo cómo le ardía la piel con solo pensar en sus manos recorriéndola.

William dejó la toalla y en solo dos zancadas se situó sobre ella. Elisabeth se revolvió y fingió luchar mientras él la cubría de besos y caricias. Retiró la sábana que estorbaba y recorrió el cuerpo de su esposa con sus labios ardientes. Elisabeth no lamentó claudicar tan pronto, mientras se aferraba a su cabello y le suplicaba que no parase. El roce del vello de su pecho y de sus piernas sobre su piel era eléctrico. Quería fundirse en él, sentirlo en lo más profundo, convertirse en un solo cuerpo. Lo amaba, lo necesitaba, quizás no se lo dijera tan a menudo como él a ella, pero se lo demostraba, cada día en sus miradas, cada noche con sus caricias y su rendida entrega.

Más tarde, mientras escuchaba su respiración acompasada y relajada junto a ella, pensó en todo lo que habían vivido desde su vuelta hacía casi diez meses. Una segunda oportunidad. La vida les había concedido una segunda oportunidad de estar juntos y ellos la habían atrapado y exprimido al máximo, todos y cada uno de los días desde entonces. Una vida en común en Kinomw, el proyecto de devolverle su antiguo esplendor, de disfrutarla junto a sus amigos, y ahora una oportunidad social y política entraba en sus vidas. William lo haría bien, pondría su corazón en el empeño, su inteligencia y su don de gentes. Ella no dudaba de que conseguiría lo que se propusiera.

Si todo fuera tan fácil..., caviló, mientras recordaba una de las últimas conversaciones que tuviera con Amelia. Pobre y querida Amelia, consiguió lo que quería, pero pagó un alto precio.

Un hijo. Elisabeth añoraba el tacto de un bebé entre sus brazos. Laurence, Oscar, Nat. Tal vez no estaba en su destino ser madre, pero no podía reprocharle nada. ¿Cómo reclamarle más a la vida cuando Will había regresado de entre los muertos para quedarse a su lado?

No sabía qué pensaba Will sobre eso, nunca lo habían hablado, aunque había observado lo mucho que le gustaban los niños y estaba segura de que sería el mejor padre. Intuía que su esposo jamás le reclamaría nada, y eso estaba bien. La vida se ocuparía, decidió. Ocurriría lo que tuviera que ocurrir.

L

El 26 de enero de 1870, Virginia fue readmitida como estado de pleno derecho en la Unión, después de varios años de reconstrucción y adaptación a los cambios sociales y políticos que rechazó a inicios de 1861 y que hicieron que, voluntariamente, se escindiera de los Estados Unidos. Lejos quedaron los tiempos en los que fue gobernada por militares y gente del norte que carecían del conocimiento de su idiosincrasia y personalidad. De ahora en adelante, los virginianos votarían a quienes quisieran que los representasen.

En Richmond, William Tecumseh Cooper había sido un miembro destacado del gabinete de gobierno y había contribuido al bienestar social de sus ciudadanos, y aunque sus vecinos se lo habían solicitado encarecidamente, había decidido dar un paso a un lado y dejar que otros representaran al nuevo estado norteamericano, pues sentía que su trabajo político había acabado y otras metas muy diferentes le aguardaban en el futuro.

Días más tarde, recibió una carta de su amigo Jebediah Jones, que se hallaba de visita en Washington, en la que le informaba de una extraordinaria noticia. El 3 de febrero, el gobierno había ratificado en la Decimoquinta Enmienda a la Constitución el derecho al voto de los hombres afroamericanos. El gobierno no impediría a ningún ciudadano votar por motivo de raza, color o condición de esclavo antes de la guerra. La teoría había sido sembrada, las leyes se habían aprobado, ahora era necesario que se pusieran en práctica.

Eran unas noticias excelentes que confirmaban que los ciudadanos de los Estados Unidos caminaban juntos hacia un futuro en el que no existirían diferencias entre hombres, y de ello resultaría la consolidación de una gran nación.

Sin embargo, ni William ni Elisabeth se engañaban. A veces, las leyes iban por delante de los corazones, y era mucho, aún, lo que quedaba por hacer en cuanto a derechos civiles para afroamericanos e indios, y el acatamiento y respeto de dichos derechos por parte de una gran mayoría de hombres blancos.

Kinomw se había convertido en esos años en una hacienda próspera, que empleaba a un buen número de trabajadores a lo largo de todo el año. Las antiguas casas de los peones se habían quedado pequeñas y se habían trasladado a un lugar más amplio y cercano al río, donde el abastecimiento de agua no sería un problema. Elisabeth había conseguido cumplir su sueño de abrir una escuela y era dirigida por Hattie, quien se había mostrado encantada de ponerla en marcha. Al principio creyó que pasaría solo unos meses en la hacienda, pero conoció a Jebediah en la primavera de 1867 y desde entonces no se habían separado. Se habían casado y ahora esperaban su primer hijo juntos.

Will llevaba mucho tiempo acariciando una idea, y si había un momento perfecto para cumplirla, era, sin lugar a dudas, este. Llevaría a su familia a Canadá, a conocer a su mitad india y, a la vez, echaría un vistazo al estado de las propiedades de su abuelo francés, Tristan Mathieu. Decidiría qué hacer con una casa y unos terrenos en un lugar tan alejado y a los que difícilmente podría prestar atención. Dudaba que su bisabuelo Sachem estuviera aún vivo, aunque esperaba que su abuela Kewohnew sí lo estuviera y le ayudara a decidir qué hacer con ellos. Se los cedería sin dudar a ella o al nuevo *sachem* Zorro Veloz si les era de alguna utilidad, pues sabía que, cada vez más, los indígenas eran expulsados de sus territorios por la codicia de los rostros pálidos.

La consolidación de Virginia como estado de pleno derecho a los Estados Unidos fue la culminación de años de trabajo y puso punto y final a una etapa de su vida. Ahora pensaba dedicarse en exclusiva a sus asuntos y, especialmente, a su familia.

Llegaron a Quebec en un día de radiante primavera. Alquilaron un carro y se pusieron en camino hasta Chicoutimi. Will apreció lo mucho que había mejorado el camino que llevaba desde la populosa urbe en la que se había convertido Quebec hasta la aldea.

Recordaba los senderos apenas transitados de su niñez y la espesa arboleda que los hacía casi impracticables. Aquello se había convertido en un camino por el que dos carruajes podían pasar aceptablemente y el cercano bosque había perdido su aspecto más salvaje y aterrador.

Chicoutimi también había cambiado. William temía que su abuela ya no estuviera para recibirlos. Él le había escrito anunciando su llegada, pero, como era habitual, ella no había contestado su carta. Casas que conformaban calles secundarias se extendían a partir de la avenida principal. La recorrió, junto a su familia, hasta llegar al hogar de su abuela, de su madre.

La casa seguía en pie y la puerta estaba entornada como la primera vez que la vio, hacía más de veinte años. Si su abuela aún vivía, pasaría de los sesenta años y, probablemente, no lo reconocería. Sumido en sus pensamientos, no oyó a Elisabeth detrás de él, ni a los pequeños, Connor, un niño afroamericano de siete años, y Umi, «Vida», una niña india de cuatro, que habían sido adoptados en Washington. Los niños les habían llenado de felicidad a ambos, y habían traído una serenidad de espíritu a Elisabeth que, hasta ese momento, no se había dado cuenta de que le faltaba. William adoraba a su familia y sentía que estaba haciendo lo correcto al llevarlos a su otro hogar. Si su abuela pudiera verlos...

Connor se adelantó, decidido, empujó la puerta de entrada y dio un respingo al encontrarse frente a una anciana de tez arrugada y rictus severo. La anciana lo observó con los ojos entrecerrados e inspeccionó igualmente a Elisabeth, a Umi, que se refugiaba detrás de las faldas de su madre, y, finalmente, se detuvo un buen rato en la figura de William.

—Tecumseh —susurró, abriendo los brazos—, mi pequeño...

William caminó hacia ella y la arropó entre sus brazos, mientras Elisabeth contemplaba la escena con ojos húmedos por la emoción. Esa era la familia materna de William, de la que tanto le había hablado, y había deseado tanto como él llegar hasta allí y conocerla, al fin. Se acarició el vientre y sonrió mientras una lágrima escapaba a su control.

Kewohnew le pidió a William que la pusiera al día desde la muerte de su hija Kinomw, y preparó bocadillos para los niños y café para los mayores, mientras lo escuchaba.

Cuando los niños acabaron de comer, los abrazó y besó y los mandó a jugar al jardín. Kewohnew le contó entonces a Elisabeth que ella también había perdido a sus padres de niña y había tenido la enorme suerte de que el Sachem y su esposa la adoptaran. Ella no habría podido elegir mejor, aunque, más tarde, se decidiera a abandonarlos cuando conoció el amor y se volviera loca por un francés que no la merecía, pero que le dio lo mejor de su vida.

Will le preguntó por el Sachem y ella le contó que hacía muchos inviernos que el jefe indio había abandonado su carcasa humana y se encontraba en compañía del Gran Espíritu. La tribu era dirigida ahora por Zorro Veloz, quien seguía yendo a verla, como antes hacía todas las primaveras el Sachem, y se preocupaba por ella. Seguramente no tardaría mucho en regresar y podrían volver a verse tras tantos años alejados.

Un espeso silencio se instaló entre ellos. William no albergó grandes esperanzas de que un hombre de edad tan avanzada como el Sachem estuviera vivo, pero le hubiera gustado verlo, hablar con él, antes de fallecer. Él había sido como un segundo padre mientras que estuvo en Canadá y sentía mucho su pérdida. Con la excusa de vigilar a los niños, salió al jardín a recordarlo en soledad.

Kewohnew se puso en pie con una agilidad sorprendente para sus años y comenzó a recoger la mesa. Si Elisabeth hubiera estado alguna vez en su casa, habría comprobado que todo estaba igual que siempre. Ella también se levantó para ayudar.

—Tienes muy buen aspecto —le dijo—. Eres una mujer fuerte y animosa, no tienes que preocuparte, todo irá bien —le aseguró señalándole el vientre.

—¿Cómo lo ha sabido? —le preguntó Elisabeth, sorprendida—. Ni siquiera yo estaba segura. No le he dicho nada a Will, quería esperar...

La anciana se acercó a ella con una sonrisa y suavemente le acarició la barriga.

—Lo destilas por tu piel, cómo brillas, cómo hueles... Nunca encontré a nadie a la que se le notara tanto. Sí, irá bien y será la primera de una larga estirpe.

Elisabeth abrió la boca, sorprendida, asombrada por las palabras y la expresión firme y convencida de la anciana Kewohnew. Un movimiento bajo el vano de la puerta llamó su atención y sus ojos se encontraron con los de William, que le lanzaban destellos de ternura... y felicidad.

Por la noche, acostaron a los niños en las camas que Will y su madre compartieron mientras se alojaron con la abuela hacía ya muchos años. Agotados de jugar durante toda la tarde en el jardín de Kewohnew, donde su padre les había construido una tienda a la usanza india, con ramas y pieles, apenas tuvieron fuerza para protestar por querer quedarse a dormir en ella bajo las estrellas. William no estaba dispuesto a que ningún miembro de su familia pasara la noche al raso en los bosques como él hizo de niño. No quería correr riesgos, pero sí le pareció que sería agradable enseñarles cómo su padre, durante unos pocos años, y sus antepasados algonquinos vivieron, aunque fuera entre los límites del jardín de su abuela Kewohnew.

Después de darles las buenas noches, Will y Elisabeth compartieron una taza de humeante té en el jardín. Era una preciosa noche primaveral de luna llena, en el cielo infinitas estrellas refulgían brillantes y una ligera brisa traía el olor a hierba fresca y lluvia de los bosques.

En silencio, Elisabeth contempló el perfil de su esposo a la luz de la luna, la conocida silueta de sus rasgos tan amados, y sintió que su corazón se inundaba de felicidad al compartir con él, al fin, un deseo largamente añorado, regresar de nuevo a las tierras de su pueblo materno. Él notó la calidez de su mirada y se volvió para contemplarla con adoración.

—Elisabeth... —Le acarició la mejilla con dulzura.

—¿Lo has oído? ¿Nos oíste hablar a tu abuela y a mí?

—Sí —contestó—. No me hablaste de tus sospechas.

—Tenía miedo de que fuera una falsa alarma. Preferí esperar... Tarde o temprano, sabríamos a qué atenernos. Además, no quería que pospusieras el viaje.

—Elisabeth, el estar aquí con vosotros me ha hecho inmensamente feliz, pero te aseguro que no lo hubiera echado de menos si nos hubiéramos quedado en Virginia para cuidarte.

—Oh, no te preocupes. Me siento bien y todo va a salir perfectamente, me lo dijo tu abuela.

—Entonces, no hay nada de lo que preocuparse, Ninawind. Mi abuela es una mujer sabia —le sonrió—, aunque de todas formas sabes que no te perderé de vista y tendré que cuidarte mucho. —La abrazó y besó en el cabello—. ¿Eres feliz? —le preguntó de repente, tomándola de la barbilla y mirándola a los ojos.

—Cada latido de mi corazón me recuerda la dicha que sentí cuando volviste a casa después de la guerra. Y los niños no han hecho sino aumentar esa dicha. Y ahora esto... —se acarició el vientre con suavidad—, esto es un regalo —le contestó apoyando la cabeza sobre su pecho.

—Haces que todo funcione —le susurró William—, que salga el sol, que las estaciones se sucedan, que los días sean alegres y los problemas livianos. Tú eres mi regalo... con un pequeño presente de amor en su interior.

Ella sonrió sintiendo el alma henchida de felicidad por el amor que destilaban sus palabras. Lo rodeó con los brazos, lo besó y le susurró:

—William Tecumseh, creí que mi vida sería una aburrida sucesión de días tomando el té en la campiña inglesa... La noche en que nos conocimos, le pedí un deseo a una estrella: ser amada y conocer la felicidad. Aunque pensé que ya tenía todo lo que quería... ¡Qué equivocada estaba! ¡Gracias al cielo, aquella estrella fugaz me hizo caso!

William contuvo una carcajada por temor a despertar a los niños y, tomándola de la mano, la llevó hasta la tienda.

—Si no estás muy cansada, podíamos pasar la noche bajo un tipi, te prometo que será interesante.

—Me muero de curiosidad, por favor, no te ahorres un solo detalle —le contestó ella con ojos brillantes de deseo.

Él la hizo pasar al interior mientras la devoraba con sus insinuantes y felinos ojos verdes. Y antes de que las caricias los enmudecieran, el instinto tomara las riendas y la pasión los abrasara, musitó junto a su oído:

—Desde que te vi en tu baile de presentación, vestida de blanco, con tu sonrisa preciosa y tus ojos tímidos, supe que serías tú, Elisabeth. Tú serías la señalada por el destino para mí, para ser mi compañera, mi hogar, mi familia, mi Ninawind.

Anexo histórico

Escríbeme si en tus sueños me encuentras es una novela de corte histórico-romántico situada en un contexto de agitación social y guerra que fueron reales, así como reales son gran parte del elenco de personajes secundarios. Con alguno me he tomado una ligera licencia literaria, a mi parecer interesante, que me gustaría explicar en estas líneas.

Nuestros protagonistas (Elisabeth, en Inglaterra, y William Tecumseh, en Norteamérica) provienen de mundos diferentes.

Elisabeth lleva la típica vida de una dama de buena posición en la campiña inglesa, a la que, sin embargo, las circunstancias la empujan a mudarse a Bristol y encontrarse allí con las primeras reivindicaciones obreras en plena Revolución Industrial.

William Tecumseh es un plantador de Virginia al que sus orígenes ingleses por parte de padre lo hacen encontrarse casualmente con Elisabeth. El amor no surge de inmediato, la atracción sí. Sin embargo, su vida continúa en Virginia, al otro lado del océano, y una guerra civil lo espera agazapada.

Los acontecimientos que se abordan en la obra son hechos históricos: el bombardeo de Fort Sumter que dio inicio a la guerra, las batallas, la huida de los esclavos, las residencias y escuelas que los acogían de manera desinteresada...

En lo referente a las escuelas, he querido hacer un humilde homenaje a una mujer que dedicó su vida al auxilio de los demás. La he situado en el contexto de la escuela donde trabajaba Elisabeth, pero, en realidad, Clara Barton, después de la batalla inicial de Bull Run en 1861, creó una agencia para obtener y distribuir provisiones a los soldados heridos. Obtuvo permiso del gobierno para montar hospitales tras la primera línea de batalla y se encargó de la búsqueda de los soldados desaparecidos de la Unión tras finalizar la guerra. Averiguó el paradero de treinta mil hombres, y la marcaron especialmente, de modo terrible, los prisioneros, tanto vivos como desaparecidos de la prisión confederada de Andersonville. Se hizo activista en favor de los derechos de los negros y fundó la Cruz Roja estadounidense.

El campo de prisioneros Sumter, conocido popularmente como Andersonville, fue dirigido por la nefasta persona de Henry Wirz. Y hasta allí tuvieron la mala suerte de llegar miles de soldados federales. Entre ellos nuestro William, después de ser apresado tras la batalla real de Aiken en febrero de 1865, pocos meses antes de acabar la guerra, y en la que la estrategia llevada a cabo por el general unionista Hugh Judson Kilpatrick contra las tropas del confederado Joseph Wheeler condenó a muerte a cientos de soldados de uno y otro bando, mientras él corría a buscar refugio y se autoproclamaba después, libre del peso de una conciencia, victorioso.

En Andersonville, William sufrió el maltrato de Wirz, como en realidad lo padecieron miles de soldados de la Unión. En mi novela he permitido que William se vengara de él, pero los hechos reales fueron que Wirz sobrevivió y fue juzgado por múltiples cargos: violación de las leyes de guerra, cometer actos de crueldad, tortura con instrumentos y perros, dañar la salud, ofrecer alimentación insuficiente y agua contaminada, exposición a las inclemencias del tiempo tanto en verano como en invierno, confinamientos en cepos, destruir vidas y un largo etcétera de horrores. Trece mil prisioneros murieron en Andersonville. Los testigos en el juicio aseguraron que sus orgías de violencia lo divertían.

El gobierno federal decretó una amnistía para que los soldados del bando confederado pudieran rehacer sus vidas y contribuyeran a la paz social y al progreso de los Estados Unidos. Solo tres hombres fueron condenados por sus crímenes durante la guerra civil, uno de ellos fue Henry Wirz, quien fue colgado en noviembre de 1865.

Otro personaje histórico que aparece fugazmente en la novela, pero que tiene un peso en la historia sin parangón, es Abraham Lincoln. Las circunstancias de su muerte fueron las que relato, su interés por unir los Estados Unidos mediante el ferrocarril y muchas de sus ideas sobrevivieron a su muerte. Se cree que el periodo de posguerra hubiera sido mucho más suave en sus manos que en las del presidente que lo sustituyó. Andrew Johnson sometió a duras pruebas a los estados rebeldes y permitió que muchos de sus simpatizantes se aprovecharan durante la reconstrucción de los mismos. Poco a poco, los estados separatistas volverían años después, tras demostrar su lealtad, a pertenecer de pleno derecho a la nación estadounidense.

En la novela he mezclado soldados blancos y negros, aunque en realidad no fue así, los soldados negros conformaban la llamada «tropa de color», comandados por militares blancos. Mientras que los soldados blancos cobraban trece dólares al mes y recibían uniformes gratis, ellos cobraban diez dólares, ya que se les deducían tres por la ropa. En aquella época la libertad no iba acompañada de la igualdad.

En diciembre de 1863, en plena guerra, se terminó la construcción del Capitolio en Washington, el lugar que alberga las dos cámaras del Congreso de los Estados Unidos, representantes y senadores. La culminación a tan magno edificio la puso la colocación sobre la cúpula de una estatua en bronce de la libertad, un símbolo del espíritu de la Unión. En la novela me he tomado la licencia de modificar la fecha en la que se coloca la enorme estatua de seis metros, situándola el 1 de enero de 1865, ya que me pareció un bonito símbolo de la lucha de nuestros protagonistas por la libertad, que les podría aportar cierto ánimo y consuelo en su despedida.

Nuestros protagonistas (Elisabeth y William, William y Elisabeth) podrían ser ficticios o reales, quién sabe. Su historia bien pudo darse en aquellos años y que no quedara recogida.

En un sentido general, la vida de las acomodadas damas inglesas es la que Elisabeth hubiera llevado... y mantenido si se hubiera unido a John Lytton.

John Lytton acabó viajando a Norteamérica para reencontrarse con Elisabeth, su amor de juventud, y con una misión real, pues el gobierno estadounidense denunció a Gran Bretaña por la ayuda prestada a los confederados durante la guerra y esta tuvo que pagarles una cuantiosa multa y otorgarles territorios situados en Canadá como compensación.

Y la vida de un niño con un cuarto de sangre india en sus venas bien pudiera haber transcurrido como la de nuestro protagonista, quien tuvo el raro privilegio, en aquellos tiempos, de ser reconocido por su padre blanco.

La vida de William Tecumseh aconteció a caballo entre su ascendencia blanca y la india algonquina, un pueblo que se extendía por Canadá y parte de Estados Unidos y al que he intentado reflejar lo más fielmente posible en la novela, al igual que al pueblo creek, que acogió al protagonista cuando estuvo herido y sin memoria.

El personaje de Tecumseh fue el germen de esta novela, en realidad. El nombre indio de Estrella Fugaz me impulsó a imaginar un personaje y unas circunstancias que lucharon con fuerza por salir de mi imaginación y ser plasmadas en el papel, mientras intentaba contenerlas hasta que mi conocimiento de la época histórica fuera mínimamente decente. Durante los meses que estuve leyendo sobre las circunstancias históricas, me topé con la sorpresa de que existió un William Tecumseh en el ejército de la Unión. Se trataba del general William Tecumseh Sherman, uno de los héroes unionistas más aclamados y que aparece tras la batalla de Aiken, como ocurrió en realidad.

Tecumseh fueron los nombres de algunos indios cuya interacción con los colonos quedó registrada para la posteridad. Como curiosidad, Tecumseh se llamó también el caballo de Rhett Butler en la novela de Donald Mcaig, una secuela de la maravillosa *Lo que el viento se llevó,* de Margaret Mitchell.

Un personaje como William Tecumseh da para mucho, pues queda todavía mucho por decir y reivindicar sobre el pueblo nativo americano, expoliado y avasallado por las hordas de colonos que llegaron a América a lo largo de los años.

Son muchos los detalles que se quedan en el tintero, pero no puedo alargarme infinitamente. He saboreado cada etapa que conformó esta novela, de las lecturas históricas y de ficción que me mostraron y me trasladaron hasta aquellos lejanos días, de los meses de escritura y de las posteriores correcciones.

Espero haberte transportado a aquellos años y transmitido esas emociones y que hayas disfrutado tanto de su lectura como yo de su escritura.

Gracias por llegar hasta aquí.

Sobre la autora

Evangeline Cruz nació en el cálido sur de España, donde vivió hasta que, finalizados sus estudios universitarios de Lengua y Literatura Inglesa, decidió viajar y conocer mundo. Ha residido en Inglaterra, Italia y Austria, y en la actualidad vive en España y trabaja como profesora, compaginando esta labor con la escritura.

Lectora compulsiva desde niña (siendo sus géneros favoritos los clásicos, la historia y el romance), ha escrito desde siempre, especialmente, romance histórico.

Fue finalista del I Premio Chic de novela. Ha publicado una novela de romance histórico medieval, *La bastarda del rey Sancho*, con la editorial internacional Cherry Publishing, y *Así pasen los años*, una novela romántica de época, con Ediciones Kiwi. Publica con asiduidad en Selecta, el sello de romance digital de Penguin Random House.

Se embarca ahora, con ilusión, en la aventura de publicar *Escríbeme si en tus sueños me encuentras*, ganadora del XIII Premio Internacional HQÑ, con HarperCollins Ibérica.

Redes
Instagram @evangeline.cruz
Facebook Evangeline Cruz
Threads.net evangeline.cruz
Evangeline Cruz - Novelas

ÚLTIMOS TÍTULOS PUBLICADOS EN HQN

El hijo de las hadas de Paula Molero

Un asunto de familia de Robyn Carr

El cactus de Sarah Haywood

Rompiendo el hielo: un amor inesperado de Elle Kennedy

Amor y Kimchi de María José Tirado

Una librería junto al mar de Susan Mallery

Amor y Soju de María José Tirado

Una invitada inesperada de Sarah Morgan

La mujer que nunca fui de Marisa Ayesta

Bienvenido a Beach Town de Susan Wiggs

La criadora de malvas de Laura Macías Pérez

Una villa en Grecia de Sarah Morgan

El palacio secreto de Dinah Jefferies

El señor de la guerra de Gena Showalter

Club de amigas de Robyn Carr

El duque y el destino de Julia London

Caminos entrelazados de Diana Palmer